泉城恋歌

老济南

景 灏 ◎ 编

泰山出版社·济南·

图书在版编目（CIP）数据

泉城恋歌：老济南 / 景灏编 . —— 济南：泰山出版社，2024.1

（老城趣闻系列丛书）

ISBN 978-7-5519-0753-8

Ⅰ . ①泉⋯ Ⅱ . ①景⋯ Ⅲ . ①散文集—中国—当代 Ⅳ . ① I267

中国版本图书馆 CIP 数据核字（2022）第 258305 号

QUANCHENG LIANGE：LAO JINAN

泉城恋歌：老济南

编　者	景　灏
责任编辑	王艳艳
特约编辑	史俊南
装帧设计	蔡海东

出版发行　泰山出版社

　　　　　　社　　址　济南市泺源大街 2 号　邮编　250014

　　　　　　电　　话　综合部（0531）82023579　82022566

　　　　　　　　　　　市场营销部（0531）82025510　82020455

　　　　　　网　　址　www.tscbs.com

　　　　　　电子信箱　tscbs@sohu.com

印　　刷　山东华立印务有限公司

成品尺寸　160 毫米 ×235 毫米　16 开

印　　张　21.5

字　　数　270 千字

版　　次　2024 年 1 月第 1 版

印　　次　2024 年 1 月第 1 次印刷

标准书号　ISBN 978-7-5519-0753-8

定　　价　66.00 元

目　录

附：诗歌咏济南

明湖之别

瞿秋白

山东济南大明湖畔，黯黯的灯光，草棚底下，一张小圆桌旁，坐着三个人，残肴剩酒还觑着他们，似乎可惜他们已经兴致索然，不再动箸光顾光顾。……其中一个老者，风尘憔悴的容貌，越显着蔼然可亲，对着一位少年说道："你这一去……随处自去小心，现在世界交通便利，几万里的远路，也不算什么生离死别……只要你自己不要忘记自身的职务。你仔肩很重呵！……"那少年答应着站起来。其时新月初上，照着湖上水云相映，萧萧的芦柳，和着草棚边乱藤蔓葛，都飔飔作响。三人都已走过来，沿着湖边，随意散步，秋凉夜深时，未免有些寒意。对着这种凄凉的境界，又是远别在即，叫人何以为情呢？

我离中国之前，同着云弟、垚弟住在北京纯白大哥家里已经三个年头；我既决定要到俄国去，大约预备了些事物，已经大概妥当之后，就到济南拜别我父亲。从我母亲去世之后，一家星散，东飘西零，我兄弟三个住在北京，还有两弟一妹住在杭州四伯父跟前，父亲一人在山东。纯哥在京虽有职务，收入也很少。四伯做官几十年，清风两袖，现时中国官场，更于他不适宜，而在中国大家庭制度之下，又不得不养育全家，因此生活艰难得很。我亲近的支派家境既然如此，我们弟兄还不能独立，窘急的状况也就可想而知。所以我父亲只能一人住在山东知己朋友家里，教书糊口。在中国这样社会之中既没有阔亲戚，又没有钻营的本领，况且中国畸形的社会生活使人失去一切的可能，年纪已近半百，忧煎病迫，社会还要责备他尽什么他所能尽的责任呢？我有能力，还要求发展，四围的环境既然如此，我再追想追想他的缘故，这问题真太复杂了。我要求改变环境：去发展个性，求一个"中国问题"的相当解决——略尽一分引导中国社会新生路的责任。"将来"里的生命，"生命"里的将来，使我不得不忍耐"现在"的隐痛，含泪暂别我的旧社会。我所以决定到俄国去走一走。我因此到济南辞别我亲爱不忍舍的父亲。

大明湖

当那夜大明湖畔小酒馆晚膳之后，我父亲的朋友同着我父亲和我回到他家里去。父亲和我同榻，整整谈了半夜，明天一早就别了他上火车进京。从此不知道什么时候才能相见呢！

济南车站，那天人不大多，待车室里只有三四个人。待车室外月台上却有好些苦力，喘息着。推车的穷人，拖男带女的背着大麻布包，破笼破箱里总露着褴褛不堪的裙子衣服。我在窗子里看着他们吸烟谈笑，听来似乎有些是逃荒出去的——山东那年亦是灾区之一。——有的说，买车票钱短了两毛，幸而一位有良心的老爷赏给我半块钱，不然怎能到天津去找哥哥嫂嫂，难道饿死在济南破屋子里么？又有一个女人嚷着："买票的地方挤得要死，我请巡警老爷替我买了，他却要扣我四毛钱，叫我在车上拿什么买油果子吃呢！"——"怎么回事……"忽听着有人说，火车快来了。我回头看一看，安乐椅上躺着的一位"小老爷"，戴着一副金丝眼镜，上身一件半新不旧的玄色缎马褂，脚上缎鞋头上已经破了两个小窟窿，正跷着两腿在那里看北京《顺天时报》上的总统命令呢。我当时推门走出待车室。远看着火车头里的烟烘烘地冒着，只见一条长龙似的穿林过树地从南边来了。其时是初秋的清早，北地已经天高风紧，和蔼可亲的朝日，虽然含笑安慰我们一班行色匆匆的旅客，我却觉得寒风嗖嗖有些冷意，看看他们一些难民，身上穿的比我少得多，倒也不觉得怎么样冷。火车来了。我从月台桥上走过，看见有一面旗帜，写着"北京学生联合会灾区调查团"，我想他们来调查灾区——也算是社会事业的开始。——也许有我们"往民间去"的相识的同志在内。过去一看，只见几个学生，有背着照相架的，有拿着钞本簿籍的，却一个也没有相熟的。火车快开，也就不及招呼，一走上车了。

我坐的一辆车里，只五六个人。中间躺着两个人：一个是英国工头模样，一个广东女人，他的妻子，两人看来是搭浦口天津通车到天津去的。英国人和他妻子谈着广东话，我一句也不懂。停一忽儿，茶房来向他们说了几句话，意思是说，今天火车到天津了，讨几个酒钱。英国人给他一块钱。茶房嫌少，不肯接。英国人发作起来，打着很好的上海话说道："你们惯欺外国人！你可得明白，我在中国住了三十多年，什么事我不知道！为什么两个人必得给你两块钱？不要就算了。"我听得奇怪——这种现象，于中英两民族交接的实况上很有些价值，因和他攀谈攀谈，原来他也是进京，就那东城三条胡同美国人建筑医院的豫王府工程处的工头之职，谈起来，他还很会说几句北京话呢。

一人坐在车里，寂寞得很，英国人又躺下睡着了。我呆呆地坐着思前想后，也很乏味，随手翻开一本陶渊明的诗集，看了几页又放下了。觉着无聊，站起来凭窗闲望。半阴半晴的天气，烟云飞舞，一片秋原，草木着霜，已经带了些微黄，田地里禾麦疏疏朗朗，显得很枯瘠似的，想起江南的风物，究竟是地理上文化上得天赋较厚呵。火车的轮机声，打断我的思潮，车里却静悄悄的，只看着窗外凄凉的天色似乎有些雨意，还有那云山草木的"天然"在我的眼前如飞似掠不断地往后退走，心上念念不已，悲凉感慨，不知怎样觉得人生孤寂得很。猛然看见路旁经过一个小村子，隐约看见一家父子母女同在茅舍门口吃早饭呢。不由得想起我与父亲远别，重逢的时节也不知道在何年何月，家道又如此，真正叫人想起我们常州诗人黄仲则的名句来："惨惨柴门风雪夜，此时有子不如无。……"

这天当夜到天津，第二天就进京，行期快了。其时正是一九二〇年十月初旬光景。

选自瞿秋白著《饿乡纪程》，1921年版

匆忙中的济南

石评梅

六月二十号的早晨八时，我们遂上了胶济车，到济南去，我又埋首去睡。芗蘅在梦中唤醒我，同我谈那将来的事情，和我们到社会上去的困难。下午八时到济南，我们到山东女师范寄宿，适值她们开送别会，因为有毕业的学生。我一路强挣精神，到此已身疲力竭，不能强再支持。不料金环得了脑贫血，请了齐鲁大学医科的医生来看，吃了点药水，打了一针，才好点。一晚都朦胧着，我身上发热，我想或者明天不能起来！

二十一号勉强起床，我上午未去参观，下午去游大明湖。

大明湖，我常听永叔说风景不错，所以我想未得和西湖一样，或者也有点特别风韵，勉强支持去品评它去。到湖边一望，芦草绿浓，风过处，一片瑟瑟声。在芦苇的缝里，或可看一点很浊的湖水。我当时就觉着失望！我们雇扁舟先到历下亭，两旁都是芦草，中间有三个船宽的一条绿水。到历下亭，亭中有石碑，乾隆题为"渔歌隔浦远，桥影卧碧湾"；有轩联为"抱榭石泉流添几分人影衣香风月都教山水占；凭栏鱼鸟过睹四面柳塘莲淑渔樵还让鹭鸥来"。写的风景未免太佳，但可惜吹的只吹，而大明湖，固俨然自守其为朴素之村女，不作明媚之西子。"万迭鱼鳞漾空碧，千丸佛髻拥遥青"，这两句是实写，大明湖的佳处，就在望中有千佛山。"云蓝水碧之间看杨柳楼台荷花世界，树绿山青而外认圣贤桑梓齐鲁封疆"，写大明湖偏借重孔子和封疆，是遮饰语。

由此到汇泉寺，有妇人烧香，使我猛忆到天竺路上！内有弥勒佛一尊，现在改为武术教育讲习所。无景，只壁上有"靠天吃饭"石。出此到张公祠，供前清山东巡抚张曜；"伟迹竟黄河两岸昆仑东至海，崇祠壮青岱遥鹊华近凭湖"，写景写实。有一件为民的事，百姓绝不致忘德的。民国以来的大人物，眼睛只在地位高、洋钱多，将来只好多铸几尊铁像供奉吧！此外，尚有北极阁等，因天晚亦无好景，仅闻芦苇瑟瑟而已。惠和促令返棹，遂满载荷香而归。登岸一望，不见湖水，只见芦苇摇曳。徐世光题历下亭："最好是秋月圆时春晴雪后"，惜哉！我来既非秋月圆时，又非春晴雪后；贸然评之，当然大明湖有几分不服气吧！

返女师后，整顿行装，又购无数的玻璃字镇和玻璃丝，遂于翌日乘津浦车返京。匆匆游踪，遂告结束。返京后，情景依然，回思种种，恍如梦境之难可追忆，仅脑海中荡漾着几幅很模糊的影片而已。

选自《石评梅散文》，中国广播电视出版社1996年版

济南道中

周作人

伏园兄，你应该还记得"夜航船"的趣味罢？这个趣味里的确包含有些不很优雅的非趣味，但如一切过去的记忆一样，我们所记住的大抵只是一些经过时间熔化变了形的东西，所以想起来还是很好的趣味。我平素由绍兴往杭州总从城里动身（这是二十年前的话了），有一回同几个朋友从乡间趁船，这九十里的一站路足足走了半天一夜；下午开船，傍晚才到西郭门外，于是停泊，大家上岸吃酒饭，这很有牧歌的趣味，值得田园画家的描写。第二天早晨到了西兴，埠头的饭店主人很殷勤地留客，点头说"吃了饭去"，进去坐在里面（斯文人当然不在柜台边和"短衣帮"并排着坐），破板桌边，便端出烤虾小炒腌鸭蛋等"家常便饭"来，也有一种特别的风味。可惜我好久好久不曾吃了。

今天我坐在特别快车内从北京往济南去，不禁忽然地想起旧事来。火车里吃的是大菜，车站上的小贩又都关出在木棚栏外，不容易买到土俗品来吃，先前却不是如此，一九〇六年我们乘京汉车往北京应练兵处（那时的大臣是水竹村人）的考试的时候，还在车窗口买到许多东西乱吃，如一个铜子一只的大雅梨，十五个铜子一只的烧鸡之类；后来在什么站买到兔肉，同学有人说这实在是猫，大家便觉得恶心不能再吃，都摔到窗外去了。在日本旅行，于新式的整齐清洁之中（现在对于日本的事只好"清描淡写"地说一句半句，不然恐要蹈邓先生的覆辙），却仍保存着旧日的长闲的风趣。我在东海道中买过一箱"日本第一的吉备团子"，虽然不能证明是桃太郎的遗制，口味却真不坏，可惜都被小孩们分吃，我只尝到一两颗，而且又小得可恨。还有平常的"便当"，在形式内容上也总是美术的，味道也好，虽在吃惯肥鱼大肉的大人先生们自然有点不配胃口。"文明"一点的有"冰激凌"，装在一只麦粉做的杯子里，末了也一同咽下去。——我坐在这铁甲快车内，肚子有点饿了，颇想吃一点小食，如孟代故事中王子所吃的，然而现在实属没有法子，只好往餐堂车中去吃洋饭。

我并不是不要吃大菜的。但虽然要吃，若在强迫的非吃不可的时候，也曾令人不高兴起来。还有一层，在中国旅行的洋人的确太无礼仪，即使并无什么暴行，也总是放肆讨厌的。即如在我这一间房里的一个怡和洋行的老板，带了一只小狗，说是在天津花了四十块钱买来的；他一上车就高卧不起，让小狗在房内撒尿，忙得车侍三次拿布来擦地板，又不喂饱，任它东张西望，呜呜的哭叫。我不是虐待动物者，但是人家昵爱动物，搂抱猫狗坐车坐船，妨害别人，也是很嫌恶的；我觉得那样的昵爱正与虐待同样地是有点兽性的。洋人中当然也有真文明人，不过商人大抵不行，如中国的商人一样。中国近来新起一种"打鬼"——便是打"玄学鬼"与"直脚鬼"——的倾向，我大体上也觉得赞成，只是对于他们的态度有点不能附和。我们要把一切的鬼或神全数打出去，这是不可能的事，更无论他们只是拍令牌，念退鬼咒，当然毫无功效，只足以表明中国人术士气之十足，或者更留下一点恶因。我们所能做，所要做的，是如何使玄学鬼或直脚鬼不能为害。我相信，一切的鬼都是为害的，倘若被放纵着，便是我们自己"曲脚鬼"也何尝不如此……人家说，谈天谈到末了，一定要讲到下作的话去，现在我却反对地谈起这样正经大道理来，也似乎不大合式，可以不再写下去了罢，十三年五月三十一日，津浦车中。

原载1924年6月5日《晨报·副镌》

济南道中之二

周作人

　　过了德州，下了一阵雨，天气顿觉凉快，天色也暗下来了。室内点上电灯，我向窗外一望，却见别有一片亮光照在树上地上，觉得奇异，同车的一位宁波人告诉我，这是后面护送的兵车的电光。我探头出去，果然看见末后的一辆车头上，两边各有一盏灯（这是我推想出来的，因为我看的只是一边）射出光来，正如北京城里汽车的两只大眼睛一样。当初我以为既然是兵车的探照灯，一定是很大的，却正出于意料之外，它的光只照着车旁两三丈远的地方，并不能直照见树林中的贼踪，据那位买办所说，这是从去年故孙美瑶团长在临城做了那"算不得什么大事"之后新增的，似乎颇发生效力，这两道神光真吓退了沿路的毛贼，因为以后确不曾出过事，而且我于昨夜也已安抵济南了。但我总觉得好笑，这两点光照在火车的尾巴头，好像是夏夜的萤火，太富于诙谐之趣。我坐在车中，看着窗外的亮光从地面移在麦子上，从麦子移到树叶上，心里起了一种离奇的感觉，觉得似危险非危险，似平安非平安，似现实又似在做戏，仿佛眼看程咬金腰间插着两把纸糊大板斧在台上踱着时一样。我们平常有一句话，时时说起却很少实验到的，现在拿来应用，正相适合——这便是所谓浪漫的境界。

　　十点钟到济南站后，坐洋车进城，路上看见许多店铺都已关门——都上着"排门"，与浙东相似。我不能算是爱故乡的人，但见了这样的街市，却也觉得很是喜欢。有一次夏天，我从家里往杭州，因为河水干涸，船只能到牛屎浜，在早晨三四点钟的时分坐轿出发，通过萧山县城。那时所见街上的情形，很有点与这回相像。其实绍兴和南京的夜景也未尝不如此，不过徒步走过的印象与车上所见到底有些不同，所以叫不起联想来罢了。城里有好些地方也已改用玻璃门，同北京一样，这是我今天下午出去看来的。我不能说排门是比玻璃门更好，在实际上玻璃门当然比排门要便利得多。但由我旁观地看去，总觉得旧式的铺门较有趣味。玻璃门也自然可以有它的美观，可惜现在多未能顾到这一层，大都是粗劣潦草，如一切的新东西一样。旧房屋的粗拙，全体还有些调和，新式的却只见轻率凌乱这一点而已。

今天下午同四个朋友去游大明湖，从鹊华桥下船。这是一种"出坂船"似的长方的船，门窗做得很考究，船头有匾一块，文云"逸兴豪情"——我说船头，只因它形式似船头，但行驶起来，它却变了船尾，一个舟子便站在那里倒撑上去。他所用的家伙只是一支天然木的篙，不知是什么树，剥去了皮，很是光滑，树身却是弯来扭去的并不笔直；他拿了这件东西，能够使一只大船进退回旋无不如意，并且不曾遇见一点小冲撞，在我只知道使船用桨橹的人看了，不禁着实惊叹。大明湖在《老残游记》里很有一段描写，我觉得写不出更好的文章来，而且你以前赴教育改进社年会时也曾到过，所以我可以不絮说了。我也同老残一样，走到历下亭铁公祠各处，但可惜不曾在明湖居听得白妞说梨花大鼓。我们又去看"大帅张少轩"捐赀倡修的曾子固的祠堂，以及张公祠，祠里还挂有一幅他的"门下子婿"的长髯照相和好些"圣朝柱石"等等的孙公德政牌。随后又到北极祠去一看，照例是那些塑像，正殿右侧一个大鬼，一手倒提着一个小妖，一手掐着一个，神气非常活现，右脚下踏着一个女子，它的脚跟正落在腰间，把她踹得目瞪口呆，似乎喘不过气来，不知是到底犯了什么罪。大明湖的印象仿佛像南京的玄武湖，不过这湖是在城里，很是别致。清人铁保有一联云："四面荷花三面柳，一城山色半城湖"，实在说得很好（据老残说这是铁公祠大门的楹联，现今却已掉下，在享堂内倚墙放着了），虽然我们这回看不到荷花，而且湖边渐渐地填为平地，面积大不如前，水路也很窄狭，两旁变了私产，一区一区地用苇塘围绕，都是人家种蒲养鱼的地方，所以《老残游记》里所记千佛山倒影入湖的景象已经无从得见，至于"一声渔唱"尤其是听不到了，但是济南城里有一个湖，即使较前已经不如，总是很好的事；这实在可以代一个大公园，而且比公园更为有趣，于青年也很有益，我遇见好许多船的学生在湖中往来，比较中央公园里那些学生站在路边等看头发像鸡窠的女人要好得多多——我并不一定反对人家看女人，不过那样看法未免令人见了生厌。这一天的湖逛得很快意，船中还有王君的一个三岁的小孩同去，更令我们喜悦。他从宋君手里要蒲桃干吃，每拿几颗例须唱一句歌加以跳舞，他便手舞足蹈唱"一二三四"给我们听，交换五六个蒲桃干，可是他后来也觉得麻烦，便提出要求，说"不唱也给我罢"。他是个很活泼可爱的小人儿，而且一口的济南话，我在他口中初次听到"俺"这一个字活用在言语里，虽然这种调子我们从北大徐君的话里早已听惯了。六月一日。在"家家泉水，户户垂杨"的济南城内。

原载1924年6月9日《晨报·副镌》

济南道中之三

周作人

六月二日午前，往工业学校看金线泉。这天正下着雨，我们乘暂时雨住的时候，踏着湿透的青草，走到石池旁边，照着老残的样子侧着头细看水面，却终于看不见那条金线，只有许多水泡，像是一串串的珍珠，或者还不如说水银的蒸汽，从石隙中直冒上来，仿佛是地下有几座丹灶在那里炼药。池底里长着许多植物，有竹有柏，有些不知名的花木，还有一株月季花，带着一个开过的花蒂；这些植物生在水底，枝叶青绿，如在陆上一样，到底不知道是怎么一回事。金线泉的邻近，有陈遵留客的投辖井，不过现在只是一个六尺左右的方池，辖虽还可以投，但是投下去也就可以取出来了。次到趵突泉，见大池中央有三股泉水向上喷涌，据《老残游记》里说翻出水面有二三尺高，

趵突泉

趵突泉旁的茶楼

我们看见却不过尺许罢了。池水在雨后颇是浑浊，也不曾流得"汩汩有声"，加上周围的石桥石路以及茶馆之类，觉得很有点像故乡的脂沟汇——传说是越王宫女倾脂粉水，汇流此地，现在却俗称"猪狗汇"，是乡村航船的聚会地了。随后我们往商埠游公园，刚才进门雨又大下，在茶亭中坐了许久，等雨霁后再出来游玩，园中别无游客，容我们三人独占全园，也是极有趣味的事。公园本不很大，所以便即游了，里边又别无名胜古迹，一切都是人工的新设，但有一所大厅，门口悬着匾额，大书曰"畅趣游情，马良撰并书"，我却瞻仰了好久。我以前以为马良将军只是善于打什么拳的人，现在才知道也很有风雅的趣味，不得不陈谢我当初的疏忽了。

此外我不曾往别处游览，但济南这地方却已尽够中我的意了。我觉得北京也很好，只是太多风和灰土，济南则没有这些；济南很有江南的风味，但我所讨厌的那些东南的癖气似乎没有（或未免有点速断），所以是颇愉快的地方。然而因为端

午将到，我不能不赶快回北京来，于是在五日午前二时终于乘
了快车离开济南了。

我在济南四天，讲演了八次。范围题目都由我自己选定，
本来已是自由极了，但是想来想去总觉得没有什么可讲，勉强
拟了几个题目，都没有十分把握，至于所讲的话觉得不能句句
确实，句句表现出真诚的气氛来，那是更不必说了。就是平常
谈话，也常觉得自己有些话是虚空的，不与心情切实相应，说
出时便即知道，感到一种恶心的寂寞，好像是嘴里尝到了肥
皂。石川啄木的短歌之一云：

> 不知怎地，
> 总觉得自己是虚伪之块似的，
> 将眼睛闭上了。

这种感觉，实在经验了好许多次。在这八个题目之中，只
有末了的"神话的趣味"还比较的好一点；这并非因为关于神
话更有把握，只因世间对于这个问题很多误会，据公刊的文章
上看来，几乎尚未有人加以相当的理解，所以我对于自己的意
见还未开始怀疑，觉得不妨略说几句。我想神话的命运很有点
与梦相似。野蛮人以梦为真，半开化人以梦为兆，"文明人"
以梦为幻，然而在现代学者的手里，却成为全人格之非意识的
显现；神话也经过宗教的，"哲学的"以及"科学的"解释之
后，由人类学者解救出来，还他原人文学的本来地位。中国现
在有相信鬼神托梦魂魄入梦的人，有求梦占梦的人，有说梦是
妖妄的人，但没有人去从梦里寻出他情绪的或感觉的分子，若
是"满愿的梦"则更求其隐密的动机，为学术的探讨者；说及
神话，非信受则排斥，其态度正是一样。我看许多反对神话的

人虽然标榜科学，其实他的意思以为神话确有信受的可能，倘若不是竭力抗拒；这正如性意识很强的道学家之提倡戒色，实在是两极相遇了。真正科学家自己既不会轻信，也就不必专用攻击，只是平心静气地研究就得，所以怀疑与宽容是必要的精神，不然便是狂信者的态度，非耶者还是一种教徒，非孔者还是一种儒生，类例很多。即如近来反对太戈尔运动也是如此，他们自以为是科学思想与西方化，却缺少怀疑与宽容的精神，其实仍是东方式的攻击异端；倘若东方文化里有最大的毒害，这种专制的狂信必是其一了。不意话又说远了，与济南已经毫无关系，就此搁笔，至于神话问题说来也嫌唠叨，改日面谈罢。六月十日，在北京写。

原载1924年6月20日《晨报·副镌》

历下烟云录

范烟桥

上 卷

余以友好之招，动远游之兴。佣书历下，五月于兹。春风如虎，花落成堆。意倦而归，有怀往迹。拉杂记之，所以留鸿爪也。

南北地势相殊，因之风俗人心，亦随之而异。平时总以北方人直爽相许，岂知实际不尽然也。唯市夫走卒，乃有古道，

历山山系远望

一言既出，危殆弗辞，至于士夫交接，具有深心，初无别乎南人耳。

济南居津浦之中坚，有胶济以达海，故晚近渐成北方重镇，京津以下，将数及矣。然最大原因，则在军事倾向于齐鲁，主其地者，举足为中国重轻，故四方落伍武僚、失意政客，纷然来会，以谋一用，况在此两年间，又为多事之秋乎，因此济南一切社会风气亦受感应。此中消息，可以默会。

济南有历山，即大舜初耕之地，故县称历城，大明湖有历下亭，故又别称历下。旧治之西，辟为商埠。道路以经纬为名，经有七，纬有十二，唯习俗于经则言马路，如三马路、四马路等，即官厅文告亦从之。其间非横贯者，冠以小字，如小纬二路、小纬六路等，盖划地时之变体也。

二马路与普利门大街、估衣市街相连，交通最繁，商贾最盛。故近以估衣市街狭窄，令拆去门面，放宽街道，从此自军署而西，其道荡荡，蔚为大观。然在此民力凋敝之时，为此强制之举，难免人言啧啧耳。

商埠道路虽阔，然风起则灰尘飞扬，雨积则泥泞狼藉，行者非乘车不可。道之左右有沟，秽水不流，日炙臭生，故绝少快感，非若上海、苏州之市，有徘徊观瞻之乐也。

最热闹者，为二马路之纬四、纬五两路间，店铺以天津帮、宁波帮为多，茶点、用具、布帛、酒食俱在焉。门面装潢尚伟大雄丽，而于货物之陈列，殊欠讲求，且其物品之参杂，非夷所思。如祥云寿，一绸布肆也，兼售磁器；福利公司，一食品肆也，兼售烟酒与白铁用品，盖皆有杂货店之性质也。

店伙对客极有礼貌，客至，必点首，客去，必言"坐坐去"，而论价之间，亦甚谦和，与南方店伙之骄懒谩客，绝端不同。余尝至其肆，择取货物无虑十余种，迄无当意，悉却

济南市街

之，伙无愠色。即茶点之肆，任客浅尝，决不示吝。此种美德，南方亟宜效法。

城内市廛，别有模样。皮货店都揭布幂题"张家口"字样，纸店悬牌称"南纸局"，商务、中华诸书局均在城内，以芙蓉街一带最为繁盛。曲水亭两岸皆古董店，虽茅茨土阶，而鼎彝在架，书画满壁，与苏州之护龙街相似。潍县翻砂制古铜器，极称能手，故佛像触目皆是，庄严古朴，宛然数百年前古物，而代价亦只一番佛左右耳。每值二七，山水沟有集，沿街布摊售旧物，价更廉，唯须在晨间方得妙品，因系宵小攘窃而来者，与南京之黑市相似，赝鼎极多，非具巨眼，不能得便宜。

曲水亭为一茶坊，可以下棋，壁黏诗钟，有数诗人主盟值课。其地流泉迂回曲折，流成小溪，溪之左右，俱为人家，每在午后，一片砧敲，几疑在江南水乡。《老残游记》谓"家家泉水，户户垂杨"，亦唯此处情境最为逼肖。

北方不甚有茶癖，曲水亭外，唯趵突泉有茶可饮。三馆招鼓姬以媚客，茶资外别纳听鼓之犒，犒不定率，少至一二角，多至四五元，则随客之便。客与姬诪，不能不多犒以捧场，其状可发一噱，曲终相帮登坛，问客募取，先假定一意想之数，不足则数数待之，与江河卖技者同，殊弗雅观。然而此俗弗能改，谓如是则可以比较生优劣，资勉龟，唯貌不扬而交不广者，窘矣。

大鼓有京音、梨花之别，梨花为山东土音，故更不易听。济南之有大鼓，方弗苏州之有说书，上也者出入钿车，服御华瑍，下也者置桌市场之隅，茅舍聊蔽风雨，日歌数曲，仅得升斗，盖其阶级至不齐也。

张氏、杜氏为历下鼓世家，近亦凌替，弗能中兴，乃为异性所夺，如姬素英、鹿巧玲皆称翘楚。姬圆姿替月，而珠喉细稳，有大家风范；鹿活泼泼地，而歌音沉着，亦有可取。其徐娘年纪，面目憔悴，声嘶力竭，勉强终曲者，望之生恶，几不能安座，则深叹不如清茶一瓯、名泉相对之有雅趣矣。

趵突泉为历下七十二泉之巨擘，骈列三眼，时刻突跃如沸，奇观也。其实泉脉潜伏，泥土松疏，故时有细沫浮起如珠，前人利用之，乃成此奇迹，于是后人附会神秘，遂谓系天然而非人力矣。

临泉建殿，以祀纯阳，朔望商埠、倡家多来礼拜。此老饱受美人香花供奉，艳福诚非浅矣，第不知与女间有何渊源，则不得而知矣。去冬忽失慎，乃在楼上，未殃及其下，纯阳依然无恙，唯其龛已去其盖，以芦菲蔽之，为状殊可怜耳。

趵突泉前后左右，俱为商市，百货杂陈，方弗上海之城隍庙、苏州之玄妙观，其价较他处为廉，故生涯不恶。修葺方新，满目皆红绿，而尤以所叠假山呆板，了无丘壑，最使人生不快之感。泉之通于外者，曲折以赴，随处有细珠浮起，潆洄全城，为历下饮料唯一之府库也。

趵突泉右若干武，为山东大学校，内有金线泉。门者言，前年墙歆堕于池，灰砂沉浮，浚而复之，遂失本来。唯在出流近垣处，有水纹凸起如线，可二尺许长，水动则纹亦动，如游丝荡漾，门者称之曰黑线泉。按之志乘，无是名也，然金线既失，代以黑线，亦未尝不可。

军署有珍珠泉，得一介者，即可入览。容水于方池，围以铁栏，清澈纯洁，为他处所弗及。所谓珍珠者，亦时时浮起细沫如串珠而已，随起随化，无虑数十处，且不尽在原处，盖伏流活跃，不可捉摸也。是泉回流远迁，可泛瓜艇，惜为禁地，弗能容与，为怅怅耳。临泉有精舍，为巨僚宴会之所，则此泉已沾高贵气味，与在山时有霄壤之殊矣。

此外尚有一神妙绝伦之玉乳泉，在省署之西隅，水喷起可二尺，有似圆柱，洁白如玉，径可尺许，翻泛成粒粟，乃如乳液，抚之微温而不寒，饮之甘而不涩，较之喷泉为有味。壁树小碣，镌文记颠末，知系一朝鲜人所筑，盖亦利用吐沫如珠，汇而束之，乃呈巨观。省署西偏，略有林木之胜，唯布置草率，殊少结构匠心。

大明湖名震寰宇，顾闻名不如见面，以视明圣湖，瞠乎远矣。唯春尽夏初，薄言驾游，水波如縠，素心相接，空明骀荡，亦足移情。湖上建置以张公祠、铁公祠、关帝庙三处最佳。关帝庙极峻，有石级数十，左右石光可鉴，儿童每于其上竞走赌胜，庙塑神像，极庄严诡怕，谓所以镇湖妖也。

湖舟两种，一巨广可容二十人，玻窗漆槛，无异斗室；一小艇张篷，周匝无遮，可坐五六人。运行不以橹，不以桨，而以篙，篙非竹，而为树干，前后撑抵，亦能自如。值之贵者，

大明湖畔的张公祠

日不逾三四金，已得清茶润吻，惜不能如吴中画舫之治酒食耳。舟悬联额，写作俱佳，可知已尽点缀湖山之能事矣。有历下亭，最古，门悬何子贞联："历下此亭古，济南名士多。"脍炙人口。顾其地亦平平，唯门前老柳婆娑，略有画意。

游湖不宜秋深，芦花已谢，只留枯干，满目苍凉，都无是处。此外则各有可取，不尽限于春夏之交也，唯春夏之交，士女如云，不仅有山光水色可看耳。

湖在城内，城齿照水如啮，此境有特殊风味。盖大抵湖山之胜，总在郊外，南京之玄武湖紧贴城根，已不多见，况潴渟于城内耶。此湖多泉水，故亦甚清纯厚冽。湖滨图书馆，有台可登以远眺。左近驻兵，每至夕阳斜堕，筋吹呜呜，催客归去，亦他处所无也。

城南有标山，山不甚高，而颇有秀逸之气，建屋数椽，可以登临，道者居之，憔悴可怜。若加润饰，亦能入胜。

历城凡四门，城外附郭谓之圩，圩凡三面，缺其北，其形如凹，圩门有五，相传北方之门启，全城将受巨火之灾寖，故终岁坚锢。城高而厚，多砖而少石，圩反是。圩读作围，与南方圩田之义不同，称圩内曰圩子里。西圩门曰普利，特大。

南圩门外有千佛山，新筑土路，可以通车，清明重阳，登者络绎，凡三百五十余级，皆甚修整。有山兜代步，以木为椅，以绳为垫，上盖布幂，抬者并行，乘者横列，可以晤谈，亦名爬山虎，若在平地，其行迅捷，似较南方笋舆为灵活。山半有牌楼，题"齐烟九点"四字，更上数十级，为千佛山寺，右佛殿，左空屋，道士煮茗待客，其地在山崖，下临无地，可以望见城郭。山行多惫，于此稍憩，微风扇凉，山鸟呼人，甚乐。山顶极峻峭，然有山路易登。此峰为历城诸山之首出，唯千佛之名，殊弗相称，因搜尽山中诸佛，亦不及百数也。

去千佛山七八里，有寺曰开化，土名开元，不知何由致误。寺内石壁镂佛甚多，大者四五尺，小者四五寸，惜皆涂以颜色，虽甚庄严，已失本来面目。壁脚有秋棠泉，水乳淙淙，朝夕阴晴无间，饮之亦甚甘冽。

是地山峦蟠曲，如洞房复室，入之者往往不辨来路，故军事上亦甚重要。济南三面受敌，唯此山为苏豫之间阻，故守济南者，必守千佛，千佛不守，济南亦旦夕为敌有矣。

商埠公园面积颇广，树多花少，扁柏有高逾寻常者，有矮及腰围者。夏初紫藤花开，棚下设座品茗，时有花枝招展而过者，多为北里中人，亦有鹣鹣相比而至，午后四五时间最盛。花事以樱与桃为多，梅、杏、玫瑰次之。西有鹿牛，东有文鱼，鱼之大者可六七寸，无虑二三十对，惜无奇种，皆普通红白龙蛋而已。中央一亭，豢鹦鹉，雪衣灰喙，能与客周旋，每见丽人，则作媚声，亦可儿也。

魏家庄为商埠之特别区域，盖其地屈曲，与经纬路不能一致，有新市场，中有戏园、大鼓茶室、菜馆，以及各种货摊，为劳动界与兵士之俱乐部。其地污秽湫隘，不堪终日，最可异者，中间通路为水车之轮所碾，成一小沟，每值天雨，积水如渠，人行其间，须左右趋避，为状极可笑。

此外较整齐者，城内有劝业场，商埠有萃卖场，皆杂陈百货，其值往往比诸大商店为廉。近萃卖场处有茶楼数家，均招鼓姬侑客，每在黄昏时分，轻车过其下，遥见人影憧憧，歌声隐隐，别有荡气回肠之致。

二马路纬一、纬二间，为意大利领事馆及中国银行，杂树高出墙垣，寒夜丸月相映，积雪未消，益见皑白，林木静肃，人语不喧，与上海静安寺路极肖。

公共娱乐之所，有上舞台，男女合演，小广寒电影，而包罗万象则为游艺园。园在七马路之纬六路，环境已极幽僻，且中间布置，亦甚简单，故生涯并不见佳，而电影、新剧、京剧均须另行纳资，其费更昂，与上海之游戏场为经济的娱乐，迥乎不同。

上舞台卖座虽平平，而堂会则月必数回，故唱大轴者，与略有色艺者，所入亦不恶。最近赵少云唱须生，颇能叫座，微病在杂，学谭学汪，虽各得形似，究非专工，可以驰名，年仅十五，貌亦娟好。有妹十三，更依人如小鸟。东方亮、东方明姊妹，已为过去之人物，唯娄琴芳有后来居上之势。

小广寒之经理为一俄人，因之入籍军往观者特多。间有俄片，其背景特奇险，惜情节总觉简单。中国片多为天一公司所制者，以社会心理，趋向旧小说，而天一皆以旧小说为蓝本也。地甚小，价甚昂，每夕总能满座，则以往观者颇多贵人眷属，女伴招邀，汽车骈乘，往往定座以十数计，盖非此无以消遣也。

青年会亦演电影，然一年虽难得几回。此外日本人偶或假一地，临时开映若干日耳。

弹子之戏，都附于旅馆及西餐馆，青年会亦有之，唯人多，不舒服耳。麻雀之戏，较南中为盛行，且名目繁多，底虽小而出入甚巨，所谓无奇不有也，且皆行旧法，故庄家为人人所注目。扑克不多，新年及婚嫁寿庆，则每赌牌九，一掷千金，寻常事也，然亦以军政界为然。

最可异者，鸦片烟几乎成为普通日用之品，中人以上宴客必设，不能玩者，视为特殊，因之军政界中上阶级，十人中八九嗜之。警厅搜禁，亦唯于平民能尽其力耳。本来曹州烟斗胶州灯，极负盛名，而青岛张泮之签，尤为国中巨手，细滑韧劲，有得心应手之乐云，器既精求，则人之嗜者自众矣。

妓院有两种，一北班，一南班。北班包括京、津，余则土著。南班包括苏、扬，扬帮于南班中极占势力，因彼每自称苏帮，而人才又众，真正苏帮，寥若晨星也。大本营在三马路纬七、纬八间之济元里、大生里，亦有散居他处者。

院例不摆酒，出局唱者取二金，不唱者一金。故妓至，于寒暄后，必问客需唱否，客答以随意唱几句足矣，则彼此能体贴已。唱时必离座，面琴师而立，如私塾之背书然。

所赖以浇裹者，厥维牌局，局可获四五十金，则有留髡希望，若较高贵者，两三局后，总可达到目的；次也者，虽不成局，纳二三十金，亦能一度春风。盖例有拘束，不似苏沪之花酒，又热闹，又活络也。茶围又不取分文，因之院中模样，极形落寞。重以军兴后，兵士横行蹂躏，无由告诉，大兵砸班子之一语，闻之熟矣，不足怪焉，甚至有见妆台陈设，心好之，即怀之而去，安得不令人时生戒心。故济南之花，无日不在风雨中也。

日本妓侑酒论时，大致每一小时二三元，商埠有日本旅馆数家，均可招致。亦有如中国幺二堂子，专事肉欲者，唯价值亦随时间久暂而定云。

因俄人在济甚夥，遂有俄妓，以应需求，浓抹脂粉，真罗刹夜叉也。其例如何，不得而知。

倡门憔悴，半由军事，半由民穷，然亦有一旦承恩，忽然被召，贮之金屋，顿脱苦海者。盖英雄儿女，情意相孚，千金不吝，而济以权威，龟鸨不敢悭靳矣。故军幕中窑变之姨太太，较他处为多。

论理，妓必炫装，然济妓绝少新奇之饰，旗袍为最盛行，几乎四时不断。以交通多阻，物价昂贵，苏沪间时髦布帛，每隔半载始至，而其值尚增数倍。北地胭脂，平居有衣青布者，质朴可惊。

此外尚有一可笑之话柄，济南倡门无虑数百，而无一自办包车者，即房侍亦都以假母充之，能占一统厢者，已为红姑娘矣。在军队未开拔时，居屋被封，乃僦居旅舍中以避之，其情境亦可愍矣。

北妓以金铃为魁首，静娴娇小，一笑百媚；南妓以高小琴、小凤凰为最，然年事略长，不如金铃之年华犹当豆蔻也；云卿白皙窈窕，姿虽平庸，亦足一顾，以苏人而虱居扬帮之广陵仙馆，同伴咸以为非，其实同是寄人篱下，何必五十步笑百步耶。

花小芳之假父，花丛咸称以娘舅，工烹调，尤擅长作江南风味，故南客便饭，多倩下厨。北方鲫鱼虽甚贵视，然总不及彼塞肉红烧之腴美也。

其他春色出墙，别有问津，非得识途老马，难走章台。彼中人称转运公司，盖言如货物之由其输送也。

女佣多数缠足，故操作侍应极迟钝，唯每能作点心，如面，如馍馍，如扁食等，虽南方厨子，亦有愧色。洗衣用木板作梭，以衣濡水推搏，不能以手相搓，习之弗改，故衣易损破。

车夫较南方为廉，可令其赁车，以免自购，月计工资，赁资不过十七八元，车灯所需蜡烛、电石，一切包括。唯主人应酬广，则外快所得，往往超过工资，譬如赴宴，每车须四五角，赴博局则赏赉尤巨。通行于街衢间之车辆，计有五种，一为羊角车，一为骡车，一为马车，一为人力车，一为汽车。羊角车有一雅号，曰一轮明月，运货最繁，以乡间可以通行，故平民入城，亦多有坐之者，上置布垫，或铺毡毯，据老于斯道者谓颇舒服也，土称小车。骡车亦称大车，有时以马代骡，可装多量之货物，大车加以篷帘，即可载客，赶车者每以长鞭抽挥，以代呵叱，其声清脆，如放月炮。马车仅为眷属所乘，而最大主顾，厥为婚嫁与送丧，马额系铃，行时叮叮作声，清丽可听。人力车极考究，后篷遮以白布，远望有如西洋鹐鸪之张其尾羽，铜镶其柄，景泰蓝制为栏，虽寻常一街车，远过苏州之自用车也，喇叭声洪大而延长，有置双踏铃者。汽车每小时三元，统计不及六百号，最近美记洋行来济设店，专售福特卡，生意并不见佳。

长途汽车有利菏路，以路劣车劣，时有半途阻滞之虞，自普利门起之菏泽县止。复自普利门至纬十一路，有公共汽车两辆，往来日数十回，以车小而人杂，故只平民与兵士乘之耳。然北方土路贯通，基础已具，若能随处加以开拓，使道路如蛛网交错，则长途汽车之发达，与地利民俗之交换，可得大利也。

轿极少，唯婚嫁及送丧用之，亦甚草率，远不如苏沪之华饰。此外尚有一奇异之代步，以木制为几，置骡背或马背上，铺软垫，使妇女乘坐，因妇女未开化，不愿如男子直骑，多侧身横坐也。余尝见一新嫁娘，满头宫花，与花花绿绿之衣服，耀眼生缬，端坐骡背之左，而置衣包小箱于右，高出屋檐，如抬阁然，可以入画。

婚礼新旧并行，嫁女受礼，不治饮食，不亲迎，仪仗亦只衔牌乐队而已。轿不空去，或雇一较楚楚之童子坐其中，或由喜嫔承乏。轿前有两灯，去时不燃，置肩上，归时则秉之如仪。

新式婚礼都于青年会、公园四照堂及齐鲁大学之礼拜堂中行之。

寿礼极隆重，物必求丰求美，友朋传致，愈多愈善。阔者招堂会，其僚属以级分认数目。即寻常人家，亦有以福、禄、寿、喜四级，请亲朋自认者。贵人生日之庆，几乎年年行之。

礼物首古玩，次金器，次银器，次幛，次联，金钱最为平淡，装潢亦较南方为考究。唯联价之昂，超过南方二三倍，例如一六尺泥金联，在苏沪不过七八元，而济南非二十金不办。

款识无甚大列，虚荣则较南方为甚，虽乡党亦叙爵。

丧仪称家之有无，所不同者，前导为经幡，而无开路神，铭旌有座，两人抬之如舆，高不可攀。榇前哀乐，有唢呐与笙，故呜呜咽咽，极凄楚动人。榇以杠房料理，外椁左右髹漆雕镂，嵌以玻璃，衬以刺绣，上覆彩绸，二十四人以上，举之在肩，一人执铜钲，一人执木柝，为动止之节。行时复以红绿绸缎前后引伸，以见其平稳，闻京津间俱若是。

路祭之处，上盖红黄两色相间之布幂，下置布彩之栏杆，菜亦丰腴美备，非若苏州路祭之不值一笑也。

某日见有某家举殡，榇前有高跷一队，粉白黛绿，装妖作怪，鼓乐杂作，其音靡靡。每至阔宽处，停榇以观其搬演，戏笑百态，绝不庄重，道旁围观如堵，喝采鼓掌，有如赛会演剧，即孝子顺孙，亦于斯时企首翘足以观，恐已忘衰麻之在身矣。此等怪状，闻所未闻，见所未见，即问诸土著，亦谓创举也。

元旦、端五、中秋三节，酬酢极繁，仆役贺节，主人犒赏，亲朋以礼物互相馈遗，机关停止办公。盖北方沿用阴历之习惯，尚未破除，而社会交际间，又重尚虚文也。

商店服从警视者之命令，谨敬小心，即如纪念日及令节，警厅命令悬旗，无论大小店铺，必以五色国旗撑出檐外。人力车夫亦较南方为驯善守法，譬如汽车自远而近，但闻喇叭之声，不俟岗警之举棍阻止，已相率避让道左，故汽车肇祸之事绝少。

警厅有清洁捐，不论商店、住户，均须照纳。街道尚整洁，沿途厕所极少。乞丐虽多，都为妇孺，因男子可以当兵，而济南招兵之帜，又遍地皆是。唯近年水旱偏灾，各县都有，每至冬令，流民结队而来，地方热心人，遂有栖流所之组织，活人无算。

每街有长，方弗苏常一带之地方，有官厅委令，在戒严时期，负清乡之责。

青布为最普通之衣料，虽家拥千金之资，亦多有衣青布袍者，质朴为他处所弗及。妇女居处，俱不穿裙，出则盛饰。因天津像生花随处皆是，故旧派簪于云髻之上者，颇不乏人，且其花悉为红色，有鬓边一朵两朵，尚不碍眼，有绕髻如环者，烂漫如刘姥姥入大观园。女学生制服，亦用青布，皆束玄裙，故极大方，且与不学者显然有别。

三十以上之妇女，多半缠脚，因当时求其纤小，故此时虽已解放，仍不能免去袅娜摇曳之态。城中少妇，面敷脂粉，鞋绣花枝，俨然二十年前姿态。虽官厅有放足之劝，并定罚则，而观望犹豫者比比，此殆教育不发达不普及之故耳。

亦有截发革靴之新女子，唯社会视如凤毛麟角，最普通者，厥维横S髻、旗袍、尖头鞋耳。

冬令天寒，较南方为烈，故女子之服装，不能不有所戒备。上也者，帽兜斗篷，平居则旗袍；下也者，扎脚管也，若是则下体可以抵挡冷气之来袭。

春秋暖和，多衣旗衫，寻常短衣，亦必过腰。女孩儿则花花绿绿，不拘一格，有以大红为尚者。大致颜色花样之流行，较诸苏沪约迟一年以外，虽亦有特出冠时者，然不能认为已经传布也。

男子之上流者，必加褂，虽盛暑，于夏布长衫外，加黑纱褂焉。冬令有氅，其式如斗篷，较长袍约短尺许，极轻松灵活，因大抵室中置炉，一卸一披，较大衣为便。此制系从军服中蜕化而来，故亦唯军政界中制用最多。

衣之格式，无甚差异，唯下裥开叉极高，离马褂只有二三寸。大约因北方人举步甚大，又喜骑马，故非此不能便利，非若南方人一步一摆，以摇曳为美也。

青布长衫，几成家常必须之服，与十余年前苏常一带之竹布长衫同，虽为中人以上，其居家亦有衣之者。冬令近年多穿丝棉，南风北渐，于此可见。滩皮最不耐用，因煤灰砂尘，处处攻击，不及一周，新制者亦成灰色态度矣。

帽多皮制，间有用绒者。其式分两种，一为海派，系平顶；一为津派，系高顶。春秋所用之帽，其高度较海派高出三分之一以上。呢帽亦甚流行，唯不似上海人之讲究耳。

鞋亦有海津两派，唯绝少用玄色以外之质料者，津派有梁极深，海派为尖头尖口。因道路建筑粗陋，颇不经久，而以缎类为尤甚。市上有一种特制之拂尘，系以方布缚木杆上，拂去鞋尘，极合用，不知何以不南来也。

袜亦只黑、白、灰三色，其他杂色，购觅甚难，即妇女亦多用黑。丝袜极少，唯旧时布袜，则早归淘汰矣。

二三马路之两侧，时有出售旧皮衣者，精粗俱备，能具巨眼者，可沾便宜，否则反致受绐耳。

日本商店之布，亦能受一部分人之欢迎，俄人之肩荷求售者络绎于道。至推车卖布，以巨鼓摇动，声震里巷，别有一种风味，与南下叫货，异其旨趣。

店铺放尺极严，不及加一，而价目之参差，更不堪问，大半由于币制之不统一。

花边甚得妇女界之欢迎，几乎无衣不镶，且喜用粗枝大叶。本地无出品，皆自海上来，价自贵矣。

与北人相接，最可憎者，厥维葱蒜气，受之令人作三日噫。盖其日常所治馔食，无一种不加葱蒜也，习惯成自然，在个中人亦不以为怪矣。

普通人家一日三餐，晨馍馍或锅饼，不具菜；午晚俱馍馍，或佐以小米稀饭。夏令复有煮绿豆为汤者，谓可以祛暑毒也。

近来因南人北去者众，渐起同化作用，北人亦喜吃米饭，闻北地亦有种稻者。

实心而形如圆柱者，曰馍馍；空中有馅者，曰馒头；状如道髻者，曰花卷；扁如水饺者，殆曰扁食；其大如锣者，曰锅饼，此为日常所食之品。尚有实心烧饼，殆即《水浒》武大郎所制之炊饼也。面未见佳，且多以过桥为本位。

泰康公司、上海物品公司之宁波茶食，极占重要地位，其余天津、北京式者，形式内容，似有相形见绌之势。此等买卖，计重量不计个数，面子上似甚公平，然未见以半枚或四分之一相增减，则其重量之合算，未必准合也可知。唯欧美化点心，则论件。

胶菜驰名南北，然在济只称白菜，其菜肥白阔大，煮之自然甘美腴润，与南方所尝胶菜大异。

小食之铺，随处有之，大都为馍馍、馒头与面，较上等者，兼治肴馔，则称饭庄，然而非以饭为单位也。北方人吃点心极少，大概入饭庄者，即饱餐一顿而去。

山东馆在中国饮食业极负盛名，北京之大饭庄，皆为山东人所经营，然在济南，则反称天津馆，所谓远来和尚好看经也。门前悬红漆金字之小牌，四下系红绸，迎风飘荡，盖犹是酒帘之遗意也。

店名有极奇异者，如一条龙、真不同、大不同等。真不同，其门才可容人，且猩恶之气，触人欲呕，然内座尚整洁，能制春卷及南方炒面。因北方炒面，仅在滚油中一撮即起，面与油未起如何作用也。

天津馆例，客至先以四小碟饷，一菜一豆豉一豆腐一酱瓜，不取资；治整席者，末后有饭菜四色，可以为客多菜少之救济。

鱼为大烹，而尤以黄河鲤鱼为最，在中等筵席，所以代燕翅也。其煮法有一做两做之别，一做者，或红烧，或清串；两做者，以一鱼中剖为二，一红烧，一清串，如尚有余剩，则令去骨制为汤，可谓精之又精者矣。鲤鱼在南方不甚名贵，以自身之滋味及制法均不善所致。黄河鲤鱼肉肥而嫩，其制法与西湖宋四嫂所制相似，不令多受火功，故汤清如水，肉腴如蜃，红烧串汤，各有至味。

山东馆尚有一名制，即汤包肚是也。其肉干脆，嚼之无渣；其汤清澈，饮之味远。本来制汤，为山东人之特长，大约易牙之遗泽，犹有存者。猪肉之类，则不甚擅长矣。烧鸭亦较南方为佳，因肥大多脂肪，非若南方之鸭，瘦瘠如老鸡也。

下　卷

百花村初拟仿镇宁间之茶酒两宜者，以济人无茶癖，故仍专以饭庄号召。唯百花村茶楼之招牌，尚在帐房之壁上，亦一纪念品矣。

论商埠诸菜馆，济元楼如半老徐娘，犹存丰韵，倘为熟客，倍见温存；新丰楼如新女子活泼泼地，自有天真，间效西风，更新耳目；三义楼如少妇靓妆，顿增光彩，已除稚气，颇有慧思；百花村如北地胭脂，未经南化，偶尔尝试，别有风光；宾宴春如新嫁娘，觍觍已减，斌媚独胜，三朝羹汤，小心翼翼。此外番菜，亦有可以比拟者。青年会如东瀛女子，不施脂粉，良妻贤母；仁记如西班牙女子，其媚在眼，其秀在发；式燕如久居中国之侨妇，渐受同化，又如华妇侨外，亦沾夷风。

大多数番菜系德国派，每色材料丰富，牛排大如人掌，非健胃者不能胜也。

城内饭庄，不及商埠生涯之盛，而有一点相同，即其建筑，与南京中正街之旧式客栈方弗，皆为敞厅，绝少高楼。

侍应与京津同一派头，客来客去，另有侍役屏立迎送，虽夏令亦穿长服，酒罢则进漱口水，较南方为周到。

每至十月，家家置炉矣，炉价极廉，仅及南方三分之一，大商铺亦有之，火炕之制已除，明年二月始卸去。因之窗牖亦都严密不透风，门垂棉帘，其出入必经之处，则装弹簧铰链之风门，漏隙处以棉纸裱糊。故入室即温暖如春，出门觉别有春秋。

房屋式样极质朴草陋，门面旧派如祠堂，新派则石库门，内室多四合式，极合分居之用，因各室平均，非若苏式之左右两厢，仅能备起居，不便作上房也，唯采光通气，不甚讲究耳。木板之价甚贵，故用之折壁者少，多用芦管支架，糊以红纸，即其墙垣，亦泥多砖少。

屋面用红瓦者甚多，其用青瓦者，皆仰置，下涂以泥，便黏着不移，掉换甚难。雨急，水如瀑布，无檐滴，无瓦沟也。

窗棂用玻璃者极少，平时光线亦弱。屋顶多天花板，皆为冬令求暖而设，油漆亦不讲究。尚有掘地穴以藏什物，或供仆役之寄宿者，曰地穴子，气候较地上室为冬暖夏凉，惜潮湿耳。

凡一住所，必有一毛厕，因北方人不惯用净桶也。此点殊有改良之必要，其实可以改为无底公厕，较为舒服而洁净。

普通建筑，都为三间，即小说所谓一明两暗也，明以饮食，暗以寝处，而会客之所，则在左右两室。其简省者，四合之室，各容一家，而以空庭为公共场所，特较上海衖堂式房屋为舒展。盖济南地价虽贵，尚不至如上海之只能占天、不容占地也。

石以青石为多，琢工极粗。晚近新建筑，则尽是红砖水泥，然结构布置，绝少匠心。城中旧家，亦无园林之胜，一由于质朴之风未泯，一由于工作之费过巨。

店铺门面，装饰草率，大抵有一牌楼式之门，中间空出一横幅之地位，顶备书写店名，其门面较大者，则左右书其营业上之术语，如京津糖果、绸缎纱布等。有已经易主，不肯涂饰，即于旧题，略加粉饰，改题于其上，一经雨淋，粉去而旧题复显，遂成复形之字，殊不美观。

招牌亦甚简单，绝无过街者，书法亦不若苏沪间商家多倩名家法挥，大都任漆工任意为之，即有善书，亦不具名也，新派近日化。

包裹货物，俱用树皮纸，不印店名，其绳皆麻丝，染以紫色，与北京同。唯较新之店，则亦用印成字样之纱带。

除茶食、水果、饭庄、戏园有夜市外，其余在十时以后，即无人过问。夜间灯火铺陈，亦甚简单，城内更形冷落。

电灯极暗，由于偷电者过多，故在傍晚，反觉明亮，八时以后，暗如蜡烛，至夜半始复大明，且时有中断之虞。然济南一埠，用者极多，若能整顿，不患无利。所困难者，军政机关，不敢过问耳。

电话为新式，不用手摇，接话亦快，听时颇清楚。因北方人说话沉着，并无苏人拖泥带水之习也。

济南名物，以玻璃丝制物与金银丝刻嵌，最为驰名。玻璃丝产博山，其细如发，以手工编组，中夹书画，远望隐约如蒙薄纱，电火映之，则作作生芒，制为灯罩，更见玲珑明媚，大者为折屏，较绸布者为耐用，最贵亦不足百金。金银丝刻嵌为潍县人所擅长，惜器具种类甚少，不外手杖、墨盒、笔架、花瓶等等，无新制，技术则甚精，细腻熨帖，绝无刀镂痕迹，价甚贵，一笔架刻四字双钩亦须六角，若加款识，计字论值，小字五分，大字一角，且多为篆字，取其易于雕镂也。

尚有一种毡毯，图案古朴，有毛茸茸然如绒，置榻上，极舒暖。唯颜色以紫黄蓝绿为多，一席之价约十余元。此外有毡鞋，冬令穿之，不觉其寒冷，惜状甚臃肿，亦唯老年人肯用耳。

棉纱所织之枱毯，价不过一元余，而花纹甚雅，与西洋舶来之绒毯相似。

首饰盛行镶嵌，手术不弱，普通妇女都用之，无专售珠宝者，皆附属于金银铺中。

水果置朱漆或黑漆之圆盘中，骈列两侧，如送礼然。梨为最多，可以四季不断，有数种，味皆甘美无酸。葡萄亦甜美多液，虽至隆冬不坏。泰康公司制肥城桃极鲜美，欲尝真味，须在六月，其大如南方之苹果瓜，且少蛀损，则以北方雨少故也。

酒馆中供客消遣者，为西瓜子、南瓜子、花生米等。西瓜子大而咸，绝无南方制者，即以南方西瓜子饷北人，北人亦未必欢迎，盖病其细小而淡也。

晚近气候亦已变化，冬令极寒，只零下十余度，且二三月间已能和暖去皮棉。故彼中人云，较之二十年前，已减去一个月之火炉生活矣。时吹大风，吹时飞砂走石，不能张目。夜间内暖外寒，窗上气凝为霰，有如花玻璃，间有冰碎者。雪下后，非三日不能尽融，其在阳光不到之处，或积一两月亦未可知。

夏令日间炎热，至晚凉飙吹来，却有秋意，已有海洋气候。雨水极少，亦无连日淫雨者。

文化极难感受，出版物之寂寥，殊失都会之地位，其间亦以军阀束缚忌讳之故，明哲保身，多一事不如少一事矣。学校以潜修为尚，绝少活动，故春秋佳日，盛会难觏。江南视为家常便饭之跳舞与歌剧，彼方尚居为奇货也。

报纸不少，有日本人出版之《山东新报》，全为日文，别有青岛版，随报附送，间有短评，眼光并不远大。规模稍具者为《新鲁日报》与《济南日报》，《新鲁日报》有官报臭味，《济南日报》有日人撑腰，然有时尚能说几句公平话。其他若《大民主报》《平民日报》《世界真理日报》《鲁声》《山东法报》《山东商务日报》，只是剪贴工夫，并说如不说之短评而无之，虽日出两大张，一二人足以了之。盖各省新闻有南北报纸可翻印，而本地新闻有新鲁社通讯大批供给也。

附张文艺之幼稚，更属可笑。《平民日报》曾一度仿上海小报例，出版《如意日刊》，后以材料、经济均告困乏，不能不抄袭。此外更不成模样，《济南日报》副刊甚至以《二十年目睹之怪现状》，排日连登，诚怪现状也。《新鲁日报》之附张《日新语》，颇能特出冠时，惜时方多故，南北邮件罕通，亦感稿荒耳。

京报隔日到，津报当日到，沪报最快隔两日到，其后津浦车梗，从海道至青岛时间更费，至少须隔四日。

济南人士之看报欲，极不发达，从来报纸，本埠销数无逾二千者，对于南北报纸之信仰，只有北京之《益世报》《晨报》《顺天时报》，天津之《大公报》《益世报》《新天津》，上海之《申报》《新闻报》数种，《晶报》亦甚少，市上无零售，《上海画报》更寥寥矣。

纸烟以英美烟公司所出为最风行，上层社会多为大炮台，中层以下为哈德门，南洋烟草公司弗能抗也。烟税特重，大抵一听须贴两角，故大炮台价在一元以上。

冬至后有元宵，其大如南方之汤团，唯俱为甜馅，以米粉作点心者，仅此一种，此外皆麦粉世界矣。

《史记》言齐人多夸，此风至今不减，逢人必以官衔、职位相炫，而谈吐之间，亦喜自张其能耐。因军阀势力之大，养成人民一种欺弱怕强之习惯，在此数年间更甚。

军阀机关之多，为各省所无，佩黄色附号者触目皆是。在丙丁之交，司令部有六十余处，商埠旅馆幸免占住者，不足十家也。招兵之小旗，满街飘拂，盖旅部希望成师，营部希望成团，上有所喜下必有甚焉者，后以作战失败，严令禁止，遂稍敛迹。

白俄别有统属，称入籍军，优给饷糈，并有携眷属僦屋以居者。初时褴褛如乞人，今已易华服，与欧美妇女相类。俄兵酗酒与不洁之病，较之中国兵有过无不及，所习技术，以炮骑为上，然久用则疲，况又以娇养渐成惰性耶。

警察佩匣子炮，且素习射击，守岗时尚能尽力。冬令衣皮氅，形式上亦较南方为壮观。

因兵队之多，而军服店亦随之而发达。西门沿城脚，有专制武装带、子弹带之皮件店，比屋而居六七家，其值较军服店为廉。此外大衣之销场亦夥，因天寒出门，非此不可。

旅馆以津浦宾馆、胶济宾馆最为宏整，专为阔旅客而设。冬令有水汀，室中陈设，俱取欧化，兼治西菜，达官贵人往来小住，悉于是下榻焉。大马路侧旅馆虽不少，然类皆湫隘卑陋，且多为军部所占，门外红纸高揭，门岗矗立，即为禁地矣。

日本旅馆有金水及鹤家最美备，价特昂，一夕须三元以上，且席地而卧，天寒以炭燃磁缸中，纸窗木几，局促而不安，往往为密会之所。

学校涉目不多，颇闻尚重读经，因教育厅长兼大学校长为清季状元王寿彭，故思想极旧，训育方面自然取严格主义矣。山东大学校为省立，有工科，设备尚楚楚，校址亦大，外观直是一衙署耳。

南圩门外有一基督教之势力圈，齐鲁大学、齐鲁医院、女青年会、广智院均在焉。广智院之建置甚宏大，设备甚富，有黄河铁路模型、世界人种模型、古代各国钱币，以及各种足资参改之模型、标本、图画甚夥。自清末迄今，已有二十余年之历史，中间颇有价值极高之品，若再广事征求，可以成为北方一大博物院也。

洛口距济南北二十余里，为黄河铁桥之南岸，因车行至是，有数分钟之停止，而渡河者亦于此起落，故略有市面，汽车半小时可达。天寒水浅，沙滩浮出，下流冰片络绎而下，其声疏疏，如流泉咽石。桥长不知其几百尺，而桥下无水者有三十余尺。建筑极固，并有复路，备人经行，然非得站守许可，不能通过。闻京汉路之黄河铁桥，更见伟大，然此桥已非南中所有，若在桃花水发，汪洋一片，波涛汭洞，当有可观耳。

河岸高及寻丈，车站几如堡垒，有石级可上下，而村落廛肆，在河岸之内，低洼中陷。盖河水暴涨，非如此不能得安全也。立此岸遥望彼岸，只是黄沙一抹而已，即水流亦极混浊，古人云："俟河之清，人寿几何。"实则纵历亿万千年，难见澄清，即长江滚滚，亦不能如海水之一碧也。盖长流经地必多，所挟砂砾至多，自成此色。

全省有一百零七县，面积极广。鲁南多山，每为盗窟，剿之不能尽，抚之不能容，重以连年多旱，忙于兵事，民力凋敝已极。故就济南一埠表面上观察，仅能得其皮相而已，然而金融上已出筋露骨。

山东省银行信用甚佳，其所发行之钞票，与现洋等，上海钞票反须贴水。自发行江苏钞票以后，现银缺乏，兑现顿感困难，价值陡落。余离济时，尚未公开折扣，然至青岛，已不甚欢迎矣。

军政费赖以挹注者，为金库券与军用票。金库券隔六个月兑现，初发行时可得五折以上，愈近愈增。军用票此次已为第二次，票面书明军事平定，一律兑现，因之随战讯之利否，高下其价值，最低为三折，最高为六折。唯其起落频频，故颇有因以为利者，大抵省银行职员与银号，为能占耳。

银行有中国、交通、大陆、上海等，皆分行；有东莱、道生、丰泰、鲁大等，皆总行。银号多出数倍，除借贷博利外，买卖库券、军票为最大之命脉，操纵居奇，极称能事，盖有上海证券交易之风焉。

银号俱有零票，分一角、二角、三角、五角四种，漫无限制，往往有不及一年，即行闭歇。因此社会流通，亦有检别，外来者不察，不免受给。最奇者，银角反拒而不纳，以大洋为单位，于是物价因而亦腾高不少。

金库券、军用票虽不许折扣，然实际上不能不任其升降，买卖时必先告以使现大洋，乃得真价，若不言，则彼所索者必奇昂，即授以现洋，吃亏甚大。然有时不肯说出两种价目，必待顾客以现大洋相示，方吞吐其间，盖恐受诘责也。

军官眷属出门购物，每以马弁相随，而马弁往往需索零物，占小便宜，主人不之禁，店伙无如何也。并有戎装佩武器而为主人裸抱孩提，顿失赳赳之概，亦中国军人之特色也。

人云一入京华，即生官瘾；余谓一至济南，即有军官癖。盖触目皆军人势力，而军官之起居服御酬酢，在在占最高之位置。故虽三尺童子，亦喜穿军服也。有所谓幼年学兵团者，所容皆未成年之童子也，然其教练，与兵士相仿，童而习之，宜若可以成劲旅矣，而山东人之武倾，亦于此可见矣。

除普通机关外，军政衙门其办公时间极晏，大都自下午二时起至七时止。因此宴会在九时以后，睡眠须在十二时以后，而起身须在午前十时以后，其生活状态，几与上海方弗。

旧式女子尚占最大多数，故社交极枯寂，然军政界人物之眷属，烟酒赌无一不能，故消费极大。

广告招贴，有指定场所，并不随意四布。唯电杆木绝对放任，故五颜六色，至为复杂。

纬二路有一庚申俱乐部，为中日美术界之集合地，时于此中开作品展览会。日本人另有一种结合，每年须改选一次，选举运动，系公开的，于街衢间揭布姓氏，俾日本人知所注意。此种结合，专为居留人谋幸福乐利者，方弗一同乡会，而为领事馆之监督建议机关也。

日本商店，不出玩具、花木、吴服、药剂、文具诸类，其间陈设，亦不甚讲究美术，与中国商店相似，花木之装置最精，价亦奇昂。每至岁阑，大张旗鼓，有赠品，有折扣，有时则划一不二价也。

北方水果肥大甘美，素所著称。惜余以十月去，明年三月返，在此期中，为水果最少之时，只有梨与葡萄而已，甘蔗、福橘其贵几超过产地十倍以外，木瓜极大，北方人以之置枕边，谓可医疯痛，闻杏子极甘而多汁，同与嘉兴之槜李，与肥桃同一无福消受。而此行亦以未瞻孔林、未登泰岱、未尝佳果为大缺憾耳。

原载《紫罗兰》1927年第2卷第14、19号

济南之泉

范烟桥

《老残游记》说，济南有七十二泉，但是我只见了四泉。

"趵突泉"因为有市场在那里，所以到济南的，差不多没有不去一看的。这趵突泉确是特异，在平静的池子里，起着三个大漩涡，好似美人的笑靥，并且漩涡里的水，老是活跃着，像下面有极强大的热力在燃烧着，因此沸起来了。有人说是天然的，有人以为是人工的，这个哑谜，如何可以解答。但是看到"玉乳泉"，不免起一点怀疑了。

"玉乳泉"在旧时的省长公署里（恕我不时，因为我不知道现在济南的官制和衙门所在地怎样的变迁了），有三四尺高，上锐下钝成了一个圆锥形。不是从上面流下来，却是从下面涌起来的。因为它的颜色玉一般的莹白，它的姿态乳一般的柔暖，所以有此香艳的名词。可惜我记忆力太弱，虽然记得这玉乳泉是由一个"何许人"改造过的，已不能说它的"毕竟如何"来了。

倘然说趣话，趵突泉是阴的象征，玉乳泉是阳的象征，而它们的名词却相反的。这两个泉可以算是济南一切泉的领袖，也可算是中国一切泉的最特异者。

次一等的，是旧时督军公署里的"珍珠泉"，好像清初有一位文人，曾有一篇极美丽的文字描写过的。但是见了珍珠泉，管教你失望。一个方池里，不断地吐出水泡儿来，我们在普通的泉池里，也可以见到的，稀什么罕！它所以拥此美名的原因，是在水泡儿连续不绝，有点像一串珍珠而已，并且满地都是，好像鲛人聚泣。不过这是无疑的，由于天然的地质关系，决不是人工。

还有一个"金线泉"，我们走进山东大学去，问了好几个人，才有点眉目。一个年纪较老的校役，领我们到后面旷地上去，曲曲的水槽里，静静地流着澄清的泉。他指着一处说："这里本来有一根金线模样的水波，常在水槽里荡漾着，后来那边墙儿倒下来，满槽都是泥土，等到收拾干净，那根金线就不见了。"我们带了怅惘出来，经过一个地方，他又指着说："这里也有一条线，可是没有金光呢。"我们定睛看了，果然见有水波叠起，因了折光的缘故，成了一条线的模样，在晴丝般袅着。我笑说，可以称它为"铁线泉"啊。

此外，我没有再见过更好的泉了。

论理，济南有很大的千佛山，应该有好的泉。谁知千佛山只是一个大侉子，一点没有丘壑。在城里的泉水，不全是从山上流来的，大约在若干亿万年前，这里是有火山的，下面是死去的火层岩，所以水从松碎的泥土里涌出，成了水泡儿。在曲水亭那里，真合着老残所说，家家流水，户户垂杨。我有过一首诗："泉流汩汩柳鬖鬖，三月春光涌翠岚。除却风尘迷酒眼，此身疑是在江南。"

原载《机联会刊》1936年第140期

济南城上

杨振声

"你知道吧？倭奴要强占济南城！"皖生自外面回到公寓，报告他弟弟湘生说。

"国军施行抵御？"弟弟怀疑中国的军人。

"那自然！"哥哥像军人表示人格。

"城里的兵力不够？"弟弟又怀疑中国军人的能力。

"早晚是要落倭奴手里的！不过我们不能不抵御，纵使我们力量屈服了，我们的精神也是不能屈服的。"哥哥说了把头

泺水环绕的济南城

向后一仰，用手理头发。

"听说倭奴昨天又开来五千兵。"弟弟又在怀疑众寡不敌。

"你听，倭奴在开炮了！"哥哥在地上走来走去的，"战争并不全靠军队多少，只要人民肯努力，平均两个人中有一个加入，那怕……"

擘的一声，是弟弟手中的铅笔断了。

哥哥停住了，在怀疑地视着弟弟。

默了一会，哥哥问弟弟道："你这几天写信给妈妈没有？"

"没。"弟弟摇摇头说，"这几天胶济路就不通了，写信也写不出来。"

"妈妈不见信，更要着急！这一个学期没有希望了。你能早点回家也好。……你知道，自从爸爸死后，妈妈……总要有一人养活。……并且我们有一个人加入，也就……"

哥哥停住了，弟弟又在怀疑地望着哥哥。

哥哥分明是把话说多了，在地上转了两转，坐到书桌前，拿本书装着看。

此时城外是一片的炮声，城里是一片的哭声。

弟弟在抽屉中拿出个相片。望了哥哥一会，犹疑叫道：

"大哥。"

"嗯？"

"你喜欢络丝罢？"眼不敢望他哥哥，只望相片。

"是个有性情的女孩子。"哥哥看着弟弟在看相片。

"你爱她吗？"弟弟望着哥哥。

"我爱她作个妹妹。"哥哥开玩笑了。

弟弟的脸红了，半晌不响。

"怎么啦！"哥哥在怜惜他。

"她说她很喜欢你。"弟弟打过了难关。

"许多的女孩子喜欢我——作个哥哥。"哥哥说着笑了。

"大哥。"

"嗯？"

"大哥。"

"我正在听着。"

"假若……"弟弟的眼光不知向那里放才好，"假若有个人爱你，你也爱她，那你有权利不管她，自己去……"

哥哥的视线把弟弟的话割断了。"那自然没有。因为好比，假若一个人死了，等于死两个，那在经济学上是不经济。"哥哥的话，似乎是随便的样子。

"假若她允许你？"

"允许你什么！"哥哥的话跳了出来。

"我说，"弟弟在嗫嚅，"假若有一种事情比爱情还重要。她允许你为那种重要的事情去……"

"湘生！"哥哥的眼光由怀疑变为担忧地望着弟弟。

"你去看看络丝罢。"哥哥对弟弟很和易地说。"她们母女两个人，不知吓的什么样子了！"

弟弟不言语。

"去？她在盼望你呢！"哥哥有点游说。

弟弟又想了一会，点点头，脸上露出笑了。

五分钟后，听着炮声松些。弟弟往外走。哥哥拉了他的手道："弟弟！"这是他不常用的称呼。弟弟的目光对着他的。"再见。"他半晌只说了这个。

这使弟弟的眼光又在担忧地望着哥哥。

"大哥，你今晚不出去，在家里写信给母亲。"

哥哥点点头，弟弟去了。这是在下午的时候。

黄昏以后，城外的炮声紧起来，城里的哭声高起来。快到半夜的时候，城外的炮愈近了，城里还击的声音愈少了。皖生在地上踱来踱去，又想着他弟弟在络丝家里，"愿他们安全罢。"他在默祝。去到衣柜里找出身运动的衣服换上，裹紧了鞋带，锁上门，他出至街上来了。

下弦的月，惨白地挂在东方。几条黑云围住了像要吞噬它。

空中流弹乱飞，耳边的哭声四起。

他记得有一条路，去西城近些。刚转过墙角，一个炮弹呼呼地从头上飞过。崩的一声，正打在一家墙壁上；接着是哗喇哗喇墙屋倾塌的声音；又接着是一阵骇怪的叫哭，就再一点声息也没有了！他又转了几条街，看见有一片屋子正在着火，一大群男女老少拖着拉着哭着叫着满街乱窜，不知向那里躲藏才好。忽地又是一个炮弹落了下来，一声炸裂，一片狂嚎，几处呻吟——那临死最后的呻吟！皖生把眼一闭，急急往前紧走几步。忽地脚下一绊，几乎把他绊倒。他往下一看，月色正照在一个女尸身上，血肉模糊地一条腿炸丢了，还有一个不满周岁的孩子爬在尸身的胸上，在吃奶。

他至城墙的脚下，月色已全从乌云中流出，他看见城墙内面土坡子上已积了不少兵的尸体，有的还在尸堆里呻吟。他在地上捡起一支枪，又在尸体上解下子弹盒子，亀了腰爬上去。刚到城堞的时候，又一个死尸滚下来，恰巧把他绊了一跤。他爬起来，跑上城堞，四边望望，见一段十几丈长的地方没有兵了。他伸了头向城外看看，飔的一声，一个枪弹掠着他的耳唇飞过去。他急忙缩回头来，闪开五六个城堞再探头望望，借着月色看见城下有几十个倭奴想在那段空虚的地方爬城。他们架肩而上，皖生瞄准下层的一个，开了一枪。这恰巧教他打中了，下层一倒，上层都滚在城壕里。

但不久他们又都靠拢上来。皖生又开了两枪，一枪命中了一个，一枪打个空。他心里正在看了着急，忽听背后有人问道："你是什么人？"

"便衣队。"皖生信口答。

转回头来看见来了十几个兵。他指给他们看城下的倭奴。

"妈妈的，做这舅子。"他们说着打下一排枪去。打中了两三个，其余的倭奴退藏在麦田里。好久没有动静，他们以为倭奴退了，大意地靠近城垛口往外望。忽然对面一片火光，轰的一声，一个炮弹扫去了一个城垛，炮花四裂，城上的人死伤了一多半。大家急忙闪开，接着又打来了一炮，这一炮打了个空。

停了不到十分钟，十几个倭奴又拢到城下来。城上又打下去一排子枪，他们又都退伏在麦田里。

如此相持了几分钟，城上的几个人只剩下皖生与另一个兵了，皖生左臂也受了伤，他用手巾缠着。

东方渐已放白，敌兵集中攻东北城，西城渐渐松了。皖生从裤袋掏出了一包烟来，让那个兵道："抽烟？"

两个人背着城垛坐下来。望到全城千百处炮打的伤痕，朝雾笼罩着悲凄。

"不然，我们现在到了德州了。"皖生说。

"他妈的，这一晚打死不少的弟兄们！"兵说了用力抽了一口烟。

"我们还够再打一天的？"皖生在盼望。

那个兵摇摇头。袋子里掏出个馒头，让皖生道："吃点？"皖生摇摇头，又拿出支烟来充饥。

"老乡，你的样子不像个当兵的。"兵在吃着馒头端详他。

"样子不像不管，打仗像不像罢？"皖生笑着问他。

"像！没见过你这样好家伙！"兵有点崇拜他。

兵的肚子得到安慰，嘴里的话就多起来。"喂，这次帮忙的真多啦。昨天下午我们在南城，有一个学生来帮我们。好家伙，打的泼辣极了！可惜，他不懂得躲藏，不久就受伤了。"

"你说昨天下午？"皖生问。

"不错。"

"什么样子？"

"比你矮不多，长的真有点像你。"兵打量打量皖生的眼睛。

皖生手里的半截烟落了地。

"穿的蓝色学生制服？"他急着问。

"不错。"

"伤的重不重？"他张了口望答复。

"左肩窝。有人救也许不至死。嗐，我们那里顾得！他倒下去嘴里还叫妈妈。我们都笑他要吃奶。"

皖生忽地站了起来。

"要回家？"兵问。

"不。去南城。"

"救人？"

"我的兄弟。"他说了就往南走。

"哎！"兵有点叹息。

此时东北城的炮火忽然紧起来。城上的呐喊，城里的哭声，一时高涨。炮火像已逼压到城根。

皖生的脸转过来，对着东北城呆呆地望。耳边只听见那个兵说道："完了完了！东北城的人不够，我去。"

皖生看着那个兵站起身，肩了枪，就向东北城走。

"站住！"皖生喊。

兵回头见他不往南走，只是呆呆地站着望东北城。

"什么事？"兵问。

他不言语，还是呆呆地站住。

"我去啦。"兵讲。

"我同你一块去。"

"你的兄弟呢？你不去救他？"

皖生摇摇头，用袖子擦一擦眼泪，同那个兵一齐向东北城炮火正浓的地方跑去。

原载1928年6月《现代评论》第8卷第184期

济南之风景

宋 恕

济南风景甚佳。城内有大明湖，周六七里，为昔诗人流连之名所。元遗山诗所谓"大明湖上一杯酒"者是也。近代王渔洋亦此间人物。我初到时，竹居即语我曰："未能抛得山东去，一半勾留是此湖。"我连日独带阿句，泛扁舟游览一周，其中名所如历下亭、小沧浪亭、真武阁、汇泉寺、曾子固祠及新建张勤果、李文忠二祠皆甚好，而尤以历下亭及小沧浪为胜。满目残荷，想见六七月花容之盛，夹堤高柳，绝无纤尘，画船萧

历下亭

鼓，终年不断云。故论其名所之多、湖面之广，虽不及杭之西湖，而以在城内之故，赏月游客反比西湖为多几倍；论其风景，实胜于今金陵之秦淮矣！

而城西别有名所曰趵突泉，环池石槛，茶客如蚁，风景略如杭之玉泉寺，而泉水飞腾如茶炉之沸，其池亦大于玉泉寺之池数倍，此奇泉之观则为西湖所无。

城南皆山，甚雄秀。九月上半月有千佛山香会，车马日日如云，而以重阳日为尤盛。我于是日往游，至山下，坐篮舆上山，四顾无蔽，愉快之至。此种篮舆与吾乡之制大异，高张布盖，遮目光而不遮望眼。此物亦杭州所无。山上游女如云，颇有辫发、长袍如瑶女者，但仍缠足。至短衣而辫发者则甚多。闻济南之俗：未嫁之女概行辫发，未知果否？山上祠寺林立，但无可与西湖高等祠寺相伯仲者，唯观音殿后有客厅颇佳，为抚署所定，不得入。山北对大明湖，唯相隔颇远，又大明湖不能如西湖之阔，故此山风景不能比吴山。

然闻尚有开元寺、龙洞等处，景殊清雅，但未曾往。兹将连日游览拙诗偶录数首请姊正之！《趵突泉》五绝一首、《泛舟大明湖》七绝一首、《重阳游千佛山》七绝一首、《泛舟大明湖》五绝二首。

选自《宋恕集》，中华书局1993年版

济南记游

黄炎培

环西城而南，得吕祖庙，游人杂沓。庙后有泉，所谓趵突泉是也。池心有三泉眼，水腾涌如沸，高可盈尺。临水设茶座，售杂货。每茶肆皆有抹粉缠足之女子说书，节以鼓板，名曰说鼓书。望衡对宇，声相应也。过午开始，傍晚去则坐客亦散。闻遇旧历每旬之二、七日游客更盛。细审之，则列肆如林，却无一女子。经商卖物者、游人中女子亦罕见。

在此商店栉比之中，得一室焉，颜曰"山东通俗图书馆"，观其陈列图书分类，曰"中国旧有之通俗图书"，曰"各县通俗讲演会演稿"，曰"高等小学校以下之教科书"，曰"各种改良小说词曲及弹词剧本"，曰"各种图书及写真影片"，曰"各种通俗教育杂志及报纸"。馆初成立，昨日行开幕式。遇土曜日，女子阅览，男子不得入，月曜则停止阅览。此通俗教育机关特就人迹繁盛之地设立，其发达可卜也。晤馆员尹君梦禅。

既呼茶小坐，饱听趵突泉声，复游览通俗图书馆一周，遂入城南门，直行至大明湖，泛乎中流，孤客扁舟，极夷旷之致。初以湖为岸阔波平、一望且无际也，不意舟出入芦滩荻港中。盖汪洋万顷之湖，早为水上人家乘水浅涸，累土为围，畜鱼虾、种菱藕菰蒲之属以取息，而湖之面目一变。周历北极台、张公祠、历下亭、图书馆乃返。

二十三日访友至省公署得观珍珠泉，在省署后园，碧水方塘，四周甃石，水与石平，高柳环映，作浓绿色，波心时有大小无数泡影，续续上泛，珍珠之名盖以此。旁有石碑，题"珍珠泉"三大字。此泉水自塘流出，分绕园之四周。故明白云楼遗址，林木葱倩，绿水洄环，风景幽绝，视宁署瞻园尤胜，别有漤泉，则庭阴一勺，清可鉴发。昔贤盖取《尔雅》"自济出为漤"之义名之。

……

大亮导之下山，越涧复上，得开元寺。其地入山渐深，境益幽邃，门外石壁镌"逍遥游"三大字。门内槐荫下，二人对弈，夷然不知旁之有客也。峭壁下一穴深广可三尺，滴水泠泠，海棠一本自穴深处斜出，当秋而花，幽艳可爱，额曰"秋棠泉"。夫泉终岁而不涸，而棠不常花。余见泉得复见花，斯为良遇。壁高下凿大小佛像无数，石罅往往得小室供佛。一室佛龛下，泉一泓，室深黑，而泉清绝见底，鱼游泳其中，亦一奇也。

十月一日，独游黑虎泉。泉在城东南，潺湲一水，荇藻交萦，捣衣女子十百为群，泉声与杵声相和。临流水小阁，曰"杨柳青"，倚栏啜茗，所谓"济南潇洒似江南"在此矣。泺水会黑虎、珍珠、趵突诸泉，环城西作护城河，掠泺源门而北，一水西来入之，曰"东流水"。水声若奔马，水草长几及丈，逐一碧之，清流萦拂，尽致转入北城。则大明湖上，游船三五，楼阁撑云，长堤覆柳，觉江南无此潇洒也。明日将离济南，特来此与湖作别。

选自《黄炎培考察教育日记（第二集）：山东、直隶》

大明湖

张恨水

济南这地方，来去过十几回，却没有下车去过。这回有朋友在那里住着，就决定坐车先赴济南。济南现在住有市民六七十万人，当然，这对市里繁华，是有关系的。我的朋友，住在南门。朋友说，舜在这里耕过田，这是一种传说，我们不必怎样考究。

我到济南，觉得要看的，第一就是大明湖了。大明湖大概有十多平方里那么广阔。据说，从前，垃圾乱倒，湖里水草丛生，这个湖虽有那么宽，却是肮脏得很。后来人民政府认为这湖是济南一个名胜，就加意修理。我去大明湖，正是晚霞东映，映着石牌坊写着"大明湖"三个字。望湖心走有个巨大的亭子，靠了好些个游艇。朝湖心一望，只觉晚景朦胧，四边树木，交错湖中。一些亭榭，在树叶湖光中，加上许多菱蒲莲叶，倒有意思。雇了一只小船，向湖中慢慢摇去。这里共有五处可逛，有点风景的，只有两处，就是历下亭和铁公祠。历下亭在湖心，四围都是水，不叫游艇，是不得到的。现经当局，油漆一新。亭子四面透风，也栽着许多花木。一二朋友，在亭后水边谈心，这地方倒不错。还有，就是铁公祠，正在修理，祠的前面，有几棵树木，临水摇曳，这里就是"老残游记"所记的"四面荷花三面柳，一城山色半城湖"那个地方。的确，当天色很好的时候，那千佛山倒影湖中，确是有点画意。

原载1955年9月21日香港《大公报》

趵突泉

张恨水

　　在济南看完了大明湖，就是看这里天下驰名的泉水了。这里著名的共有三道泉。就是黑虎泉、珍珠泉和趵突泉。珍珠泉在省人民政府之内，这里不谈。黑虎泉离朋友家中不远，转弯就到。泉是三股，三个虎头，由地上喷出来，泉的前面，有一道濠。人家的濠沟，都是浑水，这里却是清水，因为这里从前是南门外，所以有这一道濠沟。现在拆了城墙，填平大马路了，所以看不出是濠。黑虎泉看过，我们去看趵突泉。这趵突泉是济南七十二泉中第一泉，所以人都要看。出了西门，由一条人行巷中前行，还没有到泉，就见两旁水沟，水势非常的汹涌。后来进了泉门，一看已建筑了两重房屋。一座大池子，水中间涌出几粒细珠，池旁有石碑，上刻"第一泉"三个字。这里已很多人观着。再过去，池头搭了一座平板石桥，隔桥观着，只见池的中间，忽从地底下翻涌泉水出来，这泉水真的有水桶那么粗，头上尽翻白色，这就是趵突泉了。据《老残游记》里说，共有三个，我们只看到一个，是老残夸大哩？还是几十年前，真有三个呢？这还得问老济南。这里有一座茶社，我们便进去泡了一壶茶，坐下对这泉水，仔细地观看。看了许久，只觉泉头那样粗大，周年不息，这真是一奇。据说，还是周年不冻，无论怎样冷，泉水还是汹涌地流注。这一池水，自然很清，但是池塘底下，常常冒出一股清泉，比这水还清似的，慢慢涌到水面，有洞纹流起，你看得很清楚，这种泉水还很多，只看那洞纹，去了一个，又上来一个，这也不是别处泉水里所能看到的。古来人家赏玩趵突泉，总题上两句诗。《随园诗话》有句"常翻庐瀑布，长涌浙江潮"。但是夸大得可以，太不近乎写实了。看这泉流，坐了许久。后来我想起济南朋友常常告诉我，济南蒲菜很不错，就让朋友请我上了一回馆子，要的菜是黄河鲤鱼、清炖蒲菜。据馆子里人相告，还是大明湖的蒲菜呢。

济南耽搁两天，我便坐火车回北京。沿途拉杂写成"杂志"，自愧无生花妙笔，描绘不出祖国锦绣河山。

原载1955年9月22日香港《大公报》

记问渠君

李广田

　　济南北园，是我的旧游之地。这次因为北京地方有不能再住下去的样子，便暂行逃来这里安顿。山光水色，都无改于昔日的潇洒风韵，然而，旧地重来，已是十年之后了。

　　那时候，大概是刚从乡下来到省城的缘故，总觉得一切都新鲜有趣，直到现在，当年所得的印象还都保持得非常清楚。譬如，在校内有一棵很大的垂柳，几乎给庭院搭了整个的凉篷，每当风清月白，那位学佛的先生便约了同学们在那里谈天，先生是喜欢禅宗的，便常谈起那些硕德积慧大和尚的行径。又如，同学中有一位牟君，他的马褂，长几及膝，袖子却短到不能遮拦腕肘，黑皂布帽上钉一朵鲜红的缨儿，那一切铺排不一定觉得好看，却也别具风趣，现在尚听人说，这个人已漂流到海外去了。还有，一个因为头上留下秃疤记号而早蓄了长发的孙君，一个因身上有不良气味而常以花露水洗澡的左某，等等，都还记得。而其中使我记得最清楚的，就是问渠君了。

　　在操场的北面，是一列带着稚气的洋槐丛林（现在，都已蔚为乔木了），东面，是一条清浅的小河，其他方面，多是荷塘与菜圃，从东海之滨直达济南的一条铁路，在学校的北面经过，相距只约半里。我喜欢这地方。每至黄昏，或夜已苍茫的时候，尤爱独自在那一列洋槐丛下，享受一个寂静的时辰。

大概是一个秋的晚间，记得洋槐的叶子已渐为霜露所染，微风掠过树杪木末时，便常有得秋独早的黄叶离枝落地。我一个人正在那里低头闲步，忽然，被某种声息所惊动：像风吹的落叶声，又像什么人在叹息，抬起头时，却正被我窥见，在一丛树后，有一个白的影子。如不是那影子先向我问了一声"谁？"我大概是要急觅归路的了。

"啊，问渠君吗？"

"啊，原来是你。"他走近来，回答。

"你倒使我有点儿怕呢。"

他沉默了，我也沉默。在沉默中，我们听到远远的火车压着地面奔来了，他仿佛微抖着。不知怎的，火车的声音，虽在静夜，我们听来也不觉震耳，倒觉得是一件很自然的事，对于夜，对于我们，都无妨于一个整个的和谐。火车驶过后，声音渐远渐低，渐渐地静了下去，地面与空气也似乎静止了。问渠君，却低低地叹了一口气，且说："听了火车的汽笛，颇令人怀念自己的家乡呢。"

问渠君是从泰山那里来的，他的家，就坐落在车站的附近；听了火车的汽笛而动乡愁，也正是青年人当然的情形，何况又是初初离乡背井，跑到这极生疏的省城来。至于我呢，家乡不适于我回忆，当他说到汽笛时，我似乎正想起黄河那一汪浑浊水面的白帆！

为了这个人的神气，被我已看出了八分，很自然地，我们把话题引到了关于家乡的事情上去。他说，在这里，青菜和肥料的气息——这在秋的晚间更有着特别的气味了——使他忆起他的家乡的气息来了。他的故乡是产麻地，这时候，到处都是麻的气息，野外的，家里的，埋在泥潭里的，剥在场上的，而且那气息也并不讨厌，此刻想来，倒是很可怀念的哩。只是乡里的人们太可恶了，他们欺侮人，偷人。"他们每年偷我的麻，"他愤慨地说，"也偷我别的庄稼；他们尽欺侮我，因为我家里没有人。"

言下又是一阵沉默。冷然地一阵风来，掠过树林，吹得树叶子唰唰作响，菜园子里有一匹寂寞的蟋蟀振翅；在小河的下游，则似乎还有浣衣人蹲在流水旁石条上用木杵捣衣，那杵声听来忽远忽近。我心想："一切皆有了秋意，砧杵声也仿佛冷了些。"

从以后的谈话里，我才知道问渠君家中是只有着母亲和妻子，一个小女孩则已于年前夭折了。一家三口，守着父亲遗留下来的一点薄产，就像晚秋的几只叶子守着枯枝抱着栖惶不安的心情，只担心西风吹来。他在家乡时一切已如此，何况远离了家乡？母亲到了能够为儿子把媳妇娶来，自己自然也是将近老年了。"我的老婆，"他又讷讷地说，"我的老婆是一个悍妇，她欺侮我，也欺侮我的母亲。"我听他的声音好像是呜咽着了，只好默默地听着，并不插入一句话。他又继续着说了下去，他说，他本来还有一个姐姐的，但因为他的老婆的泼悍，自从出嫁之后，就很少归宁过。又说，他的老婆也一有机会就偷他，且败坏他的名誉，嫌恶他丑陋，尽同他斗气。

诚然，问渠君并不是漂亮人，甚至，也可以说是有点丑陋。衣服的污秽，不整齐，也是有目共睹的。但人们都乐意同他接近，都喜欢同他说笑，只是在说笑中间带一点戏弄罢了。譬如，学校中是作兴闹各样称呼增加同学间友仇，表示同学间爱憎的，"黑奴"的绰号便常加在他头上，而他也就恬然地接受了。在某次全校同学的茶话会上，问渠君在恶作剧情形中竟当选了本校代表，因此大家议决，请代表为他们说黑奴的故事。在一阵鼓掌声中，他登台了。"我是刚从南洋来的。"他这么说，大家都满意地笑了，但问渠君脸上却已汗流如雨，不断地用满把手去揩着。"我要讲一讲南洋黑奴的故事。"大家又哄堂大笑，问渠君从讲台上慌忙地跳下来时，他已是用自己的汗水洗过一次脸了。嗣后，也有人呼他作"林黛玉"的，原因就是据说问渠君总爱一个人躲在屋里哭，究竟为了什么而哭，大家是很少知道的。不过，这些都无妨于问渠君之被人"尊重"，因为问渠君实有一副良好的心肠，而且也不缺少相当的聪慧。譬如在功课上，他是比任何人都能脚踏实地努力作去的。当数学教员叫他到黑板上去作几何题时，虽然因为他永不能画出一个较圆的圈或一条较直的线而被笑（他的手有点像鸡爪），而在课堂下边，却有大多数的同学必须去借他的算草来照抄。"林姑娘作得不错"，或"Negro的意见常是对的"，这类的话是常在同学中听到的。诚然，问渠君的意见是对的，怕没有人能比我更尊重问渠君的意见的了。他不常发表他的意见，因为他有点口讷。他说话很慢，说话的样子有点笨，又常是露出满嘴的黄牙来，而他的眼睛好像是白的部分太多，太多了，每给人以不快之感。他常说出人家所不能说的话来，他的意见时常不和人家的雷同，因此，他的意见不被人家嘲笑也就被人家忽略。他曾对我说起过他关于艺术的意见，关于科学的意见，甚至关于革命的意见。他取得了我的敬重。直到如今，然而，直到如今，我也更觉得他是一个可哀的人了。

我们的一班，是后期师范的第一班（简称"后一"），到了第二年，一个特别的名字加到我们的班上来了，叫作"红色的后一"，一时之间颇呈一个紧张的局面。当然喽，问渠君的意见常是对的，未常先人，而常随人。他也是红色中之一员，虽然当他签名的时候，据说他的手颤抖得非常厉害。

日子一过去，时间在长育我们，同时也在训练我们，我们散了，沉默了，到如今，所留下的也就只是"红色的后一"那么一个名字了。

民国十七年，国民党的军队向北推移到了山东后，因为"五三"事件的发生而把一个所谓"革命政府"搬到了泰安。那里的泰山是并不因此失去它的庄严的，而济南佛山明湖，却变了颜色。我则因为某种不幸跑到故乡去。后来，听说临时省府所在地的新贵之中，还有些旧相识，便跑到那儿去看看熟人，趁此也看看那方面的一切光景。知道是来到问渠君的故乡了，便有了访旧谈心的意思。当我向人们问起同学问渠君的消息时，得到些使我非常惊愕的消息。

"问渠君，你还不曾知道吗？"

"是的，不知道。"

"他是你的老朋友，是不是？"

"是的。"

"这个人，他早已离开我们这个世界，到另外一个世界去了！"

明白了人已当真死了，问是什么原因呢，他们却又向我提起了"红色的后一"。这个题目同他的死大有关系。并说，他早已是个有病的人，自从国民党的军队来到之后，眼看到多少年青人在那里卖朋友自首，他担心他也会被什么人指认，加以检举，病势就更重了些。后来，这人便消灭了，被人用一个木盒子装好埋葬了。没有人能知道他死时的情形，只知道他确已不在罢了。

我不能再作详细探听，默默地向人们辞别了。熟人说："没有人能知道他死时的情形。"这人活着的情形不是也很少为人知道吗？然而我却总爱想象，总想出他的死是一个悲惨的死。他受着邻人的欺侮，受着妻子的嫌恶，病了，病在一张极污秽的床上，而且死在一个恐怖中，剩下一个被人欺侮的母亲，也已是残年了。当夜，我住在泰山山腰一座古庙里，大概是大雨之后吧，山里的泉水，万马奔腾地向下驰去，发出吓人的声响，又加以松风呼啸，自己就像在海涛中夜行，草间萤火明灭，时有虫声如诉，这时候，我又想起问渠君那一副可悲悯的样子来了。我好像看见他，穿了他平素所穿的一身肮脏衣服，卧在床上，带着恐怖的神色，四肢硬僵僵的，尽人抬入白木棺材里去。又想，问渠君的墓上大概已是荒草披覆了。不见问渠君，如能到他的墓上看看，也许可以安心。但为了另一件事，我却不能不于次日便离开了这临时的省城。此后，听说"红色的后一"同班中又有几人因坚持自己的理想而死去，他们也常被我忆起，但总不如忆起问渠君时那么亲切，那么怀念和怜惜。

今次重来北园，颇过了些悠闲日子。在铁路上跑跑，看看远山近水，或到母校里走走，认出一些往日的痕迹，尤其当我走在那一列洋槐的荫下时，总想起我的亡友问渠君来。住在一处的有位严君——同在北园读书时，他是小学部的小同学，现在已是大学三年级的学员了——我把问渠君的事情告诉他，他说，他也曾注意过这人，并说，问渠君那相貌就特别引人注意。

选自《李广田文集》，山东文艺出版社1983年版

一个画家

李广田

他出生于鲁南山村中的农家。他的幼年时代就是一个小农人。现在他已是中年时期的人了，我们若说他依然保持着那份可爱的农民气质，也该是很恰当的。他不但自幼就生活在农村的自然风物中，而且亲自看见过并参加过那种艰难困苦的农家生活。他知道，山地的石头是坚硬的，山里的道路是崎岖的，然而那些细弱的山泉要把那坚硬的石头刷得极其光滑，又在山里冲激成永远流不竭的河道，而那些农民的脚板，也由于永不停息地踏来踏去，也把石头磨出光亮，把山地的道路踏得平滑了。同样的，是他所熟悉的农家生活，他们，农家，是必须终年累月，用忍耐，用恒心，来对付那一份逃脱不开的艰辛的日子。固然，先天的原因也许重要，而这些后天的生活环境，对于造成他的艰苦卓绝的精神这一点上，当然有着更大的影响。读者之中有谁是认识这位画家的吗？那么就请你再认识他一番吧：个儿是矮矮的，脸庞是瘦瘦的而又黑黑的，头发是短短的，而一双手却是挺拔而有力的，仿佛是时时刻刻在想抓碎什么东西似的——那就正如一个农民的手，要紧紧地握住锄把或犁柄，而现在，他却要把那一双手去紧握住画家的工具，一支笔——而他的衣服，就如现在，他也就只穿了一套草绿色的短服，那自然不像一个兵士，也不像一个艺术家，而只是一个农民，或者说，正如抗战期中的一个农民游击队员。

在北方，尤其在山村中，一个农家子弟想顺利地受完高等教育是很不容易的，尤其是一个学画儿的人，就更其困难。"养鸟不如喂鸡，种花不如种菜。"这是农民对子弟的箴言。那么，一个农家的青年，为什么不好好地读书预备振家耀祖，却要去努筋拔力地学着画画儿呢？然而我们这位农家之子，却就在这情形中，受尽了千辛万苦，居然也完成了他的高等艺术教育。

他在北平那座古城里一连住了许多年，他住在一个偏僻的角落里，而且住在一间阴暗的小屋子里，自炊，自食，自缝，自洗，一个人在柴米针线的琐屑中却产生了他初期那些篇幅较大的辉煌作品。北平的飞沙是专打行人的眼睛的，冬天的风雪更时常专为了割裂行人的皮肤而降临，而这个学画的年青人，就带着饭囊，带着水壶，带着零星的画具，自然，更重要的还是他的画架，那是一个颇高大的架子，他把它负在背上，就在那飞沙与风雪中奔来驰去。说来好笑，他这样子装束起来，说他像个行脚僧是不对的，因为他没有那种悠闲的味儿，他是忙碌的，尤其在大风雪中，说他像一个辛苦的负贩倒还更好些吧？他这样走遍了北平城郊的许多名胜古迹，在各个有名的建筑物旁边逡巡徘徊，在每个有历史意义的景物前面留连终日，于是，他为那座故都留下了永不泯灭的影子。然而，现在我们提到了这些，又该是有着什么样的感怀呢？借问我们的画家，你当年那些作品可还存在吗？什么时候我们才能光复我们的故都呢？什么时候我们才能再回去呢？这几年来我们流转过了这么些地方，却还是怀念着那个旧游之地，这是什么道理呢？说起来，倒很想再看看你那些作品了，尤其是使我不能忘怀的，是我们的长城，我是说在你画家笔下的那幅长城，那是以塞外的风雪作为背景的，那也是你在大风雪中作成的，那种深厚雄浑的雾围，是最能代表你的作风的了，或者甚至可以说，那是最能代表我们这民族特色的了，不单在艺术方面，而且在整个的生活方面。假如我们还能看见那些作品，我们就要向我们那已经被人掠取了去的东西重致慰语，而那些，我们也许已经不再说它们是"作品"，不只是一幅幅的画儿了。

我们这位画家有一种很别致的脾气，就是他最爱在风吹雨打之中出去工作。他正如风雨将至时的紫燕一样，紫燕为了欢迎一场大风雨要钻到高空去飞扬；他又如风雨正急时的青蛙一样，青蛙为了庆祝这一场风雨就在水面上鼓噪起来；其实他更像风雨来临时急于收获稼禾的农民一样，每当风雨欲来的时候，而画家的兴致也就来了，仿佛有风雨在他胸中一般，鼓舞他，催促他，于是他出发了，他要在风雨中去收获他的"作品"。他依然是背负着那个大画架，不过又添了雨具，伞，或大斗笠，于是他在风雨中工作，工作，工作得特别敏速，而且也特别满意，而他的作品中也就充满着风雨，油然沛然，萧萧骚骚，深厚，浓重，寓生动于凝定之中，而这，这也就是这位画家的风格之所在了。于此，让我回忆起那座"潇洒似江南"的济南城来吧，济南是我们的故乡，我们的画家是从离开北平以后就一直住在这里的，一直住到敌寇压境才开始了流亡。现在，我们的故乡正在屈辱与战斗中。黄河天堑，那里的黄河怎样了呢？湖山如画，现在的明湖与佛山是什么颜色？"齐鲁青未了"，乘津浦南下的泰山可还无恙？还有坐胶济车东去的崂山，还有我们的工业区博山……这些地方，都是我们的画家曾一再留连忘返的地方，而且，都曾经在风雨中给那些地方留了一些影子，可惜，这些作品也都随着济南的失陷而不敢断定其或存或亡了。其中，我个人印象最深的是"大风中的黄河"与

"秋雨中的明湖"，充满在画幅中的那种苍苍茫茫的空气，想起来真令人无限惆怅。

脱离了学生生活，在济南从事于艺术工作的这位画家，物质生活自然是比较优裕得多多了，然而他的艰苦卓绝的精神，却还是依然如故。他住的屋子里的陈设非常简单，简直可以说是非常简陋，他自奉非常俭朴，工作非常勤苦。他确乎在努力积钱，像吝啬的老农民那样积钱。然而他这样吝啬却是为了一次豪华，因为一到假期，他便又背起画架到各处旅行去了，他一去几个月，他把钱都花光了，而换回来的却是满箱满箧的作品。此外，他工作之余，又从事于种种艺术活动，譬如组织学会，出版画刊。由于朋友的督促，他还开过几次个人画展，于是他一切都自己去办，他自己抱着广告，自己提着浆糊，自己拿着浆糊刷子，到通衢，到街巷，他自己去贴他自己的画展广告。他又计划在明湖边上建一座壮丽的美术馆，他把自己历年的积蓄都花上了，把整个的精力也都花上了，为了这计划之易于实现，他不得不把那张黝黑的瘦脸在人家面前陪陪苦笑，不得不用自己讷讷的言辞去求得人家半句允诺，这正如一个农民，由于自己辛苦的结果想置一点新的产业，却不得不请邻里乡党们吃自己几次酒筵。在这些场合，他一定显得很拙，很苦，而这些，也许曾经引起有些人们的误会，说这样子简直就不像个"艺术家"了，然而经年的辛苦，一座美术馆就在湖边上站立起来了。那么我们就去看看吧，你从他自己的住室走到美术馆就如从一间茅屋走入了一座宫殿，那里应有尽有，不但那些从各处征集来的作品令人目夺神摇，就是那些设备也都极其讲究，这也正如本来是饭蔬食饮水的农家，一旦客至，则杀鸡为黍而食之了。然而那些设备，也正如画家自己的作风一样，是粗重的线条，浓浑的色调，而绝不是小巧玲珑花花草草的设计。"要坚固，要持久，要大方，要好看。"他常常指着那些陈设如此说。而他又最得意于那些大窗子上悬挂着的毛织窗幔，那是深紫色的，紫色之中又带有黑绿色的，"必须这样才行，必须这样才衬得起窗外的湖光山色，我这里的颜色总要比外边重一点……"他这样说。继美术馆之后而在他计划之中的，是艺术学校，他想延揽一些前辈艺术家，教育一般青年之有志于艺术者，他常说："艺术是要紧的，人生怎么能没有艺术呢？任何人都应当有点艺术趣味才好，庄稼人怎么能不在墙上贴几张年画呢？篱笆墙上又怎能不叫它爬一架牵牛花呢？"他又想在儿童中间普遍地鼓动起一种爱好艺术的空气，"小孩子都是爱画的，像喜欢吃糖一样。"他这么说。他希望在他的美术馆中时常有儿童的图画展览。……一切都在计划中。然而敌人向我们进攻来了，德州失守了，接着济南也危险了，于是我们不得不离开了济南，我们的画家也就不得不抛弃了他一手造成的事业，以及他满肚子的计划。现在，那座美术馆怎样了呢？每天晚间，倚在美术馆的楼栏杆上望济南城墙马路上一圈灯火，只隐隐映出远山近水，葱葱茏茏的树木，却不见市廛……现在站在那楼上的却不知是什么人了！

　　流亡以来，辗转半年有余，而得暂时驻足于汉江左岸一个荒僻的县城中，在这里，我们的画家又拾起了他的画笔。半年以后，又溯江而上，过汉中，爬巴山，走栈道而至大后方。在这两千里路的艰险道路中，我们的画家又作了很多作品。而这一段生活，以及这一路的山川景物所给与画家的影响就更大。"我从前画过的地方都被敌人占了，我希望……"你希望什么呢？你希望你的画面上能留得住我们的江山吗？我们只看见你的黝黑瘦削的农人脸面上罩一层风尘，一层苦笑。以后，他又跑了很多地方，他去灌县，去嘉定，去峨嵋，回头又去江油，去剑门……这一来画风大变了，自然景物不同了，你人也不同了，你的心思也不同了。可惜在流亡期中受到种种限制，如纸张、颜料、画具等等的缺乏，使画家的工作不能十分如意。一双草鞋，你还要穿它个七烂八烂才肯丢掉，比较从前的假期旅行，那自然是不行了。

最近，听说我们这位画家变得更厉害了，从前是只画自然界的景物的，现在却喜欢画"人"了，喜欢以社会生活作为对象了。这当然很好，我记得那个从下层社会中站起来的大作家曾经对诗人说过："把对于生活的趣味扩大起来好了，忘记了在风景画之外还有风俗画，那是不行的。"我愿意把这句话转赠我们的画家。何况我们的画家，你，你不是喜欢在风雨中工作吗？那么，恐怕再没有比这时代的风雨更大的了，这实在是一个暴风雨的时代，我想你不但要在这暴风雨中工作，还应当为了这暴风雨而工作，为这时代留一些痕迹，为这时代尽一些力。不错，你曾经画下了我们的山河，却保不住我们的山河，山河将何以自保，除非有"人"？没有"人"是不行的，自然界没有人也是不行的，是不是？何况国家？这时候，再没有比"人"更重要的了，再没有比"人的力量"更重要的了，艺术家应当爱"人"胜于爱"自然"，对不对？

选自《李广田文集》，山东文艺出版社1983年版

到了济南

老 舍

一

到济南来，这是头一遭。挤出车站，汗流如浆，把一点小伤风也治好了，或者说挤跑了；没秩序的社会能治伤风，可见事儿没绝对的好坏；那么，"相对论"大概就是这么琢磨出来的吧？

挑选一辆马车。"挑选"在这儿是必要的。马车确是不少辆，可是稍有聪明的人便会由观察而疑惑，到底那里有多少匹马是应当雇八个脚夫抬回家去？有多少匹可以勉强负拉人的责任？自然，刚下火车，决无意去替人家抬马，虽然这是善举之一；那么，找能拉车与人的马自是急需。然而这绝对不是容易的事儿，因为：第一，那仅有的几匹颇带"马"的精神的马，已早被手急眼快的主顾雇了去。第二，那些"略"带"马气"的马，本来可以将就，那怕是只请他拉着行李——天下还有比"行李"这个字再不顺耳，不得人心，惹人头皮疼的？而我和赶车的在辕子两边担任扶持，指导，劝告，鼓励，（如还不走）拳打脚踢之责呢。这凭良心说，大概不能不算善于应付环境，具有东方文化的妙处吧？可是，"马"的问题刚要解决，"车"的问题早又来到：即使马能走三里五里，坚持到底不摔跟头；或者不幸跌了一跤，而能爬起来再接再励；那车，那车，那车，是否能装着行李而车底儿不哗啦啦掉下去呢？又一个问题，确乎成问题！假使走到中途，车底哗啦啦，还是我扛着行李（赶车的当然不负这个责任），在马旁同行呢？还是叫马背着行李，我再背着马呢？自然是，三人行必有我师，陪着御者与马走上一程，也是有趣的事；可是，花了钱雇车，而自扛行李，单为证明"三人行必有我师"，是否有点发疯？至于马背行李，我再负马，事属非常，颇有古代故事中巨人的风度，是！可有一层，我要是被压而死，那马是否能把行李送到学校去？我不算什么，行李是不能随便掉失的！不为行李，起初又何必雇车呢？小资产阶级的逻辑，不错；但到底是逻辑呀！第三，别看马与车各有问题，马与车合起来而成的"马车"是整个的问题，敢情还有惊人的问题呢——车价。一开首我便得罪了一位赶车的，我正在向那些马国之鬼，和那堆车之骨骼发呆之际，我的行李突然被一位御者抢去了。我并没生气，反倒感谢他的热心张罗。当他把行李往车上一放的时候，一点不冤人，我确乎听见哗啦一声响，确乎看见连车带马向左右摇动者三次，向前后进退者三次。"行啊？"我低声的问御者。"行？"他十足地瞪了我一眼。"行？从济南走到德国去都行！"我不好意思再怀疑他，只好以他的话作我的信仰；心里想："有信仰便什么也不怕！"为平他的气，赶快问："到——大学，多少钱？"他说了一个数儿。我心平气和地说："我并不是要买贵马与尊车。"心里还想："假如弄这么一份财产，将来不幸死了，遗嘱上给谁承受呢？"正在这么想，也不知怎的，我的行李好像被魔鬼附体，全由车中飞出来了。再一看，那怒气冲天的御者一扬鞭，那瘦病之马一掀后蹄，便轧着我的皮箱跑过去。皮箱一点也没坏，只是上边落着一小块车轮上的胶皮；为避免麻烦，我也没敢叫回御者告诉他，万一他叫"我"赔偿呢！同时，心中颇不自在，怨自己"以貌取马"，那知人家居然能掀起后蹄而跑数步之遥呢。

幸而××来了，带来一辆马车。这辆车和车站上的那些差不多。马是白色的，虽然事实上并不见得真白，可是用"白马之白"的抽象观念想起来，到底不是黑的，黄的，更不能说一定准是灰色的。马的身上不见得肥，因此也很老实。缰，鞍，肚带，处处有麻绳帮忙维系，更显出马之稳练驯良。车是黑色的，配起白马，本应黑白分明，相得益彰；可是不知济南的太阳光为何这等特别，叫黑白的相配，更显得暗淡灰丧。

行李，××和我，全上了车。赶车的把鞭儿一扬，吆喝了一声，车没有动。我心里说："马大概是睡着了。马是人们最好的朋友，多少带点哲学性，睡一会儿是常有的事。"赶车的又喊了一声，车微动。只动了一动，就又停住；而那匹马确是走出好几步远。赶车的不喊了，反把马拉回来。他好像老太婆缝补袜子似的，在马的周身上下细腻而安稳地找那些麻绳的接头，慢慢的一个一个地接好，大概有三十多分钟吧，马与车又发生关系。又是一声喊，这回马是毫无可疑地拉着车走了。倒叫我怀疑：马能拉着车走，是否一个奇迹呢？

一路之上，总算顺当。左轮的皮带掉了两次，随掉随安上，少费些时间，无关重要。马打了三个前失，把我的鼻子碰在车窗上一次，好在没受伤。跟××顶了两回牛儿，因为我们俩是对面坐着的，可是顶牛儿更显着亲热；设若没有这个机会，两个三四十的老小伙子，又焉肯脑门顶脑门的玩耍呢。因此，到了大学的时候，我摹仿着西洋少女，在瘦马脸上吻了一下，表示感谢他叫我们得以顶牛的善意。

二

上次谈到济南的马车，现在该谈洋车。

济南的洋车并没有什么特异的地方。坐在洋车上的味道可确是与众不同。要领略这个味道，顶好先检看济南的道路一番；不然，屈骂了车夫，或诬蔑济南洋车构造不良，都不足使人心服。

检看道路的时候，请注意，要先看胡同里的；西门外确有宽而平的马路一条，但不能算作国粹。假如这检查的工作是在夜里，请别忘了拿个灯笼，踏一脚黑泥事小，把脚腕拐折至少也不甚舒服。

胡同中的路，差不多是中间垫石，两旁铺土的。土，在一个中国城市里，自然是黑而细腻，晴日飞扬，阴雨和泥的，没什么奇怪。提起那些石块，只好说一言难尽吧。假如你是个地质学家，你不难想到：这些石是否古代地层变动之时，整批地由地下翻上来，直至今日，始终原封没动；不然，怎能那样不平呢？但是，你若是个考古家，当然张开大嘴哈哈笑，济南真会保存古物哇！看，看哪一块石头没有多少年的历史！社会上一切都变了，只有你们这群老石还在这儿镇压着济南的风水！

浪漫派的文人也一定喜爱这些石路，因为块块石头带着慷慨不平的气味，且满有幽默。假如第一块屈了你的脚尖，哼，刚一迈步，第二块便会咬住你的脚后跟。左脚不幸被石洼囵住，留神吧，右脚会紧跟着滑溜出多远，早有一块中间隆起，棱而腻滑地等着你呢。这样，左右前后，处处是埋伏，有变化；假如那位浪漫派写家走过一程，要是幸而不晕过去，一定会得到不少写传奇的启示。

无论是谁，请不要穿新鞋。鞋坚固呢，脚必磨破。脚结实呢，鞋上必来个窟窿，二者必居其一。那些小脚姑娘太太们，怎能不一步一跌，真使人糊涂而惊异！

在这种路上坐汽车，咱没这经验，不能说是舒服与否。只看见过汽车中的人们，接二连三地往前蹿，颇似练习三级跳远。推小车子也没有经验，只能理想到：设若我去推一回，我敢保险，不是我——多半是我——就是小车子，一定有一个碎了的。

洋车，咱坐过。从一上车说吧。车夫拿起"把"来，也许是往前走，也许是往后退，那全凭石头叫他怎样他便得怎样。济南的车夫是没有自由意志的。石头有时一高兴，也许叫左轮活动，而把右轮抓住不放；这样，满有把坐车的翻到下面去，而叫车坐一会儿人的希望。

坐车的姿式也请留心研究一番。你要是充正气君子，挺着脖子正着身，好啦：为维持脖子的挺立，下车以后，你不变成歪脖儿柳就算万幸。你越往直里挺，它们越左右地筛摇；济南的石路专爱打倒挺脖子，显正气的人们！反之，你要是缩着脖子，懈松着劲儿，请要留神，车子忽高忽低之际，你也许有鬼神暗佑还在车上，也许完全摇出车外，脸与道旁黑土相吻。从经验中看，最好的办法是不挺不缩，带着弹性。像百码决赛预备好，专候枪声时的态度，最为相宜。一点不松懈，一点不忽略，随高就高，随低就低，车左亦左，车右亦右，车起须如据鞍而立，车落应如鲤鱼入水。这样，虽然麻烦一些，可是实在安全，而且练习惯了。以后可以不晕船。

坐车的时间也大有研究的必要，最适宜坐车的时候是犯肠胃闭塞病之际。不用吃泄药，只须在饭前，喝点开水，去坐半小时上下的洋车，其效如神。饭后坐车是最冒险的事，接连坐过三天，设若不生胃病，也得长盲肠炎。要是胃口像林黛玉那么弱的人，以完全不坐车为是，因没有一个时间是相宜的。

末了，人们都说济南洋车的价钱太贵，动不动就是两三毛钱。但是，假如你自己去在这种石路上拉车，给你五块大洋，你干得了干不了？

<h1 style="text-align:center">三</h1>

由前两段看来，好像我不大喜欢济南似的。不，不，有大不然者！有幽默的人爱"看"，看了，能不发笑吗？天下可有几件事，几件东西，叫你看完而不发笑的？不信，闭上一只眼，看你自己的鼻子，你不笑才怪；先不用说别的。有的人看什么也不笑，也对呀，喜悲剧的人不替古人落泪不痛快，因为他好"觉"；设身处地的那么一"觉"，世界上的事儿便少有不叫泪腺要动作动作的。噢，原来如此！

济南有许多好的事儿，随便说几种吧：葱好，这是公认的吧，不是我造谣生事。听说，犹太人少有得肺病的，因为吃鱼吃的；山东人是不是因为多嚼大葱而不患肺病呢？这倒值得调查一下，好叫吃完葱的士女不必说话怪含羞地用手掩着嘴：假如调查结果真是山西河南广东因肺病而死的比山东多着七八十来个（一年多七八十，一万年要多若干），而其主因确是因为口中的葱味使肺病菌倒退四十里。

在小曲儿里，时常用葱尖比美妇人的手指，这自然是春葱，决不会是山东的老葱，设若美妇人的十指都和老葱一般儿粗（您晓得山东老葱的直径是多少寸），一旦妇女革命，打倒男人，一个嘴巴子还不把男人的半个脸打飞！这决不是济南的老葱不美，不是。葱花自然没有什么美丽，葱叶也比不上蒲叶那样挺秀，竹叶那样清劲，连蒜叶也比不上，因为蒜叶至少可以假充水仙。不要花，不看叶，单看葱白儿，你便觉得葱的伟丽了。看运动家，别看他或她的脸，要先看那两条完美的腿，看葱亦然（运动家注意，这里一点污辱的意思没有，我自己的腿比蒜苗还细，焉敢攀高比诸葱哉）。济南的葱白起码有三尺来长吧：粗呢，总比我的手腕粗着一两圈儿——有愿看我的手腕者，请纳参观费大洋二角。这还不算什么，最美是那个晶亮，含着水，细润，纯洁的白颜色。这个纯洁的白色好像只有看见过古代希腊女神的乳房者才能明白其中的奥妙，鲜，白，带着滋养生命的乳浆！这个白色叫你舍不得吃它，而拿在手中颠着，赞叹着，好像对于宇宙的伟大有所领悟。由不得把它一层层地剥开，每一层落下来，都好似油酥饼的折叠；这个油酥饼可不是"人"手烙成的。一层层上的长直纹儿，一丝不乱的，比画图用的白绢还美丽。看见这些纹儿，再看看馍馍，你非多吃半斤馍馍不可。人们常说——带着讽刺的意味——山东人吃的多，是不知葱之美者也！

反对吃葱的人们总是说：葱虽好，可是味道有不得人心之处。其实这是一面之词，假若大家都吃葱，而且时常开个"吃葱竞赛会"，第一名赠以重二十斤金杯一个，你看还敢有人反对否！

记得，在新加坡的时候，街上有卖榴莲者，味臭无比，可是土人和华人久住南洋者都嗜之若命。并且听说，英国维克陶利亚女皇吃过一切果品，只是没有尝过柘莲，引为憾事。济南的葱，老实地讲，实在没有奇怪味道，而且确是甜津津的。假如你不信呢，吃一棵尝尝。

原载1930年10月—1931年2月《齐大月刊》第1卷第1、2、4期

济南的秋天

老 舍

　　济南的秋天是诗境的。设若你的幻想中有个中古的老城，有睡着了的大城楼，有狭窄的古石路，有宽厚的石城墙，环城流着一道清溪，倒映着山影，岸上蹲着红袍绿裤的小妞儿。你的幻想中要是这么个境界，那便是个济南。设若你幻想不出——许多人是不会幻想的——请到济南来看看吧。

　　请你在秋天来。那城，那河，那古路，那山影，是终年给你预备着的。可是，加上济南的秋色，济南由古朴的画境转入静美的诗境中了。这个诗意秋光秋色是济南独有的。上帝把夏天的艺术赐给瑞士，把春天的赐给西湖，秋和冬的全赐给了济南。秋和冬是不好分开的，秋睡熟了一点便是冬，上帝不愿意把它忽然唤醒，所以作个整人情，连秋带冬全给了济南。

　　诗的境界中必须有山有水。那么，请看济南吧。那颜色不同，方向不同，高矮不同的山，在秋色中便越发的不同了。以颜色说吧，山腰中的松树是青黑的，加上秋阳的斜射，那片青黑便多出些比灰色深，比黑色浅的颜色，把旁边的黄草盖成一层灰中透黄的阴影。山脚是镶着各色条子的，一层层的，有的黄，有的灰，有的绿，有的似乎是藕荷色儿。山顶上的色儿也随着太阳的转移而不同。山顶的颜色不同还不重要，山腰中的颜色不同才真叫人想作几句诗。山腰中的颜色是永远在那儿变动，特别是在秋天，那阳光能够忽然清凉一会儿，忽然又温暖一会儿，这个变动并不激烈，可是山上的颜色觉得出这个变化，而立刻随着变换。忽然黄色更真了一些，忽然又暗了一些，忽然像有层看不见的薄雾在那儿流动，忽然像有股细风替"自然"调合着彩色，轻轻地抹上一层各色俱全而全是淡美的色道儿。有这样的山，再配上那蓝的天，晴暖的阳光；蓝得像要由蓝变绿了，可又没完全绿了；晴暖得要发燥了，可是有点凉风，正像诗一样的温柔；这便是济南的秋。况且因为颜色的不同，那山的高低也更显然了。高的更高了些，低的更低了些，山的棱角曲线在晴空中更真了，更分明了，更瘦硬了。看山顶上那个塔！

再看水。以量说，以质说，以形式说，哪儿的水能比济南？有泉——到处是泉——有河，有湖，这是由形式上分。不管是泉是河是湖，全是那么清，全是那么甜，哎呀，济南是"自然"的Sweet heart吧？大明湖夏日的莲花，城河的绿柳，自然是美好的了。可是看水，是要看秋水的。济南有秋山，又有秋水，这个秋才算个秋，因为秋神是在济南住家的。先不用说别的，只说水中的绿藻吧。那份儿绿色，除了上帝心中的绿色，恐怕没有别的东西能比拟的。这种鲜绿全借着水的清澄显露出来，好像美人借着镜子鉴赏自己的美。是的，这些绿藻是自己享受那水的甜美呢，不是为谁看的。它们知道它们那点绿的心事，它们终年在那儿吻着水皮，做着绿色的香梦。淘气的鸭子，用黄金的脚掌碰它们一两下。浣女的影儿，吻它们的绿叶一两下。只有这个，是它们的香甜的烦恼。羡慕死诗人呀！

在秋天，水和蓝天一样的清凉。天上微微有些白云，水上微微有些波皱。天水之间，全是清明，温暖的空气，带着一点桂花的香味。山影儿也更真了。秋山秋水虚幻的吻着。山儿不动，水儿微响。那中古的老城，带着这片秋色秋声，是济南，是诗。

要知济南的冬日如何，且听下回分解。

原载1931年3月至6月《齐大月刊》第1卷第5期

济南的冬天

老 舍

上次说了济南的秋天，这回该说冬天。

对于一个在北平住惯的人，像我，冬天要是不刮大风，便是奇迹；济南的冬天是没有风声的。对于一个刚由伦敦回来的，像我，冬天要能看得见日光，便是怪事；济南的冬天是响晴的。自然，在热带的地方，日光是永远那么毒，响亮的天气反有点叫人害怕。可是，在北中国的冬天，而能有温晴的天气，济南真得算个宝地。

设若单单是有阳光，那也算不了出奇。请闭上眼想：一个老城，有山有水，全在蓝天下很暖和安适地睡着；只等春风来把他们唤醒，这是不是个理想的境界？

小山整把济南围了个圈儿，只有北边缺着点口儿，这一圈小山在冬天特别可爱，好像是把济南放在一个小摇篮里，它们全安静不动的低声地说：你们放心吧，这儿准保暖和。真的，济南的人们在冬天是面上含笑的。他们一看那些小山，心中便觉得有了着落，有了依靠。他们由天上看到山上，便不觉地想起：明天也许就是春天了吧？这样的温暖，今天夜里山草也许就绿起来吧？就是这点幻想不能一时实现，他们也并不着急，因为有这样慈善的冬天，干啥还希望别的呢。

最妙的是下点小雪呀。看吧，山上的矮松越发的青黑，树尖上顶着一髻儿白花，像些小日本看护妇。山尖全白了，给蓝天镶上一道银边。山坡上有的地方雪厚点，有的地方草色还露着，这样，一道儿白，一道儿暗黄，给山们穿上一件带水纹的花衣；看着看着，这件花衣好像被风儿吹动，叫你希望看见一点更美的山的肌肤。等到快日落的时候，微黄的阳光斜射在山腰上，那点薄雪好像忽然害了羞，微微露出点粉色。就是下小雪吧，济南是受不住大雪的，那些小山太秀气。

古老的济南，城内那么狭窄，城外又那么宽敞，山坡上卧着些小村庄，小村庄的房顶上卧着点雪，对，这是张小水墨画，或者是唐代的名手画的吧。

那水呢，不但不结冰，反倒在绿藻上冒着点热气。水藻真绿，把终年贮蓄的绿色全拿出来了。天儿越晴，水藻越绿，就凭这些绿的精神，水也不忍得冻上；况且那长枝的垂柳还要在水里照个影儿呢。看吧，由澄清的河水慢慢往上看吧，空中，半空中，天上，自上而下全是那么清亮，那么蓝汪汪的，整个的是块空灵的蓝水晶。这块水晶里，包着红屋顶，黄草山，像地毯上的小团花的小灰色树影；这就是冬天的济南。

树虽然没有叶儿，鸟儿可并不偷懒，看在日光下张着翅叫的百灵们。山东人是百灵鸟的崇拜者，济南是百灵的国。家家处处听得到它们的歌唱；自然，小黄鸟儿也不少，而且在百灵国内也很努力地唱。还有山喜鹊呢，成群的在树上啼，扯着浅蓝的尾巴飞。树上虽没有叶，有这些羽翎装饰着，也倒有点像西洋美女。坐在河岸上，看着它们在空中飞，听着溪水活活地流，要睡了，这是有催眠力的；不信你就试试；睡吧，决冻不着你。

要知后事如何，我自己也不知道。

原载1931年3月至6月《齐大月刊》第1卷第6期

暑假中的齐鲁大学

老　舍

到了齐大，暑假还未曾完。除了太阳要落的时候，校园里不见一个人影。那几条白石凳，上面有枫树给张着伞，便成了我的临时书房。手里拿着本书，并不见得念；念地上的树影，比读书还有趣。我看着：细碎的绿影，夹着些小黄圈，不定都是圆的，叶儿稀的地方，光也有时候透出七棱八角的一小块。小黑驴似的蚂蚁，单喜欢在这些光圈上慌手忙脚地来往过。那边的白石凳上，也印着细碎的绿影，还落着个小蓝蝴蝶，抿着翅儿，好像要睡。一点风儿，把绿影儿吹醉，散乱起来；小蓝

齐鲁大学大楼

蝶醒了懒懒地飞，似乎是作着梦飞呢；飞了不远，落下了，抱住黄蜀菊的蕊儿。看着，老大半天，小蝶儿又飞了，来了个楞头磕脑的马蜂。

真静。往南看，千佛山懒懒地倚着一些白云，一声不出。往北看，围子墙根有时过一两个小驴，微微有点铃声。往东西看，只看见楼墙上的爬山虎。叶儿微动，像竖起的两面绿浪。往下看，四下都是绿草。往上看，看见几个红的楼尖。全不动。绿的，红的，上上下下的，像一张画，颜色固定，可是越看越好看。只有办公处的大钟的针儿，偷偷地移动，好似唯恐怕叫光阴知道似的，那么偷偷地动，从树隙里偶尔看见一个小女孩，花衣裳特别花哨，突然把这一片静的景物全刺激了一下；花儿也更红，叶儿也更绿了似的；好像她的花衣裳要带这一群颜色跳舞起来。小女孩看不见了，又安静起来。槐树上轻轻落下个豆瓣绿的小虫，在空中悬着，其余的全不动了。

园中就是缺少一点水呀！连小麻雀也似乎很关心这个，时常用小眼睛往四下找；假如园中，就是有一道小溪吧，那要多么出色。溪里再有些各色的鱼，有些荷花！那怕是有个喷水池呢，水声，和着枫叶的轻响，在石台上睡一刻钟，要作出什么有声有色有香味的梦！花木够了，只缺一点水。

短松墙觉得有点死板，好在发着一些松香；若是上面绕着些密罗松，开着些血红的小花，也许能减少一些死板气儿。园外的几行洋槐很体面，似乎缺少一些小白石凳。可是继而一想，没有石凳也好，校园的全景，就妙在只有花木，没有多少人工作的点缀，砖砌的花池咧，绿竹篱咧，全没有；这样，没有人的时候，才真像没有人，连一点人工经营的痕迹也看不出；换句话说，这才不俗气。

啊，又快到夏天了！把去年的光景又想起来；也许是盼望快放暑假吧。快放暑假吧！把这个整个的校园，还交给蜂蝶与我吧！太自私了，谁说不是！可是我能念着树影，给诸位作首不十分好，也还说得过去的诗呢。

学校南边那块瓜地，想起来叫人口中出甜水；但是懒得动；在石凳上等着吧，等太阳落了，再去买几个瓜吧。自然，这还是去年的话；今年那块地还种瓜吗？管他瓜还是种豆呢，反正白石凳还在那里，爬山虎也又绿起来；只等玫瑰开呀！玫瑰开，吃棕子，下雨，晴天，枫树底下，白石凳上，小蓝蝴蝶，绿槐树虫，哈，梦！再温习温习那个梦吧。

原载1931年3月至6月《齐大月刊》第1卷第7期

春 夜

老 舍

　　有诗为证，对，印象是要有诗为证的；不然，那印象必是多少带点土气的。我想写"春夜"，多么美的题目！想起这个题目，我自然地想作诗了。可是，不是个诗人，怎办呢；这似乎要"抓瞎"——用个毫无诗味的词儿。新诗吧？太难；脑中虽有几堆"呀，噢，唉，喽"和那俊美的"；"，和那珠泪滚滚的"！"。但是，没有别的玩艺，怎能把这些宝贝缀上去呢？此路不通！旧诗？又太死板，而且至少有十几年没动那些七庚八葱的东西了；不免出丑。

　　到底硬联成一首七律，一首不及六十分的七律；心中已高兴非常，有胜于无，好歹不论，正合我的基本哲学。好，再作七首，共合八首；即便没一首"通"的吧，"量"也足惊人不是？中国地大物博，一人能写八首春夜，呀！

　　唉！湿膝病又犯了，两膝僵肿，精神不振，终日茫然，饭且不思，何暇作诗，只有大喊拉倒，予无能为矣！只凑了三首，再也凑不出。

　　想另作一篇散文吧，又到了交稿子的时候；况且精神不好，其影响于诗与散文一也；散了吧，好歹的那三首送进去，爱要不要；我就是这个主意！反正无论怎说，我是有诗为证：

一

多少春光轻易去？无言花鸟夜如秋。

东风似梦微添醉，小月知心只照愁！

柳样诗思情入影，火般桃色艳成羞。

谁家玉笛三更后？山倚疏星人倚楼。

二

一片闲情诗境里，柳风淡淡析声凉。

山腰月少青松黑，篱畔光多玉李黄。

心静渐知春似海，花深每觉影生香。

何时买得田千顷，遍种梧桐与海棠！

三

且莫贪眠减却狂，春宵月色不平常！

碧桃几树开蝴蝶，紫燕联肩梦海棠。

花比诗多怜夜短，柳如人瘦为情长。

年来潦倒漂萍似，惯与东风道暖凉。

得看这三大首！五十年之后，准保有许多人给作注解——好诗是不需注解的。我的评注者，一定说我是资本家，或是穷而倾向资本主义者，因为在第二首里，有"何时买得田千顷"之语。好，我先自己作点注吧：我的意思是买山地呀，不是买一千顷良田，全种上花木，而叫农民饿死，不是。比如千佛山两旁的秃山，要全种上海棠，那要多么美，这才是我的梦想。这不怨我说话不清，是律诗自身的别扭；一句非七个字不可，我怎能忽然来句八个九个字的呢？

　　得了，从此再不受这个罪；《一些印象》也不再续。暑假中好好休息，把腿养好，能加入将来远东运动会的五百哩竞走，得个第一，那才算英雄好汉；诌几句不准多于七个字一句的诗，算得什么！

　　　　　　原载1931年3月至6月《齐大月刊》第1卷第8期

更大一些的想象

老 舍

要领略济南的美，根本须有些诗人的态度。那就是说：你须客气一点，把不美之点放在一旁，而把湖山的秀丽轻妙地放在想象里浸润着；这也许是看风景而不至于失望的普通原则。反之，你没有这诗意的体谅，而一个萝卜一个坑地去逛大明湖，趵突泉等，先不用说别的，单是人们口中的葱味，路上吱吱扭扭小车子的轮声，与裹着大红袜带的小脚娘儿们，要不使你想悬梁自尽，那真算万幸。单听济南人说话，谁也梦想不到它有那么美，那么甜，那么清凉的泉水；而济南泉水的甜美清凉确是事实，你不能因济南话难听而否认这上帝的恩赐。好吧，你随我来吧，假如你要对济南下公平的判断，一个公平的判断，永不会使济南损失一点点的光荣。

比如你先跟我上大明湖的北极阁吧，一路之上（不论是由何处动身），请你什么也不看不听，假如你不愿闭上眼与堵上耳，你至少应当决定：不使路上的丑恶影响到最终的判断。你还要必诚必敬地默想着，你是去看个地上的仙境。

到了，看！先别看你脚下的湖；请看南边的山。看那腰中深绿，而头上淡黄的千佛山；看后面那个塔，只是那么一根黑棍儿似的，可是似乎把那一群小山和那片蓝而含着金光的天空联成一体，它好像表现着群山的向上的精神。再往西看，一串

大明湖东北岸的北极阁

小山都像带着不同的绿色往西走呢。远处，只见天边上一些蓝的曲线，随着你的眼力与日光的强弱，忽隐忽现，使你轻叹一声：山，伟大图画中的诗料。到北极阁后面来看，还有山呢，那老得连棵树也懒得长的历山，那孤立不倚的华山，都是不太高不太矮，正合适作个都城的小绿围屏；济南在这一点上像意大利的芙劳伦思。你看到这几乎形成一个圆圈的小山，你开始，无疑的，爱济南了。这群小山不像南京的山那样可怕，不像北平的西山北山那样荒伟地在远处默立，这些小山"就"在济南围墙的外边，它们对济南有种亲切的感情，可以使你想到它们也许愿到城里来看看朋友们。不然，它们为什么总像向城里探着头看呢。

　　看完了山，请你默想一会儿：山是不错，但是只有山，不能使济南风景像江南吧；水可是不易有的，在中国的北方。这么想罢，请看大明湖吧。自然，现在的湖已成了许多水沟，使你大失所望。我知道，所以我不请你坐小船去游湖，那些名

胜，什么历下亭咧，铁公祠咧，都没有什么可看；那些小船既
不美，又不贱，而且最恼人的是不划不摇不用篙支不用纤拉，
而以一根大棍硬"挺"的驶船方法。这些咱们全不去试验，我
只请你设想：设若湖上没有那些蒲田泥坝，这湖的面积该有多
大？设若湖上全种着莲花，四围界以杨柳，是不是一种诗境？
这不是不可能的；本来这湖是个"湖"，而是被人工作成了许
多"水沟"；上帝给济南一些小山，也给它一个大湖，人工胜
天，生把一个湖改成沟，这是因穷而忘了美的结果，不是自然
的过错。

城在山下，湖在城中。这是不是一个美女似的城市？你再
看，或者说再想，那城墙假如都拆去，而在城河的岸旁，杨柳
荫中修上平坦的马路，这是不是个仙境？看那城河的水，绿，
静，明，洁，似乎是向你说：你看看我多么甜美！那水藻，一
年四季老是那么绿，没有法形容，因为它们似乎是暗示出上帝
心中的"绿"便是这样的绿。河岸上，柳荫下，假如有些美于
济南妇女的浣纱女儿，穿着白衫或红袄，像些团大花似的，看
着自己的倒影，一边洗一边唱！

这是看风景呢，还是作梦呢？一点也不是幻想；假如这
座城在一个比中国人争气的民族手里，这个梦大概久已是事实
了。我决不愿济南被别人管领；我希望中国人应当有比编几副
对联或作几首诗（连大明湖上的游船都有很漂亮的对联，可惜
没有湖！）更大一些的想象。我请你想象，因为只有想象才足
以揭露出济南的本来面目。济南本来是极美的，可惜被人们给
糟蹋了。

原载1932年5月《华年》第1卷第4期

济南的药集

老 舍

　　今年的药集是从四月廿五日起，一共开半个月——有人说今年只开三天，中国事向来是没准儿的。地点在南券门街与三和街。这两条街是在南关里，北口在正觉寺街，南头顶着南围子墙。

　　喝！药真多！越因为我不认识它们越显着多！

　　每逢我到大药房去，我总以为各种瓶子中的黄水全是硫酸，白的全是蒸馏水，因为我的化学知识只限于此。但是药房的小瓶小罐上都有标签，并不难于检认；假如我害头疼，而药房的人给我硫酸喝，我决不会答应他的。到了药集，可是真没有法儿了！一捆一捆，一袋一袋，一包一包，全是药材，全没有标签！而且买主只问价钱，不问名称，似乎他们都心有成"药"；我在一旁参观，只觉得腿酸，一点知识也得不到！

　　但是，我自有办法。橘皮，干向日葵，竹叶，荷梗，益母草，我都认得：那些不认识的粗草细草长草短草呢？好吧，长的都算柴胡，短的都算——什么也行吧，看那柴胡，有多少种呀；心中痛快多了！

　　关于动物的，我也认识几样：马蜂窝，整个的干龟，蝉蜕，僵蚕，还有椿蹦儿。这么一样的药名和拉丁名，我全不知道，只晓得这是椿树上的飞虫，鲜红的翅儿，翅上有花点，很好玩，北平人管它们叫椿蹦儿；它们能治什么病呢？还看见了羚羊，原来是一串黑亮的小球；为什么羚羊应当是小黑球呢？也许有人知道。还有两对狗爪似的东西，莫非是熊掌？犀角没有看见，狗宝，牛黄也不知是什么样子，设若牛黄应像老倭瓜，我确是看见了好几个貌似干倭瓜的东西。最失望的是没有看见人中黄，莫非药铺的人自己能供给，所以集上无须发售吧？也许是用锦匣装着，没能看到？

矿物不多，石膏，大白，是我认识的；有些大块的红石头便不晓得是什么了。

草药在地上放着，熟药多在桌上摆着。万应锭，狗皮膏之类，看看倒还漂亮。

此外还有非药性的东西，如草纸与东昌纸等；还有可作药用也可作食品的东西，如山楂片，核桃，酸枣，莲子，薏仁米等。大概那些不识药性的游人，都是为买这些东西来的。价钱确是便宜。

我很爱这个集：第一，我觉得这里全是国货；只有人参使我怀疑有洋参的可能，那些种柴胡和那些马蜂窝看着十二分道地，决不会是舶来品。第二，卖药的人们非常安静，一点不吵不闹；也非常的和蔼，虽然要价有点虚谎，可是还价多少总不出恶声。第三，我觉得到底中国药（应简称为"国药"）比西洋药好，因为"国药"吃下去不管治病与否，至少能帮助人们增长抵抗力。这怎么讲呢？看，橘皮上有多么厚的黑泥，柴胡们带着多少沙土与马粪；这些附带的黑泥与马粪，吃下去一定会起一种作用，使胃中多一些以毒攻毒的东西。假如橘皮没有什么力量，这附带的东西还能补充一些。西洋药没有这些附带品，自然也不会发生附带的效力。那位医生敢说对下药有十二分的把握么？假如药不对症，而药品又没有附带物，岂不是大大的危险！"国药"全有附带物，谁敢说大多数的病不是被附带物治好的呢？第四，到底是中国，处处事事带着古风：咱们的祖先遍尝百草，到如今咱们依旧是这样，大概再过一万八千年咱们还是这样。我虽然不主张复古，可是热烈地想保存古风的自大有人在，我不能不替他们欣喜。第五，从今年夏天起，我一定见着马蜂窝，大蝎子，烂树叶，就收藏起来；人有旦夕祸福，谁知道什么时候生病呢！万一真病了，有的是现成的马蜂窝等，挑选一个吃下去，治病是其一，没人说你是共产党是其二。

逛完了集，出了巷口，看见一大车牛马皮，带着毛还没制成革，不知是否也是药材。

原载1932年6月11日《华年》第1卷第9期

非正式的公园

老 舍

济南的公园似乎没有引动我描写它的力量，虽然我还想写那么一两句；现在我要写的地方，虽不是公园，可是确比公园强的多，所以——非正式的公园；关于那正式的公园，只好，虽然还想写那么一两句，待之将来。

这个地方便是齐鲁大学，专从风景上看。齐大在济南的南关外，空气自然比城里的新鲜，这已得到成个公园的最要条件。花木多，又有了成个公园的资格。确是有许多人到那里玩，意思是拿它当作——非正式的公园。

逛这个非正式的公园以夏天为最好。春天花多，秋天树叶美，但是只在夏天才有"景"，冬天没有什么特色。

当夏天，进了校门便看见一座绿楼，楼前一大片绿草地，楼的四围全是绿树，绿树的尖上浮着一两个山峰，因为绿树太密了，所以看不见树后的房子与山腰，使你猜不到绿荫后边还有什么；深密伟大，你不由地深吸一口气。绿楼？真的，"爬山虎"的深绿肥大的叶一层一层地把楼盖满，只露着几个白边的窗户；每阵小风，使那层层的绿叶掀动，横着竖着都动得有规律，一片竖立的绿浪。

往里走吧，沿着草地——草地边上不少的小蓝花呢——到了那绿荫深处。这里都是枫树，树下四条洁白的石凳，围着一片花池。花池里虽没有珍花异草，可是也有可观；况且往北有一条花径，全是小红玫瑰。花径的北端有两大片洋葵，深绿叶，浅红花；这两片花的后面又有一座楼，门前的白石阶栏像享受这片鲜花的神龛。楼的高处，从绿槐的密叶的间隙里看到，有一个大时辰钟。

往东西看，西边是一进校门便看见的那座楼的侧面与后面，与这座楼平行，花池东边还有一座；这两座楼的侧面山墙，也都是绿的。花径的南端是白石的礼堂，堂前开满了百日红，壁上也被绿蔓爬匀。那两座楼后，两大片草地，平坦，深绿，像张绿毯。这两块草地的南端，又有两座楼，四周围蔷薇作成短墙。设若你坐在石凳上，无论往哪边看，视线所及不是红花，便是绿叶；就是往上下看吧：下面是绿草，红花，与树影；上面是绿枫树叶。往平里看，有时从树隙花间看见女郎的一两把小白伞，有时看见男人的白大衫。伞上衫上时时落上些绿的叶影。人不多，因为放暑假了。

拐过礼堂，你看见南面的群山，绿的。山前的田，绿的。一个绿海，山是那些高的绿浪。

礼堂的左右，东西两条绿径，树荫很密，几乎见不着阳光。顺着这绿径走，不论是往西往东，你看见些小的楼房，每处有个小花园。园墙都是矮松做的。

春天的花多，特别是丁香和玫瑰，但是绿得不到家。秋天的红叶美，可是草变黄了。冬天树叶落净，在园中便看见了山的大部分，又欠深远的意味。只有夏天，一切颜色消沉在绿的中间，由地上一直绿到树上浮着的绿山峰，成为以绿为主色的一景。

原载1932年7月《华年》第1卷第12期

趵突泉的欣赏

老 舍

千佛山、大明湖和趵突泉，是济南的三大名胜。现在单讲趵突泉。

在西门外的桥上，便看见一溪活水，清浅，鲜洁，由南向北地流着。这就是由趵突泉流出来的。设若没有这泉，济南定会丢失了一半的美。但是泉的所在地并不是我们理想中的一个美景。这又是个中国人征服自然的办法，那就是说，凡是自然的恩赐交到中国人手里就会把它弄得丑陋不堪。这块地方已经成了个市场。南门外是一片喊声，几阵臭气，从卖大碗面条与肉包子的棚子里出来。进了门有个小院，差不多是四方的。这里，"一毛钱四块！"和"两毛钱一双！"的喊声，与外面的"吃来"联成一片。一座假山，奇丑；穿过山洞，接联不断的棚子与地摊，东洋布，东洋磁，东洋玩具，东洋……加劲地表示着中国人怎样热烈的"不"抵制劣货。这里很不易走过去，乡下人一群跟着一群地来，把路塞住。他们没有例外的全买一件东西还三次价，走开又回来摸索四五次。小脚妇女更了不得，你往左躲，她往左扭；你往右躲，她往右扭，反正不许你痛快地过去。

到了池边，北岸上一座神殿，南西东三面全是唱鼓书的茶棚，唱的多半是梨花大鼓，一声"哟"要拉长几分钟，猛听颇像产科医院的病室。除了茶棚还是日货摊子，说点别的吧！

泉太好了。泉池差不多见方，三个泉口偏西，北边便是条小溪流向西门去。看那三个大泉，一年四季，昼夜不停，老那么翻滚。你立定呆呆地看三分钟，你便觉出自然的伟大，使你不敢再正眼去看。永远那么纯洁，永远那么活泼，永远那么鲜明，冒，冒，冒，永不疲乏，永不退缩，只是自然有这样的力量！冬天更好，泉上起了一片热气，白而轻软，在深绿的长的水藻上飘荡着，使你不由地想起一种似乎神秘的境界。

池边还有小泉呢：有的像大鱼吐水，极轻快地上来一串小泡；有的像一串明珠，走到中途又歪下去，真像一串珍珠在水里斜放着；有的半天才上来一个泡，大，扁一点，慢慢的，有姿态的，摇动上来；碎了；看，又来了一个！有的好几串小碎珠一齐挤上来，像一朵攒整齐的珠花，雪白。有的……这比那大泉还更有味。

新近为增加河水的水量，又下了六根铁管，做成六个泉眼，水流得也很旺，但是我还是爱那原来的三个。

看完了泉，再往北走，经过一些货摊，便出了北门。

前年冬天一把大火把泉池南边的棚子都烧了。有机会改造了！造成一个公园，各处安着喷水管！东边作个游泳池！有许多人这样的盼望。可是，席棚又搭好了，渐次改成了木板棚；乡下人只知道趵突泉，把摊子移到"商场"去（就离趵突泉几步）买卖就受损失了；于是"商场"四大皆空，还叫趵突泉作日货销售场；也许有道理。

原载1932年8月《华年》第1卷第17期

耍　猴

老　舍

去年的"华北运动会"是在济南举行的。开会之前忙坏了石匠瓦匠们。至少也花了十万元吧，在南围墙子外建了一座运动场。场子的本身算不上美观，可是地势却取得好极了。我不懂风水阴阳，只就审美上看是非常满意的。南边正对着千佛山的山凹，东南角对着开元寺上边的那座玄秘塔，东边列着一片小山。西边呢，齐鲁大学的方灯式礼堂石楼，如果在晚半天看，好像是斜阳之光的暂停处。坐在高处往北看，济南全城只是夹着几点红色的一片深绿。

喜欢看人们运动，更喜欢看这片风景，所以借个机会，那怕只是个初级小学开会练练徒手操呢，我总要就此走上一遭。

爱到这里来的并不止于我个人，学生是无须说了，就是张大娘，李二嫂，王三姑娘——三位女性，一律小脚——也总和我前后走是打破了某种纪录，于是，我设若听不到"内行"的评论，比如说那项竞走是打破了某种纪录，那个选手跳高的姿势如何道地，我可是能听到一些真正民意，因为张大娘等不仅是张着嘴看，而且要时常批评或讨论几句呢。

去年"华北"开会的第二天，大家正"敬"候着万米长跑下场，张大娘的一只小公鸡先下了场，原来张大娘赴会时顺便买了只鸡在怀中抱着，不知是为要鼓掌还是要剥落花生吃，而鸡飞矣。张大娘，于是，连同李二嫂，一齐与那鸡赛了个不止百码！童子军、巡警、宪兵也全加入捉鸡竞走，至少也有五分钟吧——不知是打破那项纪录——鸡终被擒。张大娘抱鸡又坐好，对李二嫂发了议论：咱们要是也像那些女学生，裤子只护着腔，大脚片穿着滚钉板的鞋，还用费这么大事捉一只鸡？李二嫂看了旁边的小脚王三姑娘；王三姑娘猛然用手遮上了眼，低声而急切地说：她们，她们，真不害羞，当着这么多老爷儿们脱裤子！果然，有几位女运动员预备跳栏正脱去长裤。于是李二嫂与张大娘似乎后悔了，彼此点头会意；姑娘到底不该大脚片穿钉鞋，以免当着人脱肥裤。

　　今年九月二十四举行全省运动会，为是选拔参加"华北"的选手。我到了，张大娘李二嫂等自然也到了。而且她们这次是带着小孩子与老人。刚一坐下，老人与小孩便一齐质问张大娘：姑娘们在那儿呢？看不见光腿的姑娘啊！张大娘似乎有些失信用，只好连说别忙别忙。扔花枪、扔锅饼、跳木棍、猴爬竿、推铁疙疸，老人小孩与张大娘都不感觉兴趣，只好老人吸烟，小孩吃栗子，张大娘默祷快来光腿的姑娘以恢复信用。看，来了！旁边一位红眼少年，大概不是布铺便是纸店的少掌柜，十二分恳挚地向张大娘报告。忽——大家全站起来了。看那个黑劲！那个腿！身上还挂着白字！咦！咦！蹦，还蹦打呢！大筒子又响了，瞎嚷什么！唉！唉！站好了，六个人一排，真齐啊！前面一溜小白木架呢！那是跳的，你当是，又跑又跳！真！快看、趴下了！快放枪了，那是！……忽——全坐下了。什么年头，老人发了脾气，耍猴儿的，男猴女猴！家走！可是小孩不走，张大娘也不肯走，好的还在后面呢，等会儿，还跑廿多圈呢！要看就看跑廿多圈的，跑一小骨节有啥看头；跑那么近，还叫人搀着呢，不要脸！廿多圈的始终没出来，张大娘既不知道还有秩序单其物，而廿多圈的恰好又列在次日。偶尔向场内看一眼，其余的工夫全消费在闲谈上。老人与另一老人联盟：有小孩决不送进学堂去，连跑带跳，一口血，得；况且是老大不小的千金女儿呢！张大娘一定叫小孩等着看跑廿多圈的，而小孩一定非再买栗子吃不可。李二嫂说王三姑娘没来，因为定了婆家。红眼青年邀着另一位红眼青年：走，上席棚那边看看去，姑娘都在那儿喝汽水什么的呢。巡警不许我们过去呀？等着，等着机会溜过去呀！……

原载1932年10月29日《华年》第1卷第29期

广智院

老　舍

逛过广智院的人，从一九〇四到一九二六，有八百多万；到如今当然过了千万。乡下人到济南赶集，必附带着逛逛广智院。逛字似乎下得不妥，可是在事实上确是这么回事；这留在下面来讲。广智院是英人怀恩光牧师创办的，到现在已有二十八年的历史。它不纯粹是博物院，因为办平民学校、识字班等，也是它的一部分作业。此外，它也作点宗教事业。就它的博物院一部分的性质上说，它也是不纯粹的：不是历史博物院、自然博物院，或某种博物院，而是历史、地理、生物、建筑、卫生等等混合起来的一种启迪民智的通俗博物院。生物标本、黄河铁桥模型、公家卫生的指导物，都在那里陈列着。这一来是因为经费不富裕，不能办成真正博物院；二来是它的宗旨本来是偏重社会教育。颇有些到过欧美、参观过世界驰名的大博物院的君子们对它不敬，以为这不过是小小的西洋牧师弄些泥人泥马来骗我们黄帝的子孙。可是，人家的宗旨本在给普通人民一些常识，这种轻慢的态度大可以收起去。再者，就以这样的建设来说，中国可有几个？大英博物院好则好矣，怎奈不是中国的！广智院陋则陋矣，到底是洋人办的。中国人谈社会教育，不止三十年了吧？可是广智院有了二十八年的历史，中国人自办的东西在哪儿？

再请这游过欧美的大人们看看贵黄帝子孙。您诸位大人们不是以为广智院的陈列品太简陋吗？您猜猜贵黄帝子孙把这点简陋东西看懂了没有？假如您不愿猜，待小子把亲眼所见的述说一番。

等等，我得先擦擦眼泪。不然，我没法说下去。

山水沟的"集"是每六天一次。山水沟就在广智院的东边，相隔只有几十丈远，所以有集的日子，广智院特别人多。山水沟集上卖的东西，除了破铜和烂铁，就是日本磁、日本布、日本胶皮鞋。买了东洋货，贵黄帝子孙乃相率入西洋鬼子办的社会教育机关——广智院。赶集逛院是东西两端，中间的是黄帝子孙！别再落泪，恐怕大人先生们骂我眼泪太不值钱！

大鲸鱼标本。黄帝子孙相率瞪眼，一万个看不懂，到底是啥呢？蚊虫放大标本。又一个相率瞪眼，到底是啥呢？碰巧了有位识字的，十二分的骄傲说道：这是蚊子！大家又一个瞪眼，蚊子？一向没看过乌鸦大的蚊子！识字的先生悻悻然走开，大家左右端详乌鸦大的蚊子，终于莫明其妙。

到了卫生标本室。泥作的两条小巷：一条干净，人皆健康；一条污浊，人皆生病。贵黄帝子孙一个个面带喜色，抖擞精神，批评起来："看这几块西瓜皮捏得多么像真的！"群应之曰："赛！""赛"是土话，即妙好之意。"快来，看这个小娘们，怎捏得这么巧呢！看那些小白馍馍，馍馍上还有苍蝇呢！"群应之曰："赛！"对面摆着"缠足之害"的泥物。"啊呀！看这里小脚的！看，看，看那小裹脚条子，还真是条小白布呢！看那小妞子哭的神气，真像啊！"群应之曰："赛！""哼，怎么这个泥人嘴里出来根铁丝，铁丝上有块白布，布上有黑字呢？"没有应声，相对瞪眼。那识字的先生恰巧又转回来，十二分的骄傲说道："这是表示那个人说话呢！"

群应之曰："哼？""干吗说话，嘴里还出铁丝和白布呢？"
不懂！这就是贵黄帝子孙"逛"广智院的获得。人家处处有说
明，怎奈咱们不识字！这还是鬼子设备的不周到；添上几位指
导员，随时给咱们解说，岂不就"赛"了么？但是，添几位
指导员的经费呢？鬼子去筹啊！既开得起院，便该雇得起指导
员！是的，予欲无言！

原载1932年12月《华年》第1卷第38期

估 衣

老 舍

在中国，政府没主张便是四万万人没主意；指望着民意怎么怎么，上哪里去找民意？可有多少人民知道满洲在东南，还是在东北？和他们要主意，等于要求鸭子唱昆腔。

一致抵抗，经济绝交，都好；只要有人计划出，有清正的官吏们肯引着人民去作。反之，执政的只管作官，而把一切问题交给人民，便永远不能解决任何问题。

举个例说，抵制仇货似乎是我们唯一的反抗手段。谁去抵制？人民；人民才干那回事呢！人民所知道的是什么便宜买什么，不懂得什么仇不仇、货不货。通盘的看看人民的经济力量，通盘的计划我们怎样提倡国货，怎样保护国产工艺，然后才谈得到抵制。不然，瞎说一大回！

受过教育的人懂得看看商标（人家日本人现在是听中国商人的决定而后印商标牌号），知道多花钱也不要仇货；可是受过教育的人有几个？学校里明白不用洋纸，试问那个小印刷所能用国货而不赔钱？纸业政策，正如其他丝业、茶业、漆业……政策何在？希望印刷所老板们去决定政策，即使他们是通达的人，他们弄不上饭吃谁管？提倡国货提倡得起，而人民赔不起买不起，还不是瞎说？

在济南，抵制仇货是没有那一回事。这不算新奇。花样在这儿：不但不拒绝新货，而且拼命地买人家的破烂。试到估衣店去看看，卖的是什么？试立在城门左右看看乡下人挑或推出城外的是什么？日本估衣！凡是一家估衣店就有一大堆捆好的东洋旧衣裳、裤子、长衫、布片、腰带、汗衫……捆成一二尺厚的一束，论斤出售。在四马路单有二三十家专卖此项宝贝，不卖别的。乡民推车的推车，持扁担的持扁担，专来运买这种"估衣捆"。拿回家去，拆大改小，一束便能改造好几件衣服，比买新布——国产粗布虽只卖七八分洋钱一尺——要便宜上好几倍。

看乡民买办时的神气，就好像久旱逢甘雨那么喜欢；三两成群，摸摸这束，扯扯那捆，选择唯恐其不精，价钱唯恐其不入骨，选好之后，还要在铺外抽着竹管烟袋，精细地再讨论一番。休息够了，一挑跟一挑，一车跟着一车，全欣欣然有喜色，运出城去。

有位朋友曾劝过几位乡下同胞，不要买那个，他们一个字的回答："贱！"后来他又吓他们，说那是由日本死人身上剥下来的，还是那一个字回答："贱！"

一年由青岛等处来多少船这种估衣，我没有统计。我确知道在济南这是一大宗生意。我也知道抵制仇货若不另想高明主意，而专发些爱国链锁，只多是费几张纸而已。

原载1933年1月14日《华年》第2卷第2期

路与车

老 舍

济南是个大地方。城虽不大，可是城外的商埠地面不小；商埠自然是后辟的。城内的小巷与商埠上的大路正好作个对照。城里有些小巷小得真有意思，巷小再加以高低不平的石头道，坐在洋车上未免胆战心惊：车稍微一歪——而且是常常的歪——车上的人头便有撞到墙上的危险；危险当然应放在"有意思"之内。这些小巷并不热闹，无论多么小的巷里也有铺子，这似乎应作济南的特点之一。而且这些小铺子往往是没有后院，一间屋的进身，便是全铺面的宽窄，作买卖、睡觉、生儿养女，全在这里；因而厨房必须在街上。那就是说炉灶在当街，行人不留神一定会把脚蹚入人家面盆或饭锅里去；这也当然是有意思的。灶一律拉风箱，小巷既窄，烟火又旺，空气自然无从鲜美。城里确是人烟太稠了。大明湖是越来越小了，或者便是人口过多，不得不填水成陆的证据。

在另一方面，城外的商埠是很宽展的。街市的分划也极规则，东西是经路，南北是纬路，非常的清楚。商埠的建筑有不少是洋式的，道路上也比较的清洁些。

大买卖虽在商埠，可是乡民到城市来买东西还多半是到城里去。城里的铺面虽小，买卖不见得不大，所以小巷里有时比商埠的大路上还更热闹一些。这大概是历史的关系：商埠究竟是后辟的，而乡下人是恋死地方的；今年在此买货，明年还到这里来；其实商埠上的东西——特别是那几个大字号铺的——并不见得一定价钱高。这又是城里的小巷所以有意思的原因，因为乡下人拿它们作探险地。

近两年来，济南的路政很有进步。商埠上的大路不时的翻修，而且多加上阴沟。阴沟上复以青石，作单轮小车的"专"路——这种小车还极重要，运煤米货物全是它；响声依然是吱吱格格，制造一依古法；设若在古时这响声是刺耳的，至今仍使人头痛。城里比较宽些的道路也修了不少处，可是还用青石铺成。至于那些小巷里，汽车既走不开，也就引不起翻修的热心，于是便苦了拉车与推车的。看着小车夫推着五六百斤的东西，在步步坑坎的路上走，使人赞羡中国人的忍耐性，同时觉得一个狗也不应当享这种待遇！这些小巷也无从展宽，假如叫小屋子们退让一些，那便根本没有了小屋子；前面说过，小屋子是没有后院的，门庭就是街道。不过真希望城里的小石路也修理得好好的——推车的到底是比坐汽车的多，多的多！路平而窄，到底比不平而又窄强些。能不能把城里的居民移一部分到商埠里边去？这是个问题，值得一研究。

更希望巡警不是专为汽车开路，而是负着指挥马车之责的。现在的办法是：每逢汽车的喇叭一响，巡警的棒子便对洋车小车指了去，无论他们怎样困难，也得给汽车让路。这每每使行人、自行车、洋车、小车全跌滚在一处。汽车永远不得耽误一秒钟，以大家跌滚在一处为代价！我们要记得，城里的通衢也不是很宽的。

自然话须两说着，汽车要是没有这点威风，谁还坐汽车呢？也对！

原载1933年4月8日《华年》第2卷第14期

春 风

老 舍

济南与青岛是多么不相同的地方呢！一个设若比作穿肥袖马褂的老先生，那一个便应当是摩登的少女。可是这两处不无相似之点。拿气候说吧，济南的夏天可以热死人，而青岛是有名的避暑所在；冬天，济南也比青岛冷。但是，两地的春秋颇有点相同。济南到春天多风，青岛也是这样；济南的秋天是长而晴美，青岛亦然。

对于秋天，我不知应爱那里的：济南的秋是在山上，青岛的是海边。济南是抱在小山里的；到了秋天，小山上的草色在黄绿之间，松是绿的，别的树叶差不多都是红与黄的。就是那没树木的山上，也增多了颜色——日影、草色、石层，三者能配合出种种的条纹，种种的影色。配上那光暖的蓝空，我觉到一种舒适安全，只想在山坡上似睡非睡地躺着，躺到永远。青岛的山——虽然怪秀美——不能与海相抗，秋海的波还是春样的绿，可是被清凉的蓝空给开拓出老远，平日看不见的小岛清楚地点在帆外。这远到天边的绿水使我不愿思想而不得不思想；一种无目的的思虑，要思虑而心中反倒空虚了些。济南的秋给我安全之感，青岛的秋引起我甜美的悲哀。我不知应当爱那个。

两地的春可都被风给吹毁了。所谓春风，似乎应当温柔，轻吻着柳枝，微微吹皱了水面，偷偷地传送花香，同情地轻轻掀起禽鸟的羽毛。济南与青岛的春风都太粗猛。济南的风每每在丁香海棠开花的时候把天刮黄，什么也看不见，连花都埋在黄暗中，青岛的风少一些沙土，可是狡猾，在已很暖的时节忽然来一阵或一天的冷风，把一切都送回冬天去，棉衣不敢脱，花儿不敢开，海边翻着愁浪。

　　两地的风都有时候整天整夜地刮。春夜的微风送来雁叫，使人似乎多些希望。整夜的大风，门响窗户动，使人不英雄地把头埋在被子里；即使无害，也似乎不应该如此。对于我，特别觉得难堪。我生在北方，听惯了风，可也最怕风。听是听惯了，因为听惯才知道那个难受劲儿。它老使我坐卧不安，心中游游摸摸的，干什么不好，不干什么也不好。它常常打断我的希望：听见风响，我懒得出门，觉得寒冷，心中渺茫。春天仿佛应当有生气，应当有花草，这样的野风几乎是不可原谅的！我倒不是个弱不禁风的人，虽然身体不很足壮。我能受苦，只是受不住风。别种的苦处，多少是在一个地方，多少有个原因，多少可以设法减除；对风是干没办法。总不在一个地方，到处随时使我的脑子晃动，像怒海上的船。它使我说不出为什么苦痛，而且没法子避免。它自由地刮，我死受着苦。我不能和风去讲理或吵架。单单在春天刮这样的风！可是跟谁讲理去呢？苏杭的春天应当没有这不得人心的风吧？我不准知道，而希望如此。好有个地方去"避风"呀！

原载1935年3月24日《益世报》

大明湖之春

老 舍

北方的春本来就不长，还往往被狂风给七手八脚地刮了走。济南的桃李丁香与海棠什么的，差不多年年被黄风吹得一干二净，地暗天昏，落花与黄沙卷在一处，再睁眼时，春已过去了！记得有一回，正是丁香乍开的时候，也就是下午两三点钟吧，屋中就非点灯不可了；风是一阵比一阵大，天色由灰而黄，而深黄，而黑黄，而漆黑，黑得可怕。第二天去看院中的两株紫丁香，花已像煮过一回，嫩叶几乎全破了！济南的秋冬，风倒很少，大概都留在春天刮呢。

有这样的风在这儿等着，济南简直可以说没有春天；那么，大明湖之春更无从说起。

济南的三大名胜，名字都起得好：千佛山，趵突泉，大明湖，都多么响亮好听！一听到"大明湖"这三个字，便联想到春光明媚和湖光山色等等，而心中浮现出一幅美景来。事实上，可是，它既不大，又不明，也不湖。

湖中现在已不是一片清水，而是用坝划开的多少块"地"。"地"外留着几条沟，游艇沿沟而行，即是逛湖。水田不需要多么深的水，所以水黑而不清；也不要急流，所以水定而无波。东一块莲，西一块蒲，土坝挡住了水，蒲苇又遮住了莲，一望无景，只见高高低低的"庄稼"。艇行沟内，如穿高粱地然，热气腾腾，碰巧了还臭气烘烘。夏天总算还好，假若水不太臭，多少总能闻到一些荷香，而且必能看到些绿叶儿。春天，则下有黑汤，旁有破烂的土坝；风又那么野，绿柳新蒲东倒西歪，恰似挣命。所以，它既不大，又不明，也不湖。

话虽如此，这个湖到底得算个名胜。湖之不大与不明，都因为湖已不湖。假若能把"地"都收回，拆开土坝，挖深了湖身，它当然可以马上既大且明起来：湖面原本不小，而济南又有的是清凉的泉水呀。这个，也许一时作不到。不过，即使作不到这一步，就现状而言，它还应当算作名胜。北方的城市，要找有这么一片水的，真是好不容易了。千佛山满可以不算数儿，配作个名胜与否简直没多大关系。因为山在北方不是什么难找的东西呀。水，可太难找了。济南城内据说有七十二泉，城外有河，可是还非有个湖不可。泉，池，河，湖，四者俱备，这才显出济南的特色与可贵。它是北方唯一的"水城"，这个湖是少不得的。设若我们游湖时，只见沟而不见湖，请到高处去看看吧，比如在千佛山上往北眺望，则见城北灰绿的一片——大明湖；城外，华鹊二山夹着弯弯的一道灰亮光儿——黄河。这才明白了济南的不凡，不但有水，而且是这样多呀。

况且，湖景若无可观，湖中的出产可是很名贵呀。懂得什么叫作美的人或者不如懂得什么好吃的人多吧，游过苏州的往往只记得此地的点心，逛过西湖的提起来便念道那里的龙井茶，藕粉与莼菜什么的，吃到肚子里的也许比一过眼的美景更容易记住，那么大明湖的蒲菜，茭白，白花藕，还真许是它驰名天下的重要原因呢。不论怎么说吧，这些东西既都是水产，多少总带着些南国风味；在夏天，青菜挑子上带着一束束的大白莲花菁葵出卖，在北方大概只有济南能这么"阔气"。

我写过一本小说——《大明湖》——在一二八与商务印

书馆一同被火烧掉了。记得我描写过一段大明湖的秋景，词句全想不起来了，只记得是什么什么秋。桑子中先生给我画过一张油画，也画的是大明湖之秋，现在还在我的屋中挂着。我写的，他画的，都是大明湖，而且都是大明湖之秋，这里大概有点意思。对了，只是在秋天，大明湖才有些美呀。济南的四季，唯有秋天最好，晴暖无风，处处明朗。这时候，请到城墙上走走，俯视秋湖，败柳残荷，水平如镜；唯其是秋色，所以连那些残破的土坝也似乎正与一切景物配合：土坝上偶尔有一两截断藕，或一些黄叶的野蔓，配着三五枝芦花，确是有些画意。"庄稼"已都收了，湖显着大了许多，大了当然也就显着明。不仅是湖宽水净，显着明美，抬头向南看，半黄的千佛山就在面前，开元寺那边的"橛子"——大概是个塔吧——静静地立在山头上。往北看，城外的河水很清，菜畦中还生着短短的绿叶。往南往北，往东往西，看吧，处处空阔明朗，有山有湖，有城有河，到这时候，我们真得到个"明"字了。桑先生那张画便是在北城墙上画的，湖边只有几株秋柳，湖中只有一只游艇，水作灰蓝色，柳叶儿半黄。湖外，他画上了千佛山；湖光山色，联成一幅秋图，明朗，素净，柳梢上似乎吹着点不大能觉出来的微风。

对不起，题目是大明湖之春，我却说了大明湖之秋，可谁教亢德先生出错了题呢！

原载1937年3月《宇宙风》第37期

三个月来的济南

老　舍

　　我是八月十三日到济南的。城里能逃走的人已走了许多——据说有二十万左右。十四日，青岛紧张，于是青岛的人开始西来，到济南的自然不少。这时候，也正是平津的人往南逃亡的时候，有的本无处可归，便停在济南，有的在此住一住脚，再往别处去。专就流亡的学生说，由此经过的大概也有五六千之多，因此，济南虽已走去三分之一的居民，可是经这样一补充，便又热闹起来。此时节，沪战我军表现了惊动全世的抵抗力，津浦线上的敌军也还未侵入山东，加以济南又来了这么多的人，所以由热闹而自信，大家便都打起精神操作。

　　就是在这种情形中，齐鲁大学于九月中旬开了课——我之所以来到济南者，原是预定好的在齐大教几点钟功课。

　　不幸，刚一开学，大同就失守了，紧跟着便是敌机差不多每天来济南市侦察。人心又慌起来。到了九月底，这种恐慌渐渐转变为动摇，能逃走的人又坐立不安了。三十日，敌军攻入山东境界，而且极快地到了德县（旧县名，在山东省西北部，一九五八年并入德州市平原县，一九六一年重置，更名为陵县），要逃走的人开了闸；有的折回青岛，有的相信上海永不会陷落，买船南下；有的为一劳永逸，跑奔长安或四川。十月五日前后，全市的中小学生停了课，齐大也不敢再缓，唯恐把学生们都困在济南。

这样，八月初与十月初的两次迁逃，使济南差不多成了空城，只剩下那实在无法走或无处去的人了——我自己便是一个。

敌人攻下德县，谁知道，迟不前进。于是，济南的人又喘了一口气。到了十月二十日那天，中央飞机五架由济空经过，飞得很低，人们更快活得不知怎样才好。但是，飞机过去了，消息依然沉闷憋气。过了两天，敌机开始在黄河铁桥左右投弹，随着轰炸的巨响，我们听到闸北与娘子关的失陷。等到太原失落，敌机便天天加紧地轰炸济南城北的沿河的各渡口。不用说，轰炸各渡口，是敌人截堵我军渡河北上，而敌军好往南来。果然，敌人的援军，自庆云南下，两三天的工夫攻下惠民与济阳；此时，济南的人抬头看，便看到城北的敌机，上下自如地轰炸着，而且耳中已听到炮声。不过，大家还不想动；前面说过了：能走的已于八月初与十月初走净，剩下的本是些要支持到底的。可是，十一月十五日午后五点钟，忽然城北震天裂地地响了三声，连城南住家的玻璃窗都震得哗哗的乱响，树上的秋叶也随着落如花雨。三响过去，街上铺户一律上了门，人像疯狂了似的往车站上跑。大家以为这是敌人的重炮，其实只是炸毁了黄河铁桥。铁桥一炸，济南才真成了空城。

经友人的劝告，我也卷了铺盖；我原想始终不动，安心地写文章，我的抗敌武器只有一管笔。可这也就是友人们劝我走的理由：济南战期的报纸与刊物时常有我的文字，学生与文化界的集会我时常出席，且有时候说些话；这样，日本人虽未见得认识我，可是汉奸或者不会轻易失掉这个表功买好的机会。济南是我的第二老家，我曾在那里一气住过四年。没法不走了，可是！

铺户都上着门，路上的除去扛着东西疾走的，便是呆立路旁不知如何是好的，都不出声。天上有些薄云，路灯冷清清地照着这无声的城市。我到了车站。从车窗爬进车去，一天一夜才走到徐州，路上只吃了几个花生。

从一上车，我便默默地决定好：我必须回济南，必能回济南！济南将比我所认识的更美丽更尊严，当我回来的时候。逃亡激进了努力，奔往异地坚定下打回故乡！

过去三四个月抗战的成绩，在一方面明白地显露了我们的死里求生与弱而无畏的决心与正气，在另一方面可是也充分地摆出来我们的种种弱点与缺陷，有胜有败，有正有负，这正是事实的必然，不许任何人因一时的与局部的失败而灰心丧气。积弱的中国，现在是服了一剂猛药；非此药不能救亡，亦唯其因为服此药通身才必有急剧的变化，腐坏的地方必须死掉，新的组织才会发生；所谓"不死也要脱层皮"，此其时也。这剂猛药非吃下去不可，此层旧皮必须脱去，牺牲与困苦是不可免的，亦唯有大家甘心牺牲与受苦才会打破难关，变成个新人与新民族。

在这生死关头，真正爱国的人必须认清我们的长处，同时也必须承认我们的弱点。不知自家所长便失去自信，不承认自家所短便吃死亏；我们现在是既要坚决的自信必胜，还要有过必改，这才是求生之道。因此，假若我若是对抗战期间济南的种种批评得过于严厉一些，那一定不出于恶意的唱高调，而是善意的促起明眼人的觉悟。

先从军事上说。津浦线上的军事大概可以分作两个阶段，以德县失守为界划线。在德县失落以前，山东各处都布置了军队，而以津浦线上兵力为最强，因为这是抵御的正面，而其他各处还没有敌人的踪迹。那时候，津浦线上真可以说是大军云集，至少有十来万人。人数虽多，可是并无济于事，几天的工夫，沧州、德县相继失陷。德县沦陷以后，十来万的人马都调往别处，改由山东本省的军队接防。由此，津浦线上差不多便改攻为守，能守则守，不能守便后退，到十一月十四日一直退到黄河南岸。

津浦线上失败的原因，恐怕也就是北方各线失败的原因。在战事初发，各处，正像津浦线上，都是大军云集，平行的摆开。那里知道，这样一层层地列阵而待，正好教敌人的炮火施威。我们的兵士真是勇敢，昼夜地等着杀日本鬼子。谁知道，他们只看见了敌机，只听到了大炮，敌机轰炸过后，紧跟着就是如雨的炮弹飞来，耳震聋，眼昏花，全无办法！大炮静寂，敌人的钢甲车与坦克到了。看见我们人少，人家便包围扫射；看见我们人多，人家就直冲上来，如入无人之地。我们等杀鬼子已等得不耐烦了，可是鬼子到了，我们是没办法。

毛病是在没有坚固的防御工事，没有新式的器械，而大家挤在一块儿，任凭敌人的炮火楔打，更是致命伤。

毛病还不止于此。军队既是平行的列阵，一翼动摇则全线混乱，前线混乱则后线慌张，往往一个局部的小挫致使全线溃败。再说呢，大军云集就非有个总指挥不可，而军队部属系统与训练本极复杂歧异，彼此间的通信与联络又极不完密，往往一部分勇敢该退而不退，另一部分迟疑该进而不进，此进彼退，彼败此胜，结果吃了大亏。要调动如意，须先有好的训练，而我们的军队并不都有此预备。兵士，可以这么说，几乎都是勇敢的，可不都明白新的战法。有时他们勇气上来便迎着机关枪跑上去，死而无怨；有时他们也要等候命令，可是命令许久不能及时的来到，以至白白的牺牲。况且，敌人的战术是专会利用突破一点的办法，而我们把队伍拉开，一点被冲破，则四面八方的队伍全被牵动。我们根本应当把有力军队放在最吃紧的地方，而使其他军队分散开去作游击战。这样才有伸缩，才能有攻也有守。可是我们没有这样想到。于是，以十万大军却失了沧州与德县。

德县失落以后，别的军队全被调走，由山东本省军队接防。接过防来，便马上利用游击战：正面安置守军，其余的绕到敌人侧翼与后方袭击，这不能不算个很大的进步。不过可惜呢，这时候的军队又太少了，而器械简直是一些老古董，所以游击战的部队得到胜利，正面的守军不敢上前线接应，及至敌人正面进攻，守军无法坚守。于是节节退败，一直退到黄河南岸。

但是，这些缺点并不能掩没了我们的军人的好处。枪械不良，不谙战术，调动不灵等等都不是军人本身的罪过，而是历年来有种种坏因素的当然结果。至于兵士，我敢说，差不多十分之九是忠勇可用的。给他们以良好的训练，给他们以精良的军械，给他们以能指挥的长官，给他们以近代战术的常识，他们无疑的必是世界上顶好的兵士。由和伤兵与撤退下来的军人的谈话，我看出下列的四点来，这四点使我坚信我们的兵士的本质是非常优良的：

（一）我看见了不知多少伤兵，他们怨骂救护的迟缓与不周到，他们抱怨军衣的单薄与饭食粗劣，可是，我没有听到一个人怨恨不该对日本打仗的。我曾听到知识阶级的人说：以我们的军力怎能抗日呢？军人自己却不这样看，他们受了那么大的苦处，只是对他们该得而得不到的照料与供给发些怨言；至于打日本，那是不成问题的。还有一些伤兵呢，被敌人打得连条毛毡也丢了，身上只剩下多少伤痕，却依然口无怨言，一心想伤好之后再去杀日本鬼子。我们还要他们怎样呢？这不就是顶好的兵么？

（二）伤兵和撤退下来的兵，不用说，是领略过敌人的炮火怎样厉害的了。可是，一问到他们这一层，他们只点头说炮火是真猛，而没有人说日本兵厉害。这显然是他们虽吃了亏，而并不害怕；他们似乎是说，我们要是有好枪重炮，日本兵连一个也活不了；即使没有好枪重炮，反正我们还是不怕！以二十九军说吧，最先吃着了敌人的苦头的是他们，可是在平津吃了亏，他们在津浦线上还是照样的打，津浦线上再吃了亏，又到平汉线上去，还是照样的打！这是何等的坚决伟大呢！可惜，一般人闻胜则喜，闻败则馁，只看报纸上胜败的消息，而不看我们的兵士的虽败犹荣。因为看不到这一层，所以我们只信军队无能，而忘了我们对军队所该供给与救护的责任。

（三）在前几年打内战的时候，兵们只认识他们自己的长官，不知有中央政府与国家。这次，我常常听到兵们谈讲蒋委员长。我看见几个伤兵要上火车，被宪兵阻住，他们不和宪兵说别的，只口口声声地说："就是蒋委员长的小汽车也要给我们坐的！"其实呢，这几位战士是来自边远的省份，恐怕在离省以前还不知道战场在那里呢，可是他们现在心中有了蒋委员长。还有一些伤兵告诉我说：假若他们一向是受中央军官的指挥，他们必定不会打了败仗的。这种信任中央与拥护委员长的精神，哼，恐怕还不是一般人所能作到的。这种心理才是真正民族复兴，精诚团结的好表示，暂时的失败有什么关系呢？

（四）这样忠勇的军人，可是，太缺乏常识。他们因作战的便利，往往不顾别人，而直爽粗鲁地对待平民。比如他们调来汽车应用，就只顾前跑，而不管汽车夫是否吃了饭，也不管汽车载重的限度与道路的好走与否。弄得汽车夫落泪，而兵士们连连的叫骂。有的人说军队搅扰人民，恐怕都是与此类似的事。在兵们，以为战时一切无须体谅人民；在人民，特别是农民，以为战争只教他们吃亏，别无好处，这须极速地矫正过来，使兵们体谅老百姓，使老百姓爱护军队。否则自相水火，还说什么军民合作呢?

总起来说,兵是好兵,毫无问题。我们应当设法帮助他们,救护他们,安慰他们,鼓励他们。现在的问题是兵们好,而我们松懈;不是我们尽力,而兵们泄气。看清楚这个吧!

有许多人不放心山东。是的,该担忧的地方确是不少,可是无须怀疑我们的战士。我们的军队不够用,这是真情;而敌人呢,却会在按兵不动之际,散放流言,说什么政治解决与互相谅解等等的屁话。一看见我们的兵,这些流言就会立刻失去效用。不用怀疑谁吧,目前的问题是大家怎样合力地干,怎样帮助我们的战士去杀敌人。

说到济南的防空与其他防御的设备,那真有些缺憾。战前,不必说了。敌人来到了,还是瞪眼吃苦。防空呀,发发小册子,和在街头钉起几块小木牌:"避难所由此往南"。过去一看,原来南边只是块空地!此种防空的小木牌的价值正等于别种标语,处处是红纸绿纸,事事俱有格言,结果全是纸上谈兵,任何事儿没有!从另一方面看,工厂停了,没人想到用那些机器材料改造军用品;工人散伙,没人去组织他们。商店关门,伙友四散,没人设法阻拦他们——多数是壮丁呀!几家稍微胆大一些的依然开市,自然不免取巧居奇,提高物价,苦了一班走不脱的老百姓。我不敢说政府当局完全没有爱民之心,而且他们的心里仍是爱民如子,只希望大家逃出危城,免吃炸弹;并没想到在全面抗战的期间,到处刀兵,逃到那里也不安全。也没想到全面抗战必须军民合作,必须人人出力。既没想到这里,所以就生生地把民间的力量放弃。人民呢,既无事可作,怎不及早逃亡?逃到乡间,收入断绝,过两天就又跑回来,空费了许多路费。有的呢,恰好逃到战区,脚未立定又往城里跑,也许连铺盖也丢失了。逃来逃去,财物两空;只见火车上拥挤不堪，甚至把小孩子活活地挤死，此外别无好处。这是我们不必要的消耗，不知损失了多少民力财力！

在这种寂死的空气中，由北边来了不少的流亡教师与学生。他们刚自平津逃出，到了济南自然热泪交流，恨不能去吻那地上的尘土。自然的，他们也想在此作点什么，本着他们经历过的亡国之惨，想唤起民众同心御侮。本地的学生呢，看到这些生力军，亦无不欣然色喜，愿暂时放下书本，赶快作些救亡工作。可是，这寂死之城并不允许青年们有任何活动。三个月来，学生的工作只限于出些刊物和演演戏。

演戏的有两组，一组是省立剧院的学生，新旧剧都演，而且每周必演几次。另一组是平津流亡学生所组织的剧团，除在济南，也还到四乡去表演。戏剧，说真的，自然有它刺激与感动的功能；学生们的热心也大可钦佩。可是从一向以戏剧为"看着玩的"东西的老百姓来看，恐怕也不过依然是看着玩吧。至少可以这么说，戏剧只是救亡工作的一项，专凭它来支持一切是不行的；受了戏剧的感动，听到炮响还是一跑了事，假若没有比戏剧更硬更可靠的东西与主意交给他们。政治的力量或者大于文艺。

戏剧而外，他们也编唱大鼓书词，据说这是更有效力的东西。因此，在报头上就有许多书词刊露出来，可是多数的是方块诗的变形，既不能入弦，词句又嫌太雅。大时代到了，大时代的文艺，不用说，必是以民间的言语道出民族死里求生的热情与共感。从事文艺创作的现在不但要住脚在民间，还须学到民间的言语与民间文艺的形式与技巧。不然，便仍是费力不讨好，正如五四后文艺作品之与民众，全无关系。

刊物多借各报纸编发副刊，以诗为最多。独立的刊物很少，一来是因为大家没钱，二来是因为印刷工的逃亡，无处去印，留日同学所办的《东声》，已出了三两期，现在不知还能继出与否。还有一种定名为《怒吼》的，直到我离开济南还未见印出。刊物不论是独立的，还是附属在报纸的，是供给都市民众的读物，力量恐难达到乡间，似乎就不如戏剧与大鼓书之能直接打到民众的耳中了。

除了演剧说书而外，教师与学生们也常常开会讨论目前的种种问题。问题讨论得不少，到会的人数也很多，可惜在实际活动上几乎处处受着限制，而一筹莫展！到如今，出个刊物还不能得到发行上应有的便利，别的就更不用说了。因此，有许多青年感到苦闷，而开始抱怨，抱怨过去的一切。据我看：救亡之责在人人肩上，掌权的似乎不必再小心过虑，不容别人过问。民族团结，端在以诚相见，彼此扶助督励。在青年一方面呢，不当因目前的现象而责骂过去与现在的一切。反之，却当更加紧的工作，以工作换来同情，以真诚博得谅解。责骂过去只是悔恨，无益于目前与将来；怨恨别人只是宽恕了自己。我们今日所需是舍己从人，爱国还要受委屈。这样两下里一凑，希望便会来到；各不相让是大家一齐钻牛犄角。

流亡的学生多数转赴南京受训，我必须说，济南并没帮了他们多少忙。他们所得到的一点安慰与帮助，还是来自新闻界与教育界的人士，由这一点看来，无论是学生是教师，都应早组织起来，有个妥当的打算。临时找人帮助是没有什么希望的。现在的事是必先自救，而后能救国，指着别人拉扯一把简直是幻想。我们组织起来，有一定的工作步骤，而后放在哪里便能马上干起活来，这才有用。

东拉西扯得不少了，暂且打住，有机会再写。

原载1937年12月4日至6日汉口《大公报》

吊济南

老 舍

从民国十九年七月到二十三年秋初，我整整地在济南住过四载。在那里，我有了第一个小孩，即起名为"济"。在那里，我交下不少的朋友：无论什么时候我从那里过，总有人笑脸地招呼我；无论我到何处去，那里总有人惦念着我。在那里，我写成了《大明湖》《猫城记》《离婚》《牛天赐传》和收在《赶集》里的那十几个短篇。在那里，我努力地创作，快活地休息……四年虽短，但是一气住下来，于是事与事的联系，人与人的交往，快乐与悲苦的代换，便显明地在这一生里自成一段落，深深地印划在心中；时短情长，济南就成了我的第二故乡。

它介乎北平与青岛之间。北平是我的故乡，可是这七年来，我不是住济南，便是住青岛。在济南住呢，时常想念北平；及至到了北平的老家，便又不放心济南的新家。好在道路不远，来来往往，两地都有亲爱的人，熟悉的地方；它们都使我依依不舍，几乎分不出谁重谁轻。在青岛住呢，无论是由青去平，还是自平返青，中途总得经过济南。车到那里，不由的我便要停留一两天。趵突泉，大明湖，千佛山等名胜，闭了眼也曾想出来，可是重游一番总是高兴的：每一角落，似乎都存着一些生命的痕迹；每一小小的变迁，都引起一些感触；就是一风一雨也仿佛含着无限的情意似的。

讲富丽堂皇，济南远不及北平；讲山海之胜，也跟不上青岛。可是除了北平青岛，要在华北找个有山有水，交通方便，既不十分闭塞，而生活程度又不过高的城市，恐怕就得属济南了。况且，它虽是个大都市，可是还能看到朴素的乡民，一群群地来此卖货或买东西，不像上海与汉口那样完全洋化。它似乎真是稳立在中国的文化上，城墙并不足拦阻住城与乡的交往；以善作洋奴自夸的人物与神情，在这里是不易找到的。这使人心里觉得舒服一些。一个不以跳舞开香槟为理想的生活的人，到了这里自自然然会感到一些平淡而可爱的滋味。

济南的美丽来自天然，山在城南，湖在城北。湖山而外，还有七十二泉，泉水成溪，穿城绕郭。可惜这样的天然美景，和那座城市结合到一处，不但没得到人工的帮助而相得益彰，反而因市设的敷衍而淹没了丽质。大路上灰尘飞扬，小巷里污秽杂乱，虽然天色是那么清明，泉水是那么方便，可是到处老使人憋得慌。近来虽修成几条柏油路，也仍旧显不出怎么清洁来。至于那些名胜，趵突泉左右前后的建筑破烂不堪，大明湖的湖面已化作水田，只剩下几道水沟。有人说，这种种的败陋，并非因为当局不肯努力建设，而是因为他们爱民如子，不肯把老百姓的钱都花费在美化城市上。假若这是可靠的话，我们便应当看见老百姓的钱另有出路，在国防与民生上有所建设。这个，我们却没有看见。这笔账该当怎么算呢？况且，我们所要求的并不是高楼大厦，池园庭馆，而是城市应有的卫生与便利。假若在城市卫生上有相当的设施，到处注意秩序与清洁，这座城既有现成的山水取胜，自然就会美如画图，用不着浪费人工财力。

这倒并非专为山水喊冤，而是借以说明许多别的事。济南的多少事情都与此相似，本来可以略加调整便有可观，可是事实上竟废弛委弃，以至一切的事物上都罩着一层灰土。这层灰土下蠕蠕微动着一群可好可坏的人，隐覆着一些似有若无的事；不死不生，一切灰色。此处没有崭新的东西，也没有彻底旧的东西，本来可以令人爱护，可是又使人无法不伤心。什么事都在动作，什么可也没照着一定的计划作成。无所拒绝，也不甘心接受，不易见到有何主张的人，可也不易见到很讨厌的人，大家都那么和气一团，敷敷衍衍，不易捉摸，也没什么大了不起。有电灯而无光，有马路而拥挤不堪，什么都有，什么也都没有，恰似暮色微茫，灰灰的一片。

按理说，这层灰色是不应当存到今日的，因为五卅惨案的血还鲜红的在马路上，城根下，假若有记性的人会闭目想一会儿。我初到济南那年，那被敌人击破的城楼还挂着"勿忘国耻"的破布条在那儿含羞的立着。不久，城楼拆去，国耻布条也被撤去，同被忘掉。拆去城楼本无不可，但是别无建设或者就是表示着忘去烦恼最为简便；结果呢，敌人今日就又在那里唱凯歌了。

在我写《大明湖》的时候，就写过一段：在千佛山上北望济南全城，城河带柳，远水生烟，鹊华对立，夹卫大河，是何等气象。可是市声隐隐，尘雾微茫，房贴着房，巷联着巷，全城笼罩在灰色之中。敌人已经在山巅投过重炮，轰过几昼夜了，以后还可以随时地重演一次；第一次的炮火既没能打破那灰色的大梦，那么总会有一天全城化为灰烬，冲天的红焰赶走了灰色，烧完了梦中人灰色的城，灰色的人，一切是统制，也就是因循，自己不干，不会干，而反倒把要干与会干的人的手捆起来；这是死城！此书的原稿已在上海随着一二八的毒火殉了难，不过这一段的大意还没有忘掉，因为每次由市里到山上去，总会把市内所见的灰色景象带在心中，而后登高一望，自然会起了忧思。湖山是多么美呢，却始终被灰色笼罩着，谁能不由爱而畏，由失望而颤抖呢？

再说，破碎的城楼可以拆去，而敌人并未曾退出；眼不见心不烦，可是小鬼们就在眼前，怎能疏忽过去，视而不见呢？敌人的医院，公司，铺户，旅馆，分散在商埠各处。那一个买卖也带"白面"，即使不是专售，也多少要预备一些，余利作为妇女与孩子们的零钱。大批的劣货垄断着市场，零整批发的吗啡白面毒化着市民，此外还不时地暗放传染病的毒菌，甚至于把他们国内穿残的破裤烂袄也整船地运来销卖。这够多么可怕呢？可是我们有目无睹，仍旧逍遥自在；等因奉此是唯一的公事，奉命唯谨落个好官，我自为之，别无可虑。人家以经济吸尽我们的血，我们只会加捐添税再抽断老百姓的筋。对外讲亲善，故无抵制；对内讲爱民，而以大家不出声为感戴。敌人的炮火是厉害的，敌人的经济侵略是毒辣的，可是我们的捆束百姓的政策就更可怕。济南是久已死去，美丽的湖山只好默然蒙羞了！

平日对敌人的经济侵略不加防范，还可以用有心无力或事关全国为词。及至敌军已深入河北，而大家依旧安闲自在，就太可怪了。山东的富力为江北各省之冠，人民既善于经营，又强壮耐苦。有这样的财力与人力，假若稍有准备，即使不能把全省防御得如铜墙铁壁，至少也得教敌人吃很大的苦头，方能攻入。可是，济南是省会，既系灰色，别处就更无可说的了。济南为全省的脑府，而实际上只是空空的一个壳儿，并无脑子。这个空壳子响一响便是政治，四面低低地回应便算办了事情。计划、科学、文化、人才，都是些可疑的名词，因为它们不是那空壳子所能了解的。反之，随便响一响，从心所欲正好见出权威。济南是必须死的，而且必不可免地累及全省。

这里一点无意去攻击任何人；追悔不如更新，我们且揭过这一页去吧。灰色的济南，可爱的济南，已被敌人的炮火打碎。可是湖山难改，我们且去用血把它刷新重建个美丽庄严的新都市。别矣济南！那是一场恶梦！再会面时，你将是清醒的合理的，以人民的力量筑成而归人民享用的。我将看到那城河更多一些绿柳，柳荫下有白石的小凳，任人休息。我将看见破旧的城墙变为宽坦的马路，把乡郊与城市打成一家；在城里可望见南山的果林，在乡间可以知道城内的消息。我将看到大明湖还田为湖，有十顷白莲。我将看见趵突泉改为浴场，游泳着健壮的青年男女。我将看见马鞍山前后有千百烟囱，用着博山的煤，把胶东的烟叶制成金丝，鲁北的棉花织成细布，泰山的樱桃，莱阳的梨，肥城的蜜桃，制成精美的罐头；烟台的葡萄与苹果酿成美酒，供给全国的同胞享用。还有那已具雏型的造钟制钢，玻璃磁器，绵绸花边等等工业，都能合理地改进发展，富国裕民。我希望济南成为全省真正的脑府，用多少条公路，几条河流，和火车电话，把它的智慧热诚地清醒地串送到东海之滨与泰山之麓。挣扎吧，济南！失去一城，无关于最后的胜负。今日之泪是悔认昨日之非；有此觉悟，便能打好明日的主意。济南，今日之死是脱胎换骨，取得新的生命；那明湖上的新蒲绿柳自会有我们重来欣赏啊！

原载1938年1月《大时代》第3号

在济南的创作*

老　舍

一　《大明湖》

到校后，忙着预备功课，也没工夫写什么。可是我每走在街上，看见西门与南门的炮眼，我便自然地想起"五三"惨案；我开始打听关于这件事的详情；不是那些报纸登载过的大事，而是实际上的屠杀与恐怖的情形。有好多人能供给我材料，有的人还保存着许多相片，也借给我看。半年以后，济南既被走熟，而"五三"的情形也知道了个大概，我就想写《大明湖》了。

《大明湖》里没有一句幽默的话，因为想着"五三"。可是"五三"并不是正题，而是个副笔。设若全书都是描写那次的屠杀，我便不易把别的事项插进去了，而我深怕笔力与材料都不够写那么硬的东西。我需要个别的故事，而把战争与流血到相当的时机加进去，既不干枯，又显着越写越火炽。我很费了些时间去安置那些人物与事实：前半的本身已像个故事，而这故事里已暗示出济南的危险。后半还继续写故事，可是遇上了"五三"，故事与这惨案一同紧张起来。在形式上，这本书有些可取的地方。

---

*　标题为编者所加，文章为老舍先生在济南创作过程的梳理。

故事的进展还是以爱情为联系，这里所谓爱情可并不是三角恋爱那一套。痛快着一点来说，我写的是性欲问题。在女子方面，重要的人物是很穷的母女两个。母亲受着性欲与穷困的两重压迫，而扔下了女儿不再管。她交结过好几个男人，全没有所谓浪漫故事中的追求与迷恋，而是直截了当的讲肉与钱的获得。读书的青年男女好说自己如何苦闷，如何因失恋而想自杀，好像别人都没有这种问题，而只有他们自己的委屈很值钱似的。所以我故意地提出几个穷男女，说说他们的苦处与需求。在她所交结的几个男人中，有一个是非常精明而有思想的人。他虽不是故事中的主要人物，可是由他口中说出许多现在应当用××画出来的话语。这个女的最后跳了大明湖。她的女儿呢，没有人保护着，而且没有一个钱，也就走上她母亲所走的路——在《樱海集》所载的《月牙儿》便是这件事的变形。可是在《大明湖》里，这个孤苦的女儿到了也要跳湖的时候，被人救出而结了婚。救她的人是兄弟三个，老大老二是对双生的弟兄，也就是故事中的男主角。

在这一对男主角身上，爱情的穿插没有多少重要，主要的是在描写他俩的心理上的变动。他们是双生子，长得一样，而且极相爱，可是他们的性格极不相同，他们想尽方法去彼此明白与谅解，可是不能随心如意；他们到底有个自己，这个自己不会因爱心与努力而溶解在另一个自己里。他俩在外表上是一模一样，而在内心上是背道而驰。老大表现着理智的能力，老二表现着感情的热烈。一冷一热，而又不肯公然冲突。这象征着"学问呢，还是革命呢？"的不易决定。老大是理智的，可是被疾病征服的时候，在梦里似的与那个孤女发生了关系，结果非要她不可——大团圆。

可是这个大团圆是个悲剧的——假如这句话可以说得

通——"五三"事件发生了，老三被杀。剩下老大老二，一个用脑，一个用心，领略着国破家亡的滋味。

由这点简要的述说可以看出来《大明湖》里实在包含着许多问题，在思想上似乎是有些进步。可是我并不满意这本作品，因为文字太老实。前面说过了：此书中没有一句幽默的话，而文字极其平淡无奇，念着很容易使人打盹儿。我是个爽快的人，当说起笑话来，我的想象便能充分的活动，随笔所至自自然然地就有趣味。教我哭丧着脸讲严重的问题与事件，我的心沉下去，我的话也不来了！

在暑假后把它写成，交给张西山兄看了一遍，还是寄给《小说月报》。因为刚完了《小坡的生日》，所以西谛兄说留到过了年再登吧。过了年，稿子交到印工手里去，"一·二八"的火把它烧成了灰。没留副稿。我向来不留副稿。想好就写，写完一大段，看看，如要不得，便扯了另写；如能要，便只略修改几个字，不作更大的更动。所以我的稿子多数是写得很清楚。我雇不起书记给另抄一遍，也不愿旁人代写。稿子既须自己写，所以无论故事多么长，总是全篇写完才敢寄出去，没胆子写一点发表一点。全篇寄出去，所以要烧也就都烧完；好在还痛快！

有好几位朋友劝我再写《大明湖》，我打不起精神来。创作的那点快乐不能在默写中找到。再说呢，我实在不甚满意它，何必再写。况且现在写出，必须用许多××与……更犯不着了。

到济南后，自己印了稿纸，张大格大，一张可写九百多字。用新稿纸写的第一部小说就遭了火劫，总算走"红"运！

二　暑假

我与学界的人们一同分润寒假暑假的"寒"与"暑"，"假"字与我老不发生关系似的。寒与暑并不因此而特别的留点情；可是，一想及拉车的，当巡警的，卖苦力气的，我还抱怨什么？而且假期到底是假期，晚起个三两分钟到底不会耽误了上堂；暂时不做铜铃的奴隶也总得算偌大的自由！况且没有粉笔面子的"双"薰——对不起，一对鼻孔总是一齐吸气，还没练成"单吸"的功夫，虽然做了不少年的教员。

整理已讲过的讲义，预备下学期的新教材，这把"念读写作，四者缺一不可"的功夫已作足。此外，还要写小说呢。教员兼写家，或写家兼教员，无论怎样排列吧，这是最时行的事。单干那一行也不够养家的，况且我还养着一只小猫！幸而教员兼车夫，或写家兼屠户，还没大行开，这在像中国这么文明的国家里，还不该念佛？

闹钟的铃自一放学就停止了工作，可是没在六点后起来过，小说的人物总是在天亮左右便在脑中开了战事；设若不乘着打得正欢的时候把他们捉住，这一天，也许是两三天，不用打算顺当地调动他们，不管你吸多少支香烟，他们总是在面前耍鬼脸，及至你一伸手，他们全跑得连个影儿也看不见。早起的鸟捉住虫儿，写小说的也如此。

这决不是说早起可以少出一点汗。在济南的初伏以前而打算不出汗，除非离开济南。早晨，晌午，晚间，夜里，毛孔永远川流不息；只要你一眨巴眼，或叫声球——那只小猫——得，遍体生津。早起决不为少出汗，而是为拿起笔来把汗吓回去。出汗的工作是人人怕的，连汗的本身也怕。一边写，一边流汗；越流汗越写得起劲；汗知道你是与它拼个你死我活，它便不流了。这个道理或者可以从《易经》里找出来，但是我还没有工夫去检查。

自六点至九点，也许写成五百字，也许写成三千字，假如没有客人来的话。五百字也好，三千字也好，早晨的工作算是结束了。值得一说的是：写五百字比写三千的时候要多吸至少七八支香烟，吸烟能助文思不永远灵验，是不是还应当多给文曲星烧炷高香？

九点以后，写信——写信！老得写信！希望邮差再大罢工一年！——浇浇院中的草花，和小猫在地上滚一回，然后读欧·亨利。这一闹哄就快十二点了。吃午饭，也许只是闻一闻；夏天闻闻菜饭便可以饱了的。饭后，睡大觉，这一觉非遇见非常的事件是不能醒的。打大雷，邻居小夫妇吵架，把水缸从墙头掷过来，……只是不希望地震，虽然它准是最有效的。醒了，该弄讲义了，多少不拘，天天总弄出一点来。六点，又吃饭。饭后，到齐大的花园去走半点钟，这是一天中挺直脊骨的特许期间，二十四点钟内挺两刻钟的脊骨好像有什么卫生神术在其中似的。不过，挺着胸膛走到底是壮观的；究竟挺直了没有自然是另一问题，未便深究。

挺背运动完毕，回家，屋子里比烤面包的炉子的热度高着多少？无从知道，因为没有寒暑表。屋内的蚊子还没都被烤死呢，我放心了。洗个澡，在院中坐一会儿，听着街上卖汽水，冰激凌的吆喝。心静自然凉，我永远不喝汽水，不吃冰激凌；香片茶是我一年到头的唯一饮料，多咱香片茶是由外洋贩来我便不喝了。九点钟前后就去睡，不管多热，我永远的躺下（有时还没有十分躺好）便能入梦。身体弱多睡觉，是我的格言。

一气睡到天明，又该起来拿笔吓走汗了。

三 《猫城记》

自《老张的哲学》到《大明湖》，都是交《小说月报》发表，而后由商务印书馆印单行本。《大明湖》的稿子烧掉，《小坡的生日》的底版也殉了难；后者，经过许多日子，转让给生活书店承印。《小说月报》停刊。施蛰存兄主编的《现代》杂志为沪战后唯一的有起色的文艺月刊，他约我写个"长篇"，我答应下来；这是我给别的刊物——不是《小说月报》了——写稿子的开始。这次写的是《猫城记》。登完以后，由现代书局出书，这是我在别家书店——不是"商务"了——印书的开始。

《猫城记》，据我自己看，是本失败的作品。它毫不留情地揭示出我有块多么平凡的脑子。写到了一半，我就想收兵，可是事实不允许我这样做，硬把它凑完了！有人说，这本书不幽默，所以值得叫好，正如梅兰芳反串小生那样值得叫好。其实这只是因为讨厌了我的幽默，而不是这本书有何好处。吃厌了馒头，偶尔来碗粗米饭也觉得很香，并非是真香。说真的，《猫城记》根本应当幽默，因为它是篇讽刺文章；讽刺与幽默在分析时有显然的不同，但在应用上永远不能严格地分隔开。越是毒辣的讽刺，越当写得活动有趣，把假托的人与事全要精细地描写出，有声有色，有骨有肉，看起来头头是道，活像有此等人与此等事；把讽刺埋伏在这个底下，而后才文情并茂，骂人才骂到家。它不怕是写三寸丁的小人国，还是写酸臭的君子之邦，它得先把所凭借的寓言写活，而后才能仿佛把人与事玩之股掌之上，细细地创造出，而后捏着骨缝儿狠狠地骂，使人哭不得笑不得。它得活跃，灵动，玲珑，和幽默。必须幽默。不要幽默也成，那得有更厉害的文笔，与极聪明的脑子，一个巴掌一个红印，一个闪一个雷。我没有这样厉害的手与脑，而又舍去我较有把握的幽默，《猫城记》就没法不爬在地上，像只折了翅的鸟儿。

在思想上，我没有积极的主张与建议。这大概是多数讽刺文字的弱点，不过好的讽刺文字是能一刀见血，指出人间的毛病的：虽然缺乏对思想的领导，究竟能找出病根，而使热心治病的人知道该下什么药。我呢，既不能有积极的领导，又不能精明到的搜出病根，所以只有讽刺的弱点，而没得到它的正当效用。我所思虑的就是普通一般人所思虑的，本用不着我说，因为大家都知道。眼前的坏现象是我最关切的；为什么有这种恶劣现象呢？我回答不出。跟一般人相同，我拿"人心不古"——虽然没用这四个字——来敷衍。这只是对人与事的一种惋惜，一种规劝；惋惜与规劝，是"阴骘文"的正当效用——其效用等于说废话。这连讽刺也够不上了。似是而非的主张，即使无补于事，也还能显出点讽刺家的聪明。我老老实实地谈常识，而美其名为讽刺，未免太荒唐了。把讽刺改为说教，越说便越腻得慌；敢去说教的人不是绝顶聪明的，便是傻瓜。我知道我不是顶聪明，也不肯承认是地道傻瓜；不过我既写了《猫城记》，也就没法不叫自己傻瓜了

自然，我为什么要写这样一本不高明的东西也有些外来的原因。头一个就是对国事的失望，军事与外交种种的失败，使一个有些感情而没有多大见解的人，像我，容易由愤恨而失望。失望之后，这样的人想规劝，而规劝总是妇人之仁的。一个完全没有思想的人，能在粪堆上找到粮食；一个真有思想的

人根本不将就这堆粪。只有半瓶子醋的人想维持这堆粪而去劝告苍蝇："这儿不卫生！"我吃了亏，因为任着外来的刺激去支配我的"心"，而一时忘了我还有块"脑子"。我居然去劝告苍蝇了！

不错，一个没有什么思想的人，满能写出很不错的文章来；文学史上有许多这样的例子。可是，这样的专家，得有极大的写实本领，或是极大的情绪感诉能力。前者能将浮面的观感详实地写下来，虽然不像显微镜那么厉害，到底不失为好好的一面玻璃镜，映出个真的世界。后者能将普通的感触，强有力的道出，使人感动。可是我呢，我是写了篇讽刺。讽刺必须高超，而我不高超。讽刺要冷静，于是我不能大吹大擂，而扭扭捏捏。既未能悬起一面镜子，又不能向人心掷去炸弹，这就很可怜了。

失了讽刺而得到幽默，其实也还不错。讽刺与幽默虽然是不同的心态，可是都得有点聪明。运用这点聪明，即使不高明，究竟也能见出些性灵，至少是在文字上。我故意地禁止幽默，于是《猫城记》就一无可取了。《大明湖》失败在前，《猫城记》紧跟着又来了个第二次。朋友们常常劝我不要幽默了，我感谢，我也知道自己常因幽默而流于讨厌。可是经过这两次的失败，我才明白一条狗很难变成一只猫。我有时候很想努力改过，偶尔也能因努力而写出篇郑重、有点模样的东西。但是这种东西总缺乏自然的情趣，像描眉擦粉的小脚娘。让我信口开河，我的讨厌是无可否认的，可是我的天真可爱处也在里边，Aristophanes（阿里斯多芬）的撒野正自不可及；我不想高攀，但也不必因谦虚而抹杀事实。

自然，这两篇东西——《大明湖》与《猫城记》——也并非对我全无好处：它们给我以练习的机会，练习怎样老老实实的写述，怎样瞪着眼说谎而说得怪起劲。虽然它们的本身是失败了，可是经过一番失败总多少增长些经验。

《猫城记》的体裁，不用说，是讽刺文章最容易用而曾经被文人们用熟了的。用个猫或人去冒险或游历，看见什么写什么就好了。冒险者到月球上去，或到地狱里去，都没什么关系。他是个批评家，也许是个伤感的新闻记者。《猫城记》的探险者分明是后一流的，他不善于批评，而有不少浮浅的感慨；他的报告于是显着像赴宴而没吃饱的老太婆那样回到家中瞎唠叨。

我早就知道这个体裁。说也可笑，我所以必用猫城，而不用狗城者，倒完全出于一件家庭间的小事实——我刚刚抱来个黄白花的小猫。威尔思的The first man in the moon（《月亮上的第一个人》），把月亮上的社会生活与蚂蚁的分工合作相较，显然是有意地指出人类文明的另一途径。我的猫人之所以为猫人却出于偶然。设若那天我是抱来一只兔，大概猫人就变成兔人了；虽然猫人与兔人必是同样糟糕的。

猫人的糟糕是无可否认的。我之揭露他们的坏处原是出于爱他们，也是无可否认的。可惜我没给他们想出办法来。我也糟糕！可是，我必须说出来：即使我给猫人出了最高明的主意，他们一定会把这个主意弄成个五光十色的大笑话；猫人的糊涂与聪明是相等的。我爱他们，惭愧！我到底只能讽刺他们了！况且呢，我和猫人相处了那么些日子，我深知道我若是直言无隐地攻击他们，而后再给他们出好主意，他们很会把我偷偷地弄死。我的怯懦正足以暗示出猫人的勇敢，何等的勇敢！算了吧，不必再说什么了！

四 《离婚》

也许这是个常有的经验吧：一个写家把他久想写的文章撂在心里，撂着，甚至于撂一辈子，而他所写出的那些便是偶然想到的。有好几个故事在我心里已存放了六七年，而始终没能写出来；我一点也不晓得它们有没有能够出世的那一天。反之，我临时想到的倒多半在白纸上落了黑字。在写《离婚》以前，心中并没有过任何可以发展到这样一个故事的"心核"，它几乎是忽然来到而马上成了个"样儿"的。在事前，我本来没打算写个长篇，当然用不着去想什么。邀我写个长篇与我临阵磨刀去想主意正是同样的仓促。是这么回事：《猫城记》在《现代》杂志登完，说好了是由良友公司放入《良友文学丛书》里。我自己知道这本书没有什么好处，觉得它还没资格入这个《丛书》。可是朋友们既愿意这么办，便随它去吧，我就答应了照办。及至事到临期，现代书局又愿意印它了，而良友扑了个空。于是良友的"十万火急"来到，立索一本代替《猫城记》的。我冒了汗！可是我硬着头皮答应下来；知道拼命与灵感是一样有劲的。

这我才开始打主意。在没想起任何事情之前，我先决定了：这次要"返归幽默"，《大明湖》与《猫城记》的双双失败使我不得不这么办。附带的也决定了，这回还得求救于北平。北平是我的老家，一想起这两个字就立刻有几百尺"故都景象"在心中开映。啊！我看见了北平，马上有了个"人"。我不认识他，可是在我二十岁至二十五岁之间我几乎天天看见他。他永远使我羡慕他的气度与服装，而且时时发现他的小小变化：这一天他提着根很讲究的手杖，那一天他骑上自行车——稳稳地溜着马路边儿，永远碰不了行人，也好似永远走不到目的地，太稳，稳得几乎像凡事在他身上都是一种生活趣味的展示。我不放手他了。这个便是"张大哥"。

叫他作什么呢？想来想去总在"人"的上面，我想出许多的人来。我得使"张大哥"统领着这一群人，这样才能走不了板，才不至于杂乱无章。他一定是个好媒人，我想；假如那些人又恰恰地害着通行的"苦闷病"呢？那就有了一切，而且是以各色人等揭示一件事的各种花样，我知道我捉住了个不错的东西。这与《猫城记》恰相反：《猫城记》是但丁的游"地狱"，看见什么说什么，不过是既没有但丁那样的诗人，又没有但丁那样的诗。《离婚》在决定人物时已打好主意：闹离婚的人才有资格入选。一向我写东西总是冒险式的，随写随着发现新事实；即使有时候有个中心思想，也往往因人物或事实的趣味而唱荒了腔。这回我下了决心要把人物都拴在一个木桩上。

这样想好，写便容易了。从暑假前大考的时候写起，到七月十五，我写得了十二万字。原定在八月十五交卷，居然能早了一个月，这是生平最痛快的一件事。天气非常的热——济南的热法是至少可以和南京比一比的——我每天早晨七点动手，写到九点；九点以后便连喘气也很费事了。平均每日写两千字。所余的大后半天是一部分用在睡觉上，一部分用在思索第二天该写的二千来字上。这样，到如今想起来，那个热天实在是最可喜的。能写入了迷是一种幸福，即使所写的一点也不高明。

在下笔之前，我已有了整个计划；写起来又能一气到底，没有间断，我的眼睛始终没离开我的手，当然写出来的能够整齐一致，不至于大嘟噜小块的。匀净是《离婚》的好处，假如没有别的可说的。我立意要它幽默，可是我这回把幽默看住了，不准它把我带了走。饶这么样，到底还有"滑"下去的地方，幽默这个东西——假如它是个东西——实在不易拿得稳，它似乎知道你不能老瞪着眼盯住它，它有机会就跑出去。可是从另一方面说呢，多数的幽默写家是免不了顺流而下以至野调无腔的。那么，要紧的似乎是这个：文艺，特别是幽默的，自要"底气"坚实，粗野一些倒不算什么。Dostoevsky（陀思妥耶夫斯基）的作品——还有许多这样伟大写家的作品——是很欠完整的，可是他的伟大处永不被这些缺欠遮蔽住。以今日中国文艺的情形来说，我倒希望有些顶硬顶粗莽顶不易消化的作品出来，粗野是一种力量，而精巧往往是种毛病。小脚是纤巧的美，也是种文化病，有了病的文化才承认这种不自然的现象，而且称之为美。文艺或者也如此。这么一想，我对《离婚》似乎又不能满意了，它太小巧，笑得带着点酸味！受过教育的与在生活上处处有些小讲究的人，因为生活安适平静，而且以为自己是风流蕴藉，往往提到幽默便立刻说：幽默是含着泪的微笑。其实据我看呢，微笑而且得含着泪正是"装蒜"之一种。哭就大哭，笑就狂笑，不但显出一点真挚的天性，就是在文学里也是很健康的。唯其不敢真哭真笑，所以才含泪微笑；也许这是件很难做到与很难表现的事，但不必就是非此不可。我真希望我能写出些震天响的笑声，使人们真痛快一番，虽然我一点也不反对哭声震天的东西。说真的，哭与笑原是一事的两头儿；而含泪微笑却两头儿都不站。《离婚》的笑声太弱了。写过了六七本十万字左右的东西，我才明白了一点何谓技巧与控制，可是技巧与控制不见得就会使文艺伟大。《离婚》有了技巧，有了控制；伟大，还差得远呢！文艺真不是容易作的东西。我说这个，一半是恨自己的藐小，一半也是自励。

五 写短篇

我本来不大写短篇小说，因为不会。可是自从沪战后，刊物增多，各处找我写文章；既蒙赏脸，怎好不捧场？同时写几个长篇，自然是做不到的，于是由靠背戏改唱短打。这么一来，快信便接得更多："既肯写短篇了，还有什么说的？写吧，伙计！三天的工夫还赶不出五千字来？少点也行啊！无论怎么着吧，赶一篇，要快！"话说得很"自己"，我也就不好意思，于是天昏地暗，胡扯一番；明知写得不成东西，还没法不硬着头皮干。

我在写长篇之前并没有写短篇的经验。我吃了亏。短篇想要见好，非拼命去作不可。长篇有偷手。写长篇，全篇中有几段好的，每段中有几句精彩的，便可以立得住。这自然不是理应如此，但事实上往往是这样；连读者仿佛对长篇——因为是长篇——也每每格外的原谅。世上允许很不完整的长篇存在，对短篇便不很客气。这样，我没有一点写短篇的经验，而硬写成五六本长的作品；从技巧上说，我的进步的迟慢是必然的。短篇小说是后起的文艺，最需要技巧，它差不多是仗着技巧而成为独立的一个体裁。可是我一上手便用长篇练习，很有点像练武的不习"弹腿"而开始便举"双石头"，不被石头压坏便算好事；而且就是能够力举千斤也是没有什么用处的笨劲。这点领悟是我在写了些短篇后才得到的。

大家都要稿子，短篇自然方便一些。是的，"方便"一些，只是"方便"一些；这时候我还有点看不起短篇，以为短篇不值得一写，所以就写了《抱孙》等笑话。随便写些笑话就是短篇，我心里这么想。随便写笑话，有了工夫还是写长篇；这是我当时的计划。

《微神》与《黑白李》等篇都经过三次的修正；既不想再闹着玩，当然就得好好的干了。可是还有好些篇是一挥而就，乱七八糟的，因为真没工夫去修改。报酬少，少写不如多写；怕得罪朋友，有时候就得硬挤；这两桩决定了我的——也许还有别人——少而好不如多而坏的大批发卖。这不是政策，而是不得不如此。自己觉得很对不起文艺，可是钱与朋友却是不可得罪的。有一次有位姓王的编辑跟我要一篇东西，我随写随放弃，一共写了三万多字而始终没能成篇。为怕他不信，我把那些零块儿都给他寄去了。这并不是表明我对写作是怎样郑重，而是说有过这么一回，而且只能有这么"一"回。假如每回这样，不累死也早饿死了。累死倒还干脆而光荣，饿死可难受而不体面。每写五千字，设若，必扔掉三万字；而五千字只得二十元钱或更少一些，不饿死等什么呢？

《月牙儿》《阳光》《断魂枪》与《新时代的旧悲剧》——并没有什么特别的好处。可我的态度变了。事实逼得我不能不把长篇的材料写作短篇了，这是事实，因为索稿子的日多，而材料不那么方便了，于是把心中留着的长篇材料拿出来救急。不用说，这么由批发而改为零卖是有点难过。可是及至把十万字的材料写成五千字的一个短篇——像《断魂枪》——难过反倒变成了觉悟。经验真是可宝贵的东西！觉悟是这个：用长材料写短篇并不吃亏，因为要从够写十几万字的事实中提出一段来，当然是提出那最好的一段。这就是愣吃仙桃一口，不吃烂杏一筐了。再说呢，长篇虽也有个中心思想，但因事实的复杂与人物的繁多，究竟在描写与穿插上是多方面的。假如由这许多方面之中挑选出一方面来写，当然显着紧凑精到。长篇的各方面中的任何一方面都能成个很好的短篇，而这各方面散布在长篇中就不易显出任何一方面的精彩。长篇要匀调，短篇要集中。拿《月牙儿》说吧，它本是《大明湖》中的一片段。《大明湖》被焚之后，我把其他的情节都毫不可惜的忘弃，可是忘不了这一段。这一段是，不用说，《大明湖》中最有意思的一段。但是，它在《大明湖》里并不像《月牙儿》这样整齐，因为它是夹在别的一堆事情里，不许它独当一面。由现在看来，我楞愿要《月牙儿》而不要《大明湖》了。不是因它是何等了不得的短篇，而是因它比在《大明湖》里"窝"着强。

　　《断魂枪》也是如此。它本是我所要写的"二拳师"中的一小块。"二拳师"是个——假如能写出来——武侠小说。我久想写它，可是谁知道写出来是什么样呢？写出来才算数，创作是不敢"预约"的。在《断魂枪》里，我表现了三个人，一桩事。这三个人与这一桩事是我由一大堆材料中选出来的，他们的一切都在我心中想过了许多回，所以他们都能立得住。那件事是我所要在长篇中表现的许多事实中之一，所以它很利落。拿这么一件小小的事，联系上三个人，所以全篇是从从容容的，不多不少正合适。这样，材料受了损失，而艺术占了便宜；五千字也许比十万字更好。文艺并非肥猪，块儿越大越好。有长时间的培养，把一件复杂的事翻过来掉过去的调动，人也熟了，事也熟了，而后抽出一节来写个短篇，就必定成功，因为一下笔就是地方，准确产出调匀之美。不过呢，十万字可以得到三五百元，而这五千字只得了十九块钱，这恐怕也就是不敢老和艺术亲热的原因吧。为艺术而牺牲是很好听的，可是饿死谁也是不应当的，为什么一定先叫作家饿死呢？我就不明白！

《新时代的旧悲剧》有许多的缺点。最大的缺点是有许多人物都见首不见尾，没有"下回分解"。毛病是在"中篇"。我本来是想拿它写长篇的，一经改成中篇，我没法不把精神集中在一个人身上，同时又不能不把次要的人物搬运出来，因为我得凑上三万多字。设若我把它改成短篇，也许倒没有这点毛病了。不过呢，陈老先生确是有个劲头；假如我真是写了长篇，我真不敢保他能这么硬棒。因此，我还是不后悔把长篇材料这样零卖出去，而反觉得武戏文唱是需要更大的本事的，其成就也绝非乱打乱闹可比。

六 一九三四年计划

没有职业的时候，当然谈不到什么计划——找到事再说。找到了事作，生活比较的稳定了，野心与奢望又自减缩——混着吧，走到那儿是那儿；于是又忘了计划。过去的几年总是这样，自己也闹不清是怎么过来的。至于写小说，那更提不到计划。有朋友来信说"作"，我就作；信来得太多了呢，便把后到的辞退，说上几声"请原谅"。有时候自己想写一篇，可是一搁也许搁到永远。一边做事，一边写作，简直不是回事儿！

一九三四年了，恐怕又是马虎的过去。不过，我有个心愿：希望能在暑后不再教书，而专心写文章，这个不是容易实现的。自己的负担太重，而写文章的收入又太薄；我是不能不管老母的，虽然知道创作的要紧。假如这能实现，我愿意暑后到南方去住些日子；杭州就不错，那里也有朋友。

不论怎样吧，这是后半年的话。前半年呢，大概还是一边教书，一边写点东西。现在已经欠下了几个刊物的债，都该在新年后还上，每月至少须写一短篇。至于长篇，那要看暑假后还教书与否；如能辞退教职，自然可以从容地乱写了。不能呢，长篇即没希望。我从前写的那几本小说都成于暑假与年假中，因除此再找不出较长的时间来。这么一来，可就终年苦干，一天不歇。明年暑假决不再这么干，我的身体实在不能说是很强壮。春假想去跑泰山，暑假要到非避暑的地方去避暑——真正避暑的地方不是为我预备的。我只求有个地点休息一下，暑一点也没关系。能一个月不拿笔，就是死上一回也甘心！

提到身体，我在四月里忽患背痛，痛得翻不了身，许多日子也不能"鲤鱼打挺"。缺乏运动啊。篮球足球，我干不了，除非有意结束这一辈子。于是想起了练拳。原先我就会不少刀枪剑戟——自然只是摆样子，并不能去厮杀一阵。从五月十四开始又练拳，虽不免近似义和团，可是真能运动运动。因为打拳，所以起得很早；起得早，就要睡得早；这半年来，精神确是不坏，现在已能一气练下四五趟拳来。这个我要继续下去，一定！

自从我练习拳术，舍猫小球也胖了许多，因我一跳，她就扑我的腿，以为我是和她玩耍呢。她已一岁多了，尚未生小猫。扑我的腿和有时候高声咪喵，或系性欲的压迫，我在来年必须为她定婚，这也在计划之中。

至于钱财，我向无计划。钱到手不知怎么就全另找了去处。来年呢，打算要小心一些。书，当然是要买的。饭，也不能不吃。要是俭省，得由零花上设法。袋中至多只带一块钱是个好办法；不然，手一痒则钞票全飞。就这样吧，袋中只带一元，想进铺子而不敢，则得之矣。

这像个计划与否，我自己不知道。不过，无论怎样，我是有志向善，想把生活"计划化"了。"计划化"惯了，生命就能变成个计划。将来不幸一命身亡，会有人给立一小块石碑，题曰"舒计划葬于此"。新年不宜说丧气话，那么，取消这条。

七 《牛天赐传》

一九三四年，自从一入七月门，济南就热起，那年简直热得出奇；那就是我"避暑床下"的那一回。早晨一睁眼，屋里——是屋里——就九十多度！小孩拒绝吃奶，专门哭号；大人不肯吃饭，立志喝水！可是我得赶文章，昏昏忽忽，半睡半醒，左手挥扇与打苍蝇，右手握笔疾写，汗顺着指背流到纸上。写累了，想走一走，可不敢出去，院里的墙能把人身炙得像叉烧肉——那二十多天里，每天街上都热死行人！屋里到底强得多，忍着吧。自然，要是有个电扇，再有个冰箱，一定也能稍好一些。可是我的财力还离设置电扇与冰箱太远。一连十五天，我没敢出街门。要说在这个样的暑天里，能写出怪像回事儿的文章，我就有点不信。

《牛天赐传》是三月二十三日动笔的，可是直到七月四日才写成两万多字。三个多月的工夫只写了这么点点，原因是在学校到六月尾才能放暑假，没有充足的工夫天天接着写。在我的经验里，我觉得今天写十来个字，明天再写十来个字，碰巧了隔一个星期再写十来个字，是最要命的事。这是向诗神伸手乞要小钱，不是创作。

七月四日以后，写得快了；七月十九日已有了五万多字。忽然快起来，因为已放了暑假。八月十号，我的日记上记着："《牛天赐传》写完，匆匆赶出，无一是处！"

天气是那么热，心里还有不痛快的事呢。我在老早就想放弃教书匠的生活，到这一年我得到了辞职的机会。六月二十九日我下了决心，就不再管学校里的事。不久，朋友们知道了我这点决定，信来了不少。在上海的朋友劝我到上海去，爽性以写作为业。在别处教书的朋友呢，劝我还是多少教点书，并且热心地给介绍事。我心中有点乱，乱就不痛快。辞事容易找事难，机会似乎不可都错过了。另一方面呢，且硬试试职业写家的味儿，倒也合脾味。生活，创作，二者在心中大战三百几十回合。寸心已成战场，可还要假装没事似的写《牛天赐传》，动中有静，好不容易。结果，我拒绝了好几位朋友的善意，决定到上海去看看。八月十九日动了身。在动身以前，必须写完《牛天赐传》，不然心中就老存着块病。这又是非快写不可的促动力。

热，乱，慌，是我写《牛天赐传》时生活情形的最合适的三个形容字。这三个字似乎都与创作时所需要的条件不大相合。"牛天赐"产生的时候不对，八字根本不够格局！

此外，还另有些使它不高明的原因。第一个是文字上的限制。它是《论语》半月刊的特约长篇，所以必须幽默一些。幽默与伟大不是不能相容的，我不必为幽默而感到不安；《吉诃德先生传》等名著译成中文也并没招出什么"打倒"来。我的困难是每一期只要四五千字，既要顾到故事的连续，又须处处轻松招笑。为达到此目的，我只好抱住幽默死啃；不用说，死啃幽默总会有失去幽默的时候；到了幽默论斤卖的地步，讨厌是必不可免的。我的困难至此乃成为毛病。艺术作品最忌用不正当的手段取得效果，故意招笑与无病呻吟的罪过原是一样的。

每期只要四五千字，所以书中每个人，每件事，都不许信其自然的发展。设若一段之中我只详细地描写一个景或一个人，无疑地便会失去故事的趣味。我得使每期不落空，处处有些玩艺。因此，一期一期地读，它倒也怪热闹；及至把全书一气读完，它可就显出紧促慌乱，缺乏深厚的味道了。

书中的主人公——按老话儿说，应当叫作"书胆"——是个小孩儿。一点点的小孩儿没有什么思想，意志，与行为。这样的英雄全仗着别人来捧场，所以在最前的几章里我几乎有点和这个小孩子开玩笑的嫌疑了。其实呢，我对小孩子是非常感觉趣味，而且最有同情心的。我的脾气是这样：不轻易交朋友，但是只要我看谁够个朋友，便完全以朋友相待。至于对小孩子，我就一律的看待，小孩子都可爱。世界上有千千万万的受压迫的人，其中的每一个都值得我们替他们呼冤，代他想方法。可是小孩子就更可怜，不但是无衣无食的，就是那打扮得马褂帽头像小老头的也可怜。牛天赐是属于后者的，因为我要写得幽默，就不能拿个顶穷苦的孩子作书胆——那样便成了悲剧。自然，我也明知道照我那么写一定会有危险的——幽默一放手便会成为瞎胡闹与开玩笑。于此，我至今还觉得怪对不起牛天赐的！

济　南

倪锡英

一　泉之城

"家家泉水，户户垂杨。"

这是刘铁云在《老残游记》上所描绘的一个济南的轮廓。现在，虽然和刘铁云的时代已相差好几十年，济南的物质与形式方面，都已受了近代化的渲染，有长足的进步，但是济南的本来面目，还是不改刘铁云当年的记述，一个执有商业中心和政治枢纽的繁华城市，在繁华中还是脱不了清秀的气概。

一般人对于山东的印象，总觉得好像山东的人民那样粗枝大叶，犁黑壮健的模样，想象着山东省境内的各个地方，都是那么枯荒，那么粗野的。其实山东全境的各地，从表面上看去，因为山脉和地势的关系，好像荒凉枯寂一点；而若从内部仔细地去观察，因为近年来政治的修明，人民在久乱以后，得到这几年的休养生息，各地方都是十分充实，蓬勃的饶有生意。

在山东省境内，横贯着胶济路的两端有两个大城：一个是完全日耳曼民族典型的青岛市，一个是完全中华民族典型的济南城。这两个城市，青岛因为滨着黄海，受着海景的天然赐予，便在商业中心外还变成国际间的一个游览区域。济南虽然深居在山东省的中央，但是因为山水的美丽，便在政治中心外，又成为全省以风景著称的名城。

山东省内有好几个地方是为全国所注目的：一个是青岛，那里因为气候的调和，和海景的美丽，为世人避暑的胜地。一个是泰安，那里有崇高的东岳泰山，因为泰山是这样有名，所以泰安也著称于世。一个是位于泗水南岸的曲阜城，城虽小，但是因为是中国一代大圣人孔子的诞生地，因此好像耶路撒冷的圣地一般，每年有不少的游客去拜谒。还有，就是称为山东省会的济南城。

青岛以海著，泰安以山称，曲阜以圣迹见重于世，而济南虽然没有高山，没有大海，没有名迹，却因为在城区内外，到处涌流着一泓清冽的泉水，因此，济南便以泉水见称于世。

整个的济南城，是被包围在泉水的潜流中，这泉水，浸润着所有济南全城的大街小巷，使济南蒙着一重水色的纱。在古逸中显着清秀的意味。如果我们以东西来象征这个城市，那么济南该称为"泉之城"。因为泉水好像是济南的命脉，它使济南的景色美丽，使济南的生活柔和。在山东省各地除了滨海的各县外，人们是不易见到一片澄碧的水色，或是饮到一掬清冽的水味的。在山东全境内所有的河流，大半都是干枯着，河床见天，满河的沙泥好像要干出烟来。这些河流，一旦遇到雨水的季节，又会变得浊水横流，来势汹涌，非但得不到水利，时常还要受到水的灾害。如果是碰到天旱的季节，那么人民的饮料完全要仰给于向地下打洞，凿井而饮。我们可以看见山东省大多数的县份，在夏季里孩子们用面盆来洗澡，这足以代表水在他们是很名贵的。而在济南，不论是天旱或天雨，天热或天寒，总是有不断的泉水，绕着城内外的河道沟渠间激流着，这水是终年不停的，就是在严冬里，济南是被在冰雪的笼罩之下，别处纵然是有了水流也都冰住了，而在济南，却仍可以见到一泓泓的水，在冰雪盖着的河岸间流过，而水是显得格外清冽，而且是含着水气蕴腾的，好像一个热水炉子。这可说是济南特有的奇景。

人们走进济南城第一个印象，便可以看见如刘铁云所说的"家家泉水，户户垂杨"，在沿着城墙内外的两条护城河里，一带清冽的泉水急急地自南向北流动着，而水清见底，那底里的长叶水草，受着水流的压力，也向北披靡着。傍水的人家，都是在石驳岸上建起他们的住家，时常从他们的窗户间，泼出一桶水，豁刺刺地一声响，惊破了水面上的沉寂。每天虽然有那么些住户人家的脏水污物投向泉流上去，但是泉水是毫不停留的，一会儿工夫就把这些污浊的东西，流向北去，变成湖底里的泥浆了。所以，济南内外城的泉流，无异是做了济南的一个清滤器。

因为有泉水纵流全城，所以在济南城里，在那些泉水经过的溪流旁边，蔓生着青草、绿柳、红白的花树，把济南城点缀得十分清丽。游人们如果走向济南的东北城去，随处可以在街道旁边，见到这些红花绿草的点缀，几乎似同置身在一个幽静的乡间。

济南全城的泉水，在往昔相传有七十二泉，都是极著名的。这七十二泉的名称，据名泉碑上的记载是：

（1）趵突泉——在坤顺门外（坤顺门即新南门）

（2）金线泉——在趵突泉东

（3）皇华泉——在金线泉东

（4）柳繁泉——在金线泉东

（5）卧牛泉——在金线泉东

（6）东高泉——在金线泉南

（7）漱玉泉——在金线泉南

（8）无忧泉——在趵突泉南

（9）石湾泉——在趵突泉南

（10）酒泉——在无忧泉西

（11）湛露泉——在无忧泉西

（12）满井泉——在趵突泉北

（13）北煮糠泉——在趵突泉北

（14）北珍珠泉——在省政府白云楼前

（15）散水泉——在北珍珠泉东

（16）溪亭泉——在北珍珠泉东

（17）濯缨泉——在北珍珠泉西

（18）灰泉——在濯缨泉西北

（19）知鱼泉——在灰泉东南

（20）朱砂泉——在灰泉西

（21）刘氏泉——在北珍珠泉西北

（22）云楼泉——在刘氏泉南

（23）登州泉——在万竹园内

（24）望水泉——在万竹园内

（25）洗钵泉——在登州泉东北

（26）浅井泉——在洗钵泉西南

（27）马跑泉——在洗钵泉西南

（28）舜泉——在舜祠下

（29）香泉——在舜泉西

（30）鉴泉——在舜泉南

（31）杜康泉——在南舜庙

（32）金虎泉——在李承务巷

（33）黑虎泉——在李承务巷

（34）东蜜脂泉——在金虎泉西南

（35）西蜜脂泉——在东蜜脂泉西

（36）孝感泉——在孝感坊内

（37）玉环泉——在同知巷前

（38）前罗姑泉——在塌行街东

（39）混沙泉——在城西南角场下

（40）灰池泉——在城西南角场下

（41）南珍珠泉——在铁佛巷东

（42）芙蓉泉——在姜家亭前

（43）滴水泉——在西务北

（44）清泉——在西务北

（45）灰湾泉——在五龙堂东

（46）悬清泉——在五龙堂东

（47）双桃泉——在丁字街北

（48）温泉——在城西石桥北城下

（49）汝泉——在神童寺内

（50）龙门泉——一名龙泉，在神童寺东

（51）染泉——在龙门泉东

（52）悬泉——在龙洞口

（53）都泉——在中宫镇东南

（54）柳泉——在中宫东远泉庄

（55）车泉——在中宫东远泉庄

（56）煮糟泉——在四里山南

（57）炉泉——在南山下

（58）白虎泉——在大佛山

（59）甘露泉——在大佛山

（60）林汲泉——在佛峪内

（61）白泉——在王舍店内

（62）金沙泉——在龙洞山中

（63）白龙泉——在龙洞山中

（64）花泉——在张马泊

（65）独孤泉——在灵岩寺或云在天麻岭下

（66）醴泉——又名金泉，在黉堂岭北

（67）浆水泉——在盘泉镇东南

（68）南煮糠泉——在蝎山窝北

（69）苦苣泉——在柳镇东，一名苬苣泉

（70）熨斗泉——在黎峪门家庄

（71）鹿泉——在石固寨

（72）龙居泉——在章丘长城岭西

在这七十二泉中，以趵突泉为最著名，珍珠、金线二泉次之。而现今有泉迹可考者，除趵突、珍珠、金线三泉外，还有玉环、舜泉、杜康、马跑、黑虎五泉，其余的泉，有的因为年代久远，泉名湮没不彰，有些已流入大街小巷和人家的住宅里面去，被人们当作普通的井水一般汲取，早已忘却了它们的名称了。所以在名泉碑上虽有七十二泉的名目，而实际上到济南去的人，已不能按照了这个名目去寻到这些泉水了。但是在济南城内，却到处可以看到那许多泉名湮没的或是无名的泉流，它们的总数是决定不止七十二个。大约七十二泉的命名，是在明朝时候，当大明永乐二年（公元一四〇五年），山东佥事晏璧曾把济南的七十二泉咏成了七十二首七绝诗，称曰：《济南七十二泉诗》，每首诗内把每一个泉水的景色描述出来，在那个时候，七十二泉是都有实景可寻，传到后世，才渐渐的湮没了的。

济南为什么会有这许多名泉汇流的呢？关于这些泉水的来

源，却是一个值得研究的问题。曾子固在《二堂记》上有几句解析济南泉源由来的文章说：

"历下诸泉，皆岱阴伏流所发，西则趵突为魁，东有百脉为冠。"

这几句话，说明济南的泉源，都是由泰山的伏流衍发出来的。我们若以地理的眼光来观察泰山与济南的地位，那么我们便可以知道曾子固的观察是很对的。泰山是山东省中央的一个主峰。是古济水和汶水的发源地，姚鼐的《登泰山记》上所谓：

"泰山之阳，汶水西流，其阴，济水东流，阳谷皆入汶，阴谷皆入济。"

这便是说明泰山的水，南流入汶河，北流入济水。济南适当泰山之北，济水之南，因此北部泰山的水流要注入济水，都要打济南经过，当这许多水流下注的时候，从山崖里，石隙间，迂缓的延流下去，砂石把水质滤得十分澄清，到达济南时，便成为清冽的泉水。在另一方面，济南本身的地形，便好像一个平坦的盆，足以容纳这些汇流的泉水。在济南城的东南西北四周，远远地全有高低不等的山脉，只在西北留了一个空缺，便成为小清河的上流。泉水刚好流过济南城而注入清河。因此，济南便能成为一个名泉汇流的"泉之城"，这全是地理的形势使然的。

二 济南沿革考

从津浦铁路浦口镇北上，沿途有三个重要的城市：第一便是苏北的铜山（徐州），第二便是鲁中的济南，第三便是河北的天津市。徐州适当津浦、陇海两路的交点，陇海西至长安，东通连云港入海，是苏北以及河南、陕西诸省物产屯集的出口重镇。济南适居津浦路的中心，向东有胶济路延展到青岛海滨，货物由青岛入口，或由内地出口，都以济南为一个聚散之区，因此，济南可说是山东全省的商业中心点。天津虽然僻居在河北省的海隅，但是因为除了津浦路外，有北宁路接通故都北平，和关外东北三省，并且还有沽河直通渤海。因此便成为华北各省商业的中心。这三个地方，因为饶有交通的便利和地理的形胜，便成为津浦沿线三个最重要的城镇。

而济南，在交通上，又适当天津、徐州、青岛三个地方的中心，如果我们比方天津和徐州是两件东西，津浦铁路是一根竹杠子，那么济南便是一个挑夫，他好像在中间挑着重担似的，一头挂着天津，一头挂着徐州。而且，自济南到天津、徐州、青岛各地，在铁路上的距离也是差不多的，从济南出发到这三个地方去，大约都需要十二小时的时间，这样在陆路交通上，如果要从青岛至天津，是非经济南不可的，从徐州到天津，也是非经济南不可的，因此，济南又可说是三个地方的交通连系点。

济南因为在交通上占有这样重要的地位，因此济南府便出了名，在津浦车中，我们时常可以听到旅客间这样的谈着：

"你上那儿啊！"一个问。

"上济南府。"一个答。

"济南府"这三个字连在一起的名字，在山东人口头和耳边是惯常会道出或听到的。正好比江南人提到"上海"，是连三岁的孩提也知道的。但是这个"济南府"三字的名称，还是历史上沿传下来的名字，民国以来，早已把府废掉而改称历城县了。一般人叫惯了，却不喊历城而仍叫济南府，正和徐州现已改称铜山，而一般人仍旧不叫铜山，叫作徐州府一样。

我们如果要考据一下这济南城的来历，那么济南的开化，当远在四千余年前。

当黄帝轩辕氏征服了蛮强的蚩尤，底定中原土地以后，诸侯都尊他为天子，定都在有熊，有熊就是现在河南的新郑县。黄帝即位以后，汉族的文化都集中在黄河两岸。济南在那时候，还不过是一个部落式的荒郊。因为离帝京不远，当然也染到了汉族初期的文化。人民知道耕种，畜牧，养蚕，以及营建住室。黄帝在位百年后，禅位于少昊氏，这时正是公元前二五九七年，这位少昊帝便在曲阜建起帝都，那时的都城，当然是十分简陋的，但是济南却因为和曲阜离得更近，因此在文化上有了一度更密切的接近。

自五帝传到唐尧，那时汉族的文化自东部渐渐地移向西去，济南一带，因为山川灌溉的便利，便成了一个耕作的农野，虞舜就是一个在济南历山下耕作的农夫。后来受唐尧的禅让而称帝。在唐尧和虞舜时代，中原曾发生了一次大水，洪波泛滥，把一切汉族初期建筑的文化，全都冲掉了。同时旧日的山川农野，也全被洪水沉浸着，人民都蛰居在山顶上。那时，我国古史上一代的大工程家夏禹王，便出来负担这个治水的重任，率领着人民，艰苦的工作了八年，才算把这股洪水平定了。可是中原经过了这次的浩劫，非但旧有文化都荡然无存，就是连山川的形势，也因为洪水的一次沉浸，完全改变了样子。当夏禹受了虞舜的命令称帝以后，便勘定了中原的疆域，把天下定为冀、兖、青、徐、扬、荆、豫、梁、雍九州。济南在那时，是属于青州的领域。

以上自黄帝纪元，经过唐虞夏商四朝，先后一千四百余年，可说是济南的洪荒时代，那个时期中，济南是一片荒落的山野，文化建设当然是很幼稚。直到周朝统一了中国，分封诸侯，济南便为嬴姓的一个子爵的封地，称作谭子国。这可说是济南开始具有了古代都市形式之始。

西周建国三百六十三年，到周幽王时，犬戎入寇，西周灭亡。平王抱着先王的神主，迁都洛邑，史家称为东周，诸侯间因为分封日久，骨肉间便自相残杀起来，于是一个混乱的春秋时代便开始了。王室的权威一天衰微一天，诸侯的势力愈形嚣张，各自称霸，齐桓、晋文、秦穆、宋襄、楚庄，并称为春秋五霸，挟天子以令诸侯，而那时的谭子国，却是渺小得可怜，而在谭国北部，便是一个强大的齐国，早存了并吞谭国的心，苦没有机会，不便下手。当周庄王十一年（公元前六八六年）齐襄公作乱，齐国的公子小白出亡到莒国去，路过谭国，谭国不加礼遇，公子小白因此对谭国起了恶感。后来齐襄公被弑，公子小白便回到齐国，立为齐桓公，当即位的时候，谭国又不去朝见；齐桓公即位以后，便用管仲做宰相，政治修明，国势大振，称霸于诸侯，谭国便在齐桓公即位后的第二年（公元前六八四年），被齐桓公在怀恨之下，举兵灭掉了。

谭子国灭亡以后，济南便正式隶属于齐国，那时，因为济南适居于历山的下面，历山是虞舜躬耕的遗迹，因此齐桓公便正式取名叫"历下"，这一个古雅的名儿，一直传到现在，济南人还喜欢在他们的诗词上面提到，自称为"历下某某"，所谓"历下名士多"。这历下两字，是很古雅而饶有诗意的。

春秋的一个乱局面过去以后，接着便是一个更乱的战国时代，诸侯间互相杀伐，兼并到只剩了齐、楚、燕、秦、韩、赵、魏七国，这便是史家通称的战国七雄。这七国又互相争雄，结果都被秦国所灭，秦始皇帝就统一了中国。这一代的专制魔王因鉴于周朝的灭亡，是亡于封建制度，因此，便把天下分为三十六郡，完全隶属于中央，从此大权都集中在皇帝一人，想实现他"子孙帝王万世之业"的梦想。济南在那时是属于齐郡，仍称历下。

　　秦朝不久就衰微了，海内英雄纷起，诛灭暴秦，刘邦以平民起兵，自称汉王，和楚王项羽，互相争雄。当高祖六年（公元前二〇一年），韩信降了汉王，封为淮阴侯，刘邦就命他收复齐郡，把历下城攻下，在高祖七年的正月里，划定胶东、胶西、临淄、济南等七十三县，汉高祖便立了自己的儿子刘肥为齐王，同时，把历下改为"历城"，属于齐国。

　　这历城县在汉代便更改了好几次名称，当汉文帝十六年时（公元前一六四年），正式改为"济南国"，汉景帝二年（公元前一五五年）又废国改称"济南郡"。东汉时又改为济南国。这里的所谓"国"和"郡"，就是后来所称"府"的意思，一个"国"和"郡"，管辖着好几个县份。在汉朝时的历城县，先后都是"济南国"和"济南郡"的首邑。

　　东汉末年，魏蜀吴三国鼎立，济南一带是魏国的属地，到晋初建国，仍旧称为济南郡。晋亡以后，刘裕建宋国，当宋武帝孝建二年（公元四五五年），便废济南郡，而移治青州。大明八年（公元四六四年）还治东阳（即今汶上县）。后来，中原便割据为南北两部分，即史家所称的南北朝。南朝是宋、齐、梁、陈、隋，北朝是北魏、北齐、后梁、后周诸朝。那时，济南是属于北朝的领域，在北魏时称为齐州，又称为济南郡。而那时的历城，便是齐州和济南郡的政治中心，到隋朝开皇初年，改济南郡为齐郡。唐朝仍称齐州济南郡。唐高祖武德二年（公元六一九年）在济南城东设谭州，并置平陵县。唐太宗贞观十七年（公元六四三年）齐王祐谋反，平陵人不从。唐太宗在戡平了齐王的叛乱以后，因为平陵人崇尚气节，便定名叫"全节"。这是济南自汉末到唐朝的沿革梗概。

　　唐亡以后，宋朝统治中国，便把济南升为府治，而称作济南府，元朝称为济南路，到明朝初年，仍旧改称济南府，这个名字再经过了清朝，一直沿用到现在，还有一般人是习惯的称呼着。不过在清朝时的济南府，地域很广，一共管辖四个州，二十六个县，这四个州大约如下所示：

济南府

直属各县：

历城县　章丘县　邹平县　淄川县
长山县　新城县　齐河县　齐东县
济阳县　禹城县　临邑县　长清县
肥城县　青城县　陵　县

直属四州各县：

泰安州——新泰县　莱蕉县
德　州——德平县　平原县
武定州——阳信县　海丰县　乐陵县　商河县
滨　州——利津县　落化县　蒲台县

我们试翻开山东地图来和上面所列的对照着看，那么，便可以知道清朝时济南府的范围，几乎要占了小半个山东省，那时的济南城，已是山东的政治中心。

到民国初年，便把府治废掉，将济南府改称历城县。同时把前清时划定的济南府疆域，除掉德州和滨州所属各县，合济南府、泰安州、武定州三府属县，称为济南道，而仍以济南为道治，这是一个换汤不换药的改革。后来，便把济南道取消了。国民政府统一了中国，称曰济南市，定为山东的省城，一直到现在，济南和历城两个名字，还是给人们并用着，不过在习惯上，是称作济南府的多。

三 济南形势概述

古来谈论济南形势的人，对于济南的形势，曾有这样一段记述说：

"函历诸山导其前，鹊华群峰抱其后，明湖荡漾，泺水萦环，宛有江南之胜。"

这几句话，对于济南形势的记述，是很确切的。济南，不但是饶有山河的雄秀，在雄秀中同时还富有美丽的韵趣。山明水秀，不亚于江南各地。

人们都知道西湖的形势是"三面云山一面城"，觉得这是一个天造地设之境；而济南的形势，虽然比不上杭州西湖那般秀丽，却是也可以说声"云山四抱，大河前横"。我们试翻开济南的地图来看一看，那么在济南的东南西北四方，仅是连绵的山脉环绕着，把一个济南城围在中间。城北小清河一流清水，萦回若带。西北面却是一条广阔的黄河水，滔滔地向渤海东流。

环城的山，以城南最为雄奇。那一列好像重重的屏障似的，历山离城最近，在城南五里地，可说是济南南城的第一个屏垒。和历山相连着的，有马鞍山（在城西南四里）、兴隆山和大佛山（在城南十里），自大佛山再向东去，便是玉函山（离城二十里）。这里已是泰山的北麓，再向南去越过长城岭的遗迹，便到东岳泰山了。

城东的山，最大的是龙洞山，离城东南三十里。那里是以洞著名的。连着龙洞山过去，便是鲍山（在城东三十里）。离城东较近的，有庙山、茂陵山和荆山；向东北去，还有卧牛山

（在城东北十五里）、九里山（在城东北五里）和历史上著名的华不注山（在城东北十五里）。

华不注山的孤峰

华不注山下的庙宇

　　城西的山，有奎山（在城西十五里）、标山（在城西北八里）、黄山（在城西南六十里）、药山（在城西北十二里）、匡山（在城西北十二里）、紫荆山（在城西北十五里）、卧狼山（在城西南十五里）、龙山（在城西南十二里）和白马山（在城西南十五里）。这一带的山，都不很高，却也算得是济南城西的屏藩。

　　至于城北的山，那就很少。只有在城北十五里泺口镇旁的一座崤山，远望去平秃秃的，也看不出那个是峰峦，只是一个苍翠的丘阜而已。因为济南城北，是水流的汇集所，因此虽然有山，也是很平坦的。

　　我们如果要把济南附郭的群山作一个较详明的记述，那么可以列成如下所示：

济南城周的山

　　南——历山、兴隆山、大佛山、玉函山。

　　东南——龙洞山。

　　东——鲍山、庙山、茂隆山、荆山。

　　东北——卧牛山、九里山、华不注山。

　　北——崤山。

　　西北——标山、药山、匡山、紫荆山。

　　西——奎山

　　西南——黄山、卧狼山、龙山、白马山。

　　济南城四周因为有了这许多山，所以，这些山，便以济南作为一个泻泄之所，山泉都向济南城汇流，而造成了济南七十二泉的胜迹。泉水经过了济南城，绕城一周，汇流入大明

小清河

小清河中的归帆

湖，再由大明湖出北水关，合为小清河和泺水的水源。我们可
以把济南的水系比作人身的血流系统，群山上的泉流好像是无
数细血管，向济南城汇流。大明湖便好像一个心脏，把这众流

的水源，汇在一起，再绕城一周，流向小清河及泺水去。

小清河是从前济水的南源，最初和大清河相合，后来黄河决口，大清河为黄河所夺，变成了现今黄河的河道。小清河便单独地流经章丘、齐东、邹平，到高苑县南，复合獭河，向东北流，经博兴注入于海，和现在黄河的入海道，恰好是平行前进。这条河，可说是济南入海的水上要道。

泺水发源于济南城西北。现在是小清河新渠的上源。自从大清河为黄河夺流以后，泺水便和小清河在济南城北分了家，向东入海的便是小清河，向北流入黄河的，便是泺水。所以泺水可说是济南城和黄河连系的水道。水由泺水流入黄河，再由黄河注入渤海。

这两条在济南近郊的河流，可算得是济南水上交通的要道。在北方的许多河流，大半是流沙积满了河床，不便通航的，而小清河却不然，因为水流终年不断，帆船可以来往无阻，沿河设有水闸，保持水深在四尺以上，每年除了冬季结冰期（十二月至次年二月）以外，春夏秋三季，完全通航。全线自济南城北黄台桥起，到河口附近羊角沟为止，约长一百三十里，航行的大小帆船，吃水在二尺以内的，可以用橹或挂帆，航程自羊角沟到济南称作上航，大约要七天。自济南到羊角沟称作下航，大约要三天。当胶济铁路没有完成以前，济南的商品，完全靠着小清河来运输，可以说是济南商业的生命线。自从胶济通车以后，小清河的航运便衰落下来了。但是有许多农产或工艺品，还是由小清河上运输的，每年进出口的船只，还在二万只左右。

水路交通除了小清河以外，自泺水可以接通黄河。这黄河在表面上看来，要比小清河大得多，而且全线经过青海、甘肃、宁夏、绥远、山西、陕西、河南、河北、山东九个省区，延长七千八百余里，可是它在航行上的功用，却比小清河要差得多。因为黄河河面虽阔，但是河床很高，而且上流的水势很湍急，把两岸的沙土全都冲下来，积在下游，下游的河道越积越高，渐渐淤塞，一遇到大水，便要决口，因此河道屡次变易。现在自开封入海的一段，便是从前大清河的旧道。从开封到泺口三百八十五浬间，有帆船可以通航，可是浊水横流，航行很是不便。普通上航须七天，下航约须四天，如果在冬季，黄河上结了冰，便完全不能通行了。至于从泺口入海的一段，因为河床很高，河内又多浅滩，行舟时容易搁浅，在水势平静的时候，可以通行到蒲台、滨州、利津各地，而直通渤海。但倘若在夏秋雨水的季节，河心里急流回旋，水涨得和河岸一般高，不时就要泛滥起来，航行是很危险的。

至于济南陆路上的交通，那可以当得"便利"两个字。因为济南是山东全省铁路网的集中点，从山东各地到外省去，除了走海道以外，如果走陆路，都须以济南为转运站，尤其是内地与海外货物的运输，是非经过济南不可的。现在将济南的铁路交通状况，分述如下。

（一）胶济铁路

胶济铁路是一条横贯山东全省的路线，从济南向东去，经过龙山、明水、普集、周村、张店、金岭镇、淄河、青州、昌乐、潍县、坊子、峄山、高密、胶州、沧口，而达青岛市。从青岛有海轮可以直通到日本、上海，以及北洋海岸的各大埠。自张店还有一条支线经过淄川，接通到全国的玻璃产区博山县。

而在胶济沿线，还满布了汽车道，自青州有汽车道可通至寿光及临朐，自潍县有烟潍公路，向东北经过昌邑、掖县、龙口、黄县、登州而直达烟台，接通沿海各地。向南经过安邱，而达诸城，和高徐路相接。自高密起点的高徐路，经诸城、莒县接通山东南部的沂州，计划中拟筑铁道接通江苏的徐州。自胶州起有汽车道可以直通日照。在这铁道与公路的混成线下，自济南出发到胶东各地去，便路路皆通了。

胶济铁路在计划中还要自济南向西延展到聊城，现在正在估工进行中。这个计划倘若实现，那么自济南到胶西各地的交通，将更形便利了。

（二）津浦铁路

津浦铁路是山东交通的纵线。自济南沿着津浦路向北去，越过黄河，经过省区内的晏城、禹城、张庄、平原、黄河涯、德州、桑园各地，再向北去，便到河北省境，可以通到天津，再由北宁路接通北平和东三省。自济南向南去，经过省区内的张夏、界首、泰安、大汶口、南驿、兖州、邹县、界河、滕县、官桥、临城、沙沟、韩庄，再向南而入江苏境，可以接通徐州，由徐州可以直达京沪杭各地，或转陇海路到河南、陕西各省去。在兖州府还有一条支线可以通到济宁，从济南有汽车道接通金乡、单县、曹县、巨野、菏泽各地。在临城也有一条支线经过枣庄、峄县而至台庄，那一带是山东的煤矿产区。

山东境内津浦铁路的两旁，也有许多汽车道可通，自德州可以通到恩县、夏津、临清、馆陶诸地。自禹城可以通到高唐、清平、博平、聊城，向东通到临邑、商河、惠民。自泰安可以通到新泰、蒙阴各地。

（三）小清河铁路

小清河铁路是胶济路在济南城东北的一条铁路，自济南东北的黄台站，通到小清河边的黄台桥。这是小清河航运和胶济铁路货运的联络线。

（四）清泺支路

清泺支路是从黄台桥向西接通津浦路泺口站的一条支线。这是小清河与津浦铁路货物运输的一条联络线。

济南的陆路交通除了有如许铁道以外，公路的建设，近年来也是很努力的，现在已经筑成的，有下列三线。

（一）济乐线　自济南市起，经齐河、高唐等地，而至馆陶。

（二）利菏线　自利津起，沿黄河大道，经济南、临濮集而至菏泽。

（三）济齐线　自济南向东，经章丘而至齐东。

以上是济南的山川形势，和水陆交通概况。我们如果把济南城的本身来观察一下，那么第一个可以给我们发现的，是济南有两个城，就是内城和外城。好像一个回字，可是这回字的上面是连成一笔的，因为内城和外城靠北面的城壁，是连在一起的。

在内外城的西面，便是津浦铁路和胶济铁路的交会点，南北有两个伟大的车站建筑着，在车站南面和城西的一片间，洋楼高耸，市街纵横，完全是近代型的一个市场，这便是济南商业中心的商埠地，比较济南城里，还要热闹。这因为商埠地的地位，适当于津浦、胶济两路交点的南面，交通格外便利的缘故。

济南，有这样雄秀的山川，便利的交通，坚固的城墙，以及商业繁盛的商埠地。因此，在我国北方的几个重要都市中，也可以算得是一个商业的中心。同时因为据平沪的中枢，扼津胶的要道，也可算是黄海右岸的一个重镇。在地理上、政治上，便变成一个极重要的都市了。

四　济南胜迹志

　　济南，虽然不是一个名都，也不是一个古城，但却有许多名胜和古迹，可以给去拜访济南的游人们游览、凭吊。

　　这，因为济南地处黄河下游，在历史上蒙着汉族的初期文化很早。同时，又因为济南在地理上得天独厚，虽然地处华北，却有天然景色的点缀，处处引人入胜，山不高而秀，水不深而清，风俗和平，人物俊爽，绝无北方劲悍的气概，因此，古来的诗人，曾有"济南潇洒似江南"之咏。

　　我们如果要把济南的名胜和古迹，来作一个总合的记述，那么在济南城厢内外，有遗迹可求和名胜可赏者，约有下列二十六处。

　　（1）历山　历山在济南城南五里，一名千佛山，因为山上有隋朝开皇年间石刻的许多佛像的缘故。又名舜耕山，相传虞舜没有做皇帝以前，曾经在此耕过田的。山势不很高峻，但是却很秀丽，山上有龙泉洞、观音堂、千佛寺、关帝庙、文昌阁、鲁班庙和舜祠等许多建筑。每逢清明节和重九节，游人们络绎不绝，是济南城南的唯一胜地。

　　（2）大明湖　大明湖在济南内城北区，面积广数十顷，湖中有历下亭，湖的四岸有汇泉寺、张公祠、曾公祠、北极台、铁公祠、李公祠、百花堤、北渚亭、百花台、天心水面亭等建筑，这是济南风景的中心，游人很多，不亚于南京的玄武和杭州的西子。

　　（3）趵突泉　趵突泉在济南内城外西南隅，是七十二泉之一，泉水喷涌，突高数尺。泉北有祖师庙，泉南有四面亭，其

千佛山远望

千佛山寺

东有望鹤亭，这是济南城内的市集中心，好比是上海的城隍庙、南京的夫子庙，每逢二、七日，济南城乡的居民，都来赶集。

（4）珍珠泉　珍珠泉在内城省政府内白云楼前，泉水好像一池珍珠似的，不断地从水底里冒出来，平常时候，游人们是不许进去游览的，因为那里是总揽山东省政治的政务机关。但是若逢到纪念日，省政府特别开放，可以任游人们去游赏。（以上历山、大明湖、趵突泉和珍珠泉四处，是济南最出名的胜迹，这里只是先提示一下，下面还有详细的记述。）

（5）**舜庙**　舜庙在城内舜皇街，这是为纪念虞舜而造的一所古庙。在庙内东面的庑廊下面，有一口古井，相传这就是舜泉，一名舜井。在从前有双井并列，世称为"源源泉"，后来在南面的一口井上建着亭子，北面的一口井被官衙占据了去，因此，现在只剩下庑廊下的一口井了。

（6）**钓鱼台**　钓鱼台在济南城东南隅黑虎泉的上面，相传是从前姜太公钓鱼的地方。黑虎泉适当城濠崖下，水从上面流下来，汇成一个方池，在池边上有三个石刻的龙头，泉水刚好从龙嘴里吐出来，向池里倾泻。水势很急，好像三朵小瀑布，终年不断地急流着，发出潺湲的声音。在池内，有许多鱼儿来往游翔，有点像西湖的"鱼乐国"。池上现在建着一座黑虎庙，中祀黑虎泉神。

（7）**陈遵故宅**　陈遵，是汉朝时候的杜陵人，当哀帝末年，以战功封奋威侯。他一生专好结交朋友，常常在家里大会宾客。每次请客的时候，把客人们车轴上的铁键，投在井里，客人们无论如何急着要去，因为车轴上的铁键没了，牲口不能拉着走，只得留下了。故宅在今济南西门外工业学校，里面宅内有一口井，相传就是陈遵留客时把车轴上的铁键投到这井里去的。除了这口古井以外，还有漱玉泉和金线泉。金线泉是一个方形的石池，泉源从石隙间渗流出来，泉水很清，澄澈见底。水面上好像有一道金线，隐隐约约地浮现着，故名金线泉，其实不过是光线反照出来的。金线泉向南泻流，便是漱玉泉，由漱玉泉流经来鹤桥，便注入趵突泉。

（8）**使君村** 使君村在济南城北，这是北魏时的古迹，相传北魏正始年间，郑悫和他的僚属们常在这里避暑。

（9）**房家园** 房家园在济南城北。这是春秋齐国博陵君房豹的别墅，那一带树木森疏，泉石幽邃，可说是济南城北的一个胜地。

（10）**秦琼故宅** 秦琼字叔宝，是唐初的一位名将，爱看平剧的人一定看过"秦琼卖马"这一出戏。这是秦琼怀才不遇时的一段故事。后来跟了唐太宗讨伐王世充、窦建德有功，封为胡国公。他的子孙世代做冶铁业，因此大家称为"铸铁秦家"。秦琼是济南人，他的老家就在济南西关五龙潭。有一块石碑上写着"唐叔宝故宅"五字，明朝时在故宅的遗址上建了一座霖雨亭。现在那一带已建起了济南医院。

（11）**罗士信故宅** 罗士信是隋朝的一位名将，十五岁时就将兵，以善战著称，后来降了唐朝，封为郯国公。故宅在济南城内罗家胡同，宅内有罗姑井。

（12）**曾子祠** 曾子祠在城内张公祠旁，奉祀宋朝的曾巩，曾巩字子固，是宋代的文学家，曾在济南做过太守，很有政绩，后人追念他，因此特建曾子祠，春秋奉祀。

（13）**白雪楼** 白雪楼在济南西关柴市南，趵突泉的东岸，是明朝李攀龙的故宅。李攀龙是明末七子之一，以诗文见称于世，世称沧溟先生，白雪楼就是他的读书处。旧楼已经圮毁，清朝时叶梦熊在泺源重建一座白雪楼，可惜已不是李攀龙的遗迹了。

（14）**江浚祖故宅** 在西关秦琼故宅的东南，门前有一池清水，约莫有半亩广阔，池里养着几百条鱼，都是行善人家放生的鱼。济南人都称这个池叫江家池，池上有一座酒楼，游人

李攀龙墓

们可以把酒观鱼，是很饶风趣的。

（15）**华不注山** 华不注山，在济南城东北十五里，《左传》上记载的"晋郤克及齐顷公战于鞍，逐齐侯三周华不注。"这里就是春秋时齐晋交战的遗址。山前有个道院，石刻上有李太白的题诗。院前就是华泉，泉水下注，和小清河合流。

（16）**锦屏山** 锦屏山俗称龙洞。相传夏禹曾经登临过，故又名禹登山。在济南城东三十里，四面全是山峰围抱着，好像锦屏环列，因此便叫锦屏山。山上有东西二洞，西洞有一里多深，点了洋烛进去，只看见怪石森立，好像鳞甲一般，很是可怕。洞口有六朝时雕琢的佛像，富有艺术价值，可惜因为年代久远的缘故，风雨剥蚀，已渐堙没。

东洞在锦屏山的绝壁上面，深不可测。洞口遗留着石头凿成的锅子，锅旁还有烟火的痕迹。大概是古人避兵的遗物，因为洞的构造是倒悬的，因此游人们是不易进去的。此外在锦屏山上还有翠屏岩、独秀峰、三秀峰诸胜，独秀峰下有圣寿院，里面奉祀着龙神，相传久旱的时候，祈雨很灵，宋朝时封为灵虚宫。

（17）莲子湖 莲子湖在济南城北汇波门外，全湖的面积，大约有十多里。湖面上满生着荷花蒲草，每到夏季，粉绿相映，景色很是美丽。沿湖都是人家的菜圃，因为这一带地处在济南城北，因此济南人称它叫北园。

（18）大佛山 大佛山在济南城东南十里，又名佛慧山，山顶上有文壁峰。东麓有一所开元寺，旧名佛慧寺。奉祀东华帝君，寺内佛座前有甘露泉，无论是天时怎样旱，这泉里的水是永远不会干涸的。临泉有一片悬崖，崖壁间都是石刻的佛像，和隋朝开皇年间的摩崖字迹。从开元寺向外一望，那么可以看到四围的山峰突立，涧谷萦回，每到深秋时节，满山全是枫叶，染成腥红一片。济南的人们，在重九节游过了千佛山，接着便是看大佛山的红叶。

（19）佛峪 佛峪在龙洞东南四里，这一带的山势格外峻峭，在群峰壁立下，中间围成一个大山峪，悬崖上滚流着瀑布，好像一条条的银链般。岩石经过水的冲积，垂成石乳，有几丈长，样子很像蜂房似的，那泉水从上面注流下来，经过石乳四周的孔里喷出来，好像一个大喷水壶，然后再流入下面的池里，那池里的水，终年不会干涸，也从来不会涨溢，真是一个奇观。在山崖下面，有一座大庙，是依据了山穴的形势而构成的，庙的四周，尽是怪石和乱树，风景异常幽绝。

（20）鹊山 一名崌山，在济南城北二十里，靠近泺口镇。相传是战国时的一代名医扁鹊炼丹的地方。又有人说每年七八月间，有许多乌鹊会集在这座山上，因此名叫鹊山，远远地望去，好像一个翠绿的丘阜一般，很是低小。

（21）**玉函山** 玉函山在济南城南二十里，这是泰山北麓的余脉。相传这山上有一头鸟，是西王母的使者。汉武帝曾经到玉函山上去求仙，在山上拾得玉函一枚，下山的时候，这玉函忽然化成一只白鸟飞去了。这玉函里面藏着西王母的仙药，有一只白鸟看守着，因此名叫玉函山，又名卧佛山。山里面有九十九个山谷，和十八盘道，山南有蕊珠泉和风洞，山顶上有碧霞殿，这碧霞殿和泰山绝顶的碧霞宫是一样的规模，在从前香火很盛，现在已经衰落了。

（22）**康王山** 康王山在济南城南五十里，山顶有太甲陵，相传是商朝皇帝太甲的葬身处。

（23）**扶山** 扶山在济南城南六十里，山上有三个著名的洞，一个叫子房洞，一个叫潮音洞，一个叫华阳洞。子房洞在扶山东岭，相传是张子房和黄石公的遗迹，洞很深邃，曲折数里，底里有河道，流水的声音潺潺不息，游人们大多不敢进去。华阳洞在扶山梨峪，潮音洞在梨峪西南，洞里非常阴寒，在夏季里，是一个纳凉的好处所。

（24）**匡山** 匡山在济南城西北十二里，山的样子好像一只筐，因此便命名曰匡山，相传李太白曾经在这里读过书的。

（25）**朗公谷** 朗公谷在济南城南八十五里，就是昆瑞山，又名西龙洞，相传在后秦苻坚时，有一个印度和尚朗，在这里修道，因此便命曰"朗公谷"。山的周围有六十里，山下有玉水横绕，流入济水。东面有一个山峰叫金驴山，相传当那个印度和尚朗死了以后，他生前所骑的一头驴子，便不知去向，后来有人在金驴山下找到了，已经变成了一头金驴子。济南俗语有句话，叫做"金驴一鸣，天下太平"。就是指金驴山而说的。

（26）**药山** 药山在济南城西北十二里，山顶上有九峰并列，苍翠欲滴，山下有一个洞，产"阳起石"。这种石头，有的像蜘蛛，有的像蛤蟆，形状很是奇特。山上的树木，终年长青，到冬天没有积雪，这或许是泉流薰蒸的缘故。

药　山

济南的名胜和古迹，大概如上面所述，除了这些地方外，济南随处都可以找到风景很幽胜的地方。因为济南近郊多山，在千山万壑之中，包孕着许多无名的胜景，留待着游人们去鉴赏。

五　大明湖

"湖光山色与水清。"

这是济南民间的一句谚语，也可说是济南人对于济南景色的一个写真。"湖光"是指大明湖，"山色"是指千佛山，"水清"是指趵突泉。这"湖光""山色""水清"，可说是组成济南风景美的主要因素，如果三缺了一，济南便得减少她一半的美丽。

到济南去的游客，第一个目的地，便是去游大明湖，正如到杭州去的游客必须先去拜会西子湖一般。

大明湖的位置，适当济南城的北部，面积约占全城的三分之一，我们如果坐着飞机在济南城上向大明湖作一个凌空的俯视，那么便可以看到大明湖好像一面明净的镜子，平放在北城，在北面的湖边上，一列整齐的城墙向东西两面围抱过去，刚把大明湖包在里面。这城壁再向南延伸过两个湖面般长，便围合成南城的城壁，这就是内城。外城也从大明湖北面向东西围抱，比内城的圈子大些，绕向南去，围合起来。这两重城壁，好像是大明湖周围的拱卫者，一圈，两圈，把大明湖适巧围在北部的中央。

大明湖的四周，北面和东西两面，都和内城的城壁相连，南面是不规则的凹凸曲线，与城内的大街接壤，所以大明湖的形势，可以说是"三面城壁，一面市街"，在静穆中显着整齐，在雅淡中不嫌寂寞，因此称得上济南第一个名胜。

不但如此，大明湖的水源，也和普通的湖泊不同，普通的湖泊，大半在湖域的四周，有许多江河水道，辐射的纷纷流向湖里来，所以这种湖，完全是江河水道的一个屯聚所，遇到雨水的季节，江河里的水涨了，就都流注入湖，遇到旱荒的时候，江河里的水涸了，那么湖水便倒灌出去，可说是一个水的聚散处，在这样流出流进的调剂之下，沿湖和沿江河两岸的农田，都能享有灌溉之利。所以，一般的湖泊，可称是"灌溉湖"与水利有密切关系的，而大明湖却不然，它的水源完全是济南城外山间泉水的伏流，由山冈的脉道中，潜流入济南城，漫布成著名的七十二泉，由这七十二泉，再汇流成大明湖。因此，大明湖的水质，完全和山泉无二，可以说是一个数十顷广阔的大泉池。终年，这水是澄清得见底，水面像明镜一般，不起丝毫绉襞，遇到雨季也不会涨溢，逢着荒旱也不会干涸，它永远是这么平静地漾着。因为大明湖的水源，并不如一般湖泊似的四周有江河水道相通，它只是全赖着城内许多泉水的流注，并且还有小清河可以作它宣泄的地方，因此它便永恒地保持着平衡，把湖山的景色，点缀得这样平远，清淡。而沿湖既全是城壁和街道，所以也谈不到灌溉之利，只是一个风景点缀上的湖泊而已。

大明湖在表面上看去，是这样的平静，但在许多泉流汇入的地方，水势是异常湍激的。我们试向西城沿城壁里面的一带水流上伫立五分钟，便可以看见那一溪清冽的泉水，是怎样急急地在向大明湖流去。那溪水终年不断地好像决了口一般，自南向北急流着，水底里丛生着的水草都偃卧着，清水好像一幅大被般盖起。有时在清澈的水底里也有几块怪石横阻着水流，那么水面上立刻会激起美丽的漩涡来。所以大明湖的面上尽管是"湖平如镜"，而湖水与泉流接口处，却是非常活跃，这些泉流暗暗地把大明湖的积水，在洗濯，在更换，使大明湖永保着清冽。

大明湖上的景色，四时不同，因为它的水源是泉流的缘故，因此四时不涸，入冬不冰。在春季里，湖上的一抹绿柳，轻染着淡烟，远望去，好像一位垂帘的佳人，淡淡地施着新妆，艳阳普照着湖水，暖洋洋地，令人感着懒意。入夏以后，湖滨的荷花都盛开着，田田的荷叶长得满湖，轻舟在荷浪中逐过去，一缕沁人的香味，袭人心肺。到秋季里，荷花谢了，荷叶枯了，堤边的芦苇，探出雪白的须缨，把湖上点缀成素白一片。在那个时候，如果停舟在芦丛的旁边，静听着秋风吹来，芦叶们会发出一阵深长的叹息，那是很够诗意的。秋尽冬来，湖上便渐渐地萧索起来，树枝剩了一个赤胳膊，草儿枯了，湖滨的堤上，都盖着一层厚厚的白雪。这时候，一湖清冽的水，却显得格外可爱，像黄河、小清河都早就结了坚冰，而明湖上仍是一脉活流的水，在那水面上，发出薰蒸的热气来，这使人们差不多会忘掉了严冬的可畏，湖面上的景色，只是格外显得平远而清淡，好像倪高士的山水画一般。

济南人曾把这大明湖的四时景色，列为四个景目，这景目是：

"春色杨烟，夏挹荷浪，秋容芦雪，冬泛冰天。"

在春夏秋冬四季中，大明湖上的游人是不断的，济南人几乎把大明湖当作一个大公园，旅客们也把大明湖作为唯一的游览目的地。所以在一年四季里，有无数的本地人和外乡人，大家都爱投入大明湖的怀里去。

一个住在济南城西商埠地的旅客，当他想去游览大明湖时，可以雇街车从商埠地出发，经普利门，估衣市大街，然后再进泺源门，经西门大街，向北打湾，走布政司大街，折入贡院墙根，而直达百花洲旁的鹊华桥，这里是大明湖南部的边缘了。

这鹊华桥是一座不甚高的小石桥，横跨在百花洲与大明湖的接口处，登在桥顶上遥望过去，那么远远的鹊山和华不注山正迎面地对立着，而大明湖一角的水波，也在人家住屋的墙隙间可以望见。所以鹊华桥命名，大概是由鹊山和华不注山而来的。从鹊华桥步行向北，便到司家码头，在那近旁，有一座亭庙的建筑，里面可以看到大明湖的水源，有一个石梁，石梁的南方便是泉流，石梁以北便是大明湖，那泉水流得非常急，在冬季里，水面上发散着一股浓烈的蒸气，好像一座热水炉子似的。在那石梁旁边，靠着大明湖，有一列不甚高的小屋建筑着，里面有卖茶的，卖小吃的，可以一面品茗，一面遥看大明湖的景色。

普通游览大明湖的时候，多半要坐了船去的。在大明湖里的游船有两种：一种是画舫，一种是小划子。画舫的式样，很像南京秦淮河和苏州阊门外的"灯船"，而内部的布置却又胜于"灯船"。每一只画舫的容积很大，可以坐二三十个游人，船身很是广阔，而且也很长，仿佛是水上亭阁一般。船头是平正的方形，前面有一个轩敞的弧形的棚盖，在那栏杆间是雕染着金色的花纹，棚前有一块横匾，匾上有名人手笔的题字，就是这画舫的名字，两旁悬着硬板对，好像人家的水阁似的。

从前棚进去，中央有一个画屏挡着，那画屏上面用曲折的木条构成图案，中间有几个玻璃框里嵌着几幅没骨花卉，画屏左右有两个门框，可以通到内舱，这内舱的布置便很精致了。在舱房的四周，全是玻璃窗，仿佛像一间照相室，又像一座花房，不过舱房的顶上用木板盖着，有些不同而已。游客们坐在舱里尽可饱览湖中的景色，视线毫无阻碍。那舱房里的光线非常明朗，中间有一张长方桌子，桌面上安放着陶瓷饰物，几个花瓶里插着彩色的纸花，还有茶壶茶杯，供游客们取饮，长方桌四周，有七八张小方机，两旁又有茶几和坐椅，仿佛一间小客堂。靠画屏的后面，有一张广漆的半桌，上面陈饰着花果之类。

在舱房的后部，有一张很大的坑床，那式样竟和人家客厅上的完全一样，坑床上面有坐垫，中间有小几，游人们可以躺着，可以对几下局棋子，可以静坐着一面喝茶一面看湖景，如同在自己家里一般。

那画舫行动起来，不用橹摇而用竹篙撑着走，因此船身很平稳。舟子一篙一篙慢慢地把船移动，玻璃窗里的湖景一幅一幅地流过，静静地听得船底下的水声，隔岸枝头上的鸟鸣，那情景是十分令人神往的。

除了画舫以外，还有一种小划子，那小划子竟同赤膊的舢板船一样，没有篷盖，游人们只能直立在舱里，好像坐渡船一般。画舫的价格很贵，普通一天要二元到三元，从湖里走一趟便得一元以上，而小划子的价钱便很廉，如果合得人多时，每人只要花几个铜子，便可畅游全湖一周。

这些游船，大半都停在湖滨司家码头一带，游人们从此下船，经过几条小港，便穿到大明湖的湖心里去，第一眼望去，便可以看见历下亭前后的一带建筑，倒映在湖水中央。游船在亭前靠下，上得岸去，便到历下亭的前门，门口有一座小亭子，亭内有乾隆皇帝御书的碑记。那门上左右悬着一付硬木联，联上写着：

"海右此亭古，济南名士多。"

这两句本来是杜甫的诗句，后人何绍基所写的，相传杜甫曾陪李北海在这里宴饮过的。进了门，中央便是一座八角式的大亭子，重檐式的建筑，朱漆的梁柱间雕镂着花纹，正中有块金字横匾，题着"历下亭"三字，亭内也植有乾隆手题的碑记。在历下亭后面，有五间平屋，便是名士轩，轩内有卖石刻的书画碑帖，把四壁上全都挂满了。自名士轩东面，有一条回廊通到历下亭的前面，那里有三间小楼，便是临湖阁，在名士轩西首，也有回廊连系着，旁边有几幢宽广的殿宇，很是清静简雅。

从历下亭再坐船向东去，穿过一片湖水，便到汇泉寺，那汇泉寺外观很是壮丽，而内部却已破落不堪。在汇泉寺旁边有座关帝庙，里面奉祀着关公。从关帝庙里旁通文昌阁，走一条曲折的盘梯上去，可以登上文昌阁，从阁上向四面瞭望，那么大明湖全湖的景色，尽入眼底，南方一列苍翠的千佛山，横卧在城屋的上面，如同一幅山水册页。湖面上，一丛丛的树影，一座座亭台的尖顶，从水光里透露出来，煞是好看。环湖的三面，尽是城壁，倒映入湖上，漾成模糊一片。

　　自汇泉寺再向北，不多路便到张公祠，这是奉祀前清山东巡抚张曜的专祠，殿宇很是雄壮，并且有戏台建筑着，在从前每逢张公诞日，便演着酬神戏。在殿左有一座厅屋，前面有一方小池，池上有一所船亭，四周有曲廊围绕着，远山近水，风景极胜。在张公祠对面，便是曾子固祠，曾子固是宋朝一代的文人，曾在济南做过太守，他对于大明湖早就赏识过，题咏很多，同时对于大明湖的建设，也曾尽过许多力，后人追念他的风德，便在大明湖上建着专祠纪念他。那里面有三间小阁，可以登临，俯览全湖景色，很饶雅趣。

　　从张公祠再向北去，便到大明湖极北的边岸上，那里有北极台的胜迹，那北极台北面靠着城壁，高高地面临着湖水，建筑很是古雅。正中是一列三十六级的石阶，上面便是一座殿屋，殿屋东西两边，有两座方形的高阁，游人们在明湖北岸登陆，穿过几条小堤，便到北极台下面的一片广场上，然后循着石级登临，到北极庙的前面，再进去便是一个大院落，中央便是大殿，所谓"圣父母祠"，从祠后可以通到北城的城垣上去。

　　北极台的旁边，便是济南的北门，济南人称作汇波门。在济南人的习俗上，这重门照例是"门虽设而常关"的，因为风水的关系，如果开了北门，济南全城便有异灾。但是如果在大旱的年头，百姓们祈雨，只要把南门关闭，把北门打开，雨水便会及时地落下来了。其实这是一种迷信，因为这重门是一个水闸，在平时既很少有人去进出，因此开着倒不如关闭的好。

　　在历下亭的西面，舟行不远，有一所铁公祠，这铁公便是明初和燕王为难的铁铉，后人敬他忠烈，所以立祠奉祀，那祠庙建得很精致，在祠前的门额上题着"小沧浪"三字；祠内有池，池中有"小沧浪亭"，亭北有"净香厅"和"得月亭"等，由此往北，即到正殿，殿内有铁公的塑像，殿外有一块石碑，上面刻着铁公祠的题记，是前清书家翁同龢的手笔。每逢春秋佳节，济南当地的人民，都来进香，游人也很多。

此外在大明湖的南岸还有一所李公祠，这是济南人为追念李鸿章的功勋而建造的。这李公祠的建筑，比张公祠要宏伟得多，祠内有许多怪石堆成的假山，在那些山石下，还有一流清澈的小溪，亭台楼阁的建筑，极尽华丽。祠中正殿，供着李文忠公的神位，殿后有飞龙楼，楼后为觉沤亭，是杨士骧所建。祠外有座六角亭，四面护着白石栏，高爽地照临在湖上，好像一幅水晶图画，只是路程比较远一点，游人们去游览是很不便的。

大明湖上除了这许多胜景外，还有不少前人遗留下来的古迹，如同"百花堤""百花台""北渚亭""天心水面亭"等，可惜因为年代久远了，大半都只剩一个遗址，供游人凭吊而已。

六　历山　趵突泉　珍珠泉

历山是济南离城最近的一重山，山虽不高，却很有名，因为在历史上是虞舜躬耕的遗址，同时又有隋朝开皇年间所建的佛像的缘故。在济南附近尽有许多比历山高大雄秀的山，可是都不及历山有名。这无非是为了历山有历史的与艺术的价值，因此便列为济南的第一名山。

历山山顶上，有许多石佛，济南当地人，便把它呼作千佛山，一般的旅客们在第一天游过了大明湖的胜景以后，第二天一定接着要去观光千佛山的名迹。

"到千佛山去！"

当游人们出了南城岱安门，便会有人来招呼你，那里有小驴儿、山轿、街车，罗列在道旁。那些赶驴儿的，抬山轿的，拉车的，都会争先恐后地来兜生意。从那里去千佛山，只有五里路，山道很平坦，所以顶好是骑个小驴儿去。

从南城外面，沿着一条不甚广阔的山道，骑在驴背上，听着蹄声"得得"地向南去，那一路有丛生的林木翳荫着，沿道经过几个小村落，千佛山一个平阔的全形便可以看见了。那峰峦相连处，好像一座横卧的屏风，在那屏面上，淡淡地点染着青苍和丹红。半山里，一抹红白相间的寺庙，隐藏在苍翠的林间，景色十分清穆可爱。

行近了山麓，林木格外青郁，随着一条曲折的石磴，步行上去，不久，眼前就有一座木牌坊，坊颜上写着"齐烟九点"四个字，因为千佛山和九峰相毗连，远望去好像云烟一般。再上去，经过整齐的石盘道，便到第二座木坊，那坊上也写着"云径禅关"四字，过此再上去，便到香积院，自香积院曲折登山，才到千佛寺。

这千佛寺是六朝时候的古刹，亦名兴国寺，又名迁祓寺，在隋朝开皇年间，就山北的岩石凿成佛像，大小不可胜数，同时在佛岩旁边，又盖起一座千佛寺，其实所谓千佛，只是形容佛像的数量很多，却不是真有一千个佛像。这正和称呼五千四百余里的长城为"万里长城"一样地含有夸大的意思。那些佛像，因为经过了千余年间的风雨剥蚀，已经残废不堪。千佛寺的建筑虽很宏大，然而年久失修，也呈着破落的气象。在佛岩的下面，有一个大石窟，就是著名的龙泉洞，洞内水很清洌。洞前有一座亭子，叫做"对华亭"，因为正和华不注山相对的缘故。登亭北望，那么济南全城的景物，尽在眼底。那浊浪滚滚的黄河里，点缀着数叶风帆；小清河像一条水晶带子，明亮地从济南城北绕入东北的云烟尽处。对面的大佛山、鹊山、茂陵山和华不注山，好像几案似的罗列着。济南城内和商埠地一带建筑物，都历历在目。在这些建筑物的中间，却平卧着一潭清水，这便是大明湖的胜景。在《老残游记》里，刘铁云曾把从大明湖看见的千佛山比作宋人赵千里的一幅大画，架在数十里的长屏风上。但是同样地从千佛山上俯瞰大明湖，那么大明湖那个波平水静的样子，直可以比作一架明净的大镜子，而济南的全城，便好像一个美人般的，在对镜梳妆。

千佛山上，除了千佛寺以外，还有关帝庙、文昌阁、鲁班庙和舜祠等的建筑，每年重九节，这一带有热闹的庙会，济南城乡居民，都纷纷地到千佛山来登高，那时候，自岱安门外到千佛山的路上，全摆满了茶肆和小吃摊，游人们穿红戴绿的，络绎不绝，可说是千佛山最热闹的时节。

大明湖明朗的水光，千佛山青葱的山色，把济南城内城外造成一个美丽的境域，所谓"湖光""山色"，这是济南城三个美的要素中的二美，至于第三个构成济南风景美的，便是趵突泉。

一般没有到过济南的人，听到趵突泉这个名字，一定会想象着趵突泉的四周定是一个何等清幽的去处，因为普通的泉水，总是靠着山麓，山水流过山涧，汇而成泉的。但当他们游赏过了趵突泉以后，定会感到十二分的惊奇，因为趵突泉非但不靠近山麓，而且是围在一个热闹的市集里面，十足地染着市廛的俗气，更无清幽可言。

趵突泉，在济南南关外吕祖庙内，名称上是一个泉，实际上却是一个极热闹的旧式市集，那是和北平的天桥，上海的城隍庙，南京的夫子庙同一典型的通俗市场。每逢阴历的二、七日，便是集期，一个月中有六天逢集，也是趵突泉更形热闹的日子，在这些逢集的日期，济南城里的居民，城外的乡农，都远远近近地赶到趵突泉来，把整个趵突泉内外的街路上，全都塞满了人，有的是来交易的，有的是来买东西的，有的是来鉴赏泉水的，有的是来喝茶听书的，还有些简直是无目的而来，他们是来看热闹的。在这种种不同的驱使下，大家都赶到趵突泉，名之曰赶集。

从济南西门外，起估衣市大街向南，转湾抹角，经过了几条大街小巷，便到趵突泉门口了，那门前，便是一片大广场，罗列着各色的人群，在人群中，不规则地摆着许多小摊子，有吃的，有玩的，各色齐全。那大门的样子很像一个新式的城关，下面有三个拱状的门洞，便利游人的来往，用砖石水泥建筑成的。在正中的一个门上，有一块白石灰的横额，额上题着"趵突泉"三字。从中间的一个门里走进去，那中间又是一个广大的院落，东南西三面，连着的是一大幢新式的楼房，那楼上楼下，全是商店，称为"国货商场"。商店里各色的货品都有，奢侈品和玩具是独多。靠院落的北面，叠着一带假山石，在山上还有一座小小的亭子，可是因为游人太杂，而布置得又欠精雅，因此看上去便是充满着市俗气，一点也不好玩。

从假山后面再转过去，便露出许多古式的殿庙的屋脊来，在那屋脊下面，杂乱地张着许多布篷，青一块，白一块，很不整齐，两旁又是各式市房，有的是楼屋，有的是平房，高矮错落，似乎显得是很挤的样子，而那些市屋的墙壁上，写满了各种酒馆饭馆的名目，以及斑斓的各色广告。经过一座小石桥，桥的两旁植着矮铁栏，下面便是几个清冽的小池子，池子里养着乌背鲫鱼，随着水势游来游去，栏杆上全是游人，撑着下巴，在鉴赏着池中的游鱼。

走过那座石桥，再向北去，转过几间布棚，便可以看到一个大泉池，那便是所谓趵突泉了。泉池差不多是见方的，三个泉口偏西，北边便是一条小溪流向西门去的。看那三个大泉，一年四季，昼夜不停，像喷水泉一般，老是那么翻滚，只听得"勃勃"的声音，一股股的水，从水底里直向上冒，冒，冒，冒得比水面高出二三尺，雪白的好像一座透明的玻璃柱，又好像那池底里在架着热水烧，把池水烧开了似的翻滚。一到冬天，便格外好看，屋面上都盖着白雪，泉上却起了一片热气，白而轻软，在深绿的长草上飘荡着，似乎像是一个极神秘的境界。

池边还有许多小泉，有的像大鱼吐水，极轻快的上来一串水泡，有的像一串明珠，走到中途又歪下去，真像一串珍珠斜放着，有的半天才上来一个水泡，大而且扁的，慢慢地自水底摇动上来，刚浮到水面，便碎了，接着下面又是一个冒上来。有的是好几串小碎珠一齐挤上来，像一朵串起来的珠花。新近又下了六根铁管子，可是泉水都没有那原来的三个冒得那么旺。

在泉池的西面，有一所白雪亭，亭前池水中，植着许多石碑，碑上刻着"趵突""游仙""第一泉""鸢飞""鱼跃""我爱其情"等字句，那白雪亭里，就是一个大鼓书场，因为那亭适靠在泉水的西面，所以比较是清雅一点。除了白雪亭以外，在趵突泉北面，有一所吕祖庙，庙里有文昌阁，里面开设茶肆和书场，游人们到趵突泉来的，大半在吕祖庙里歇息喝茶。那庙前有一带廊檐，檐下有一排白石栏杆，刚好枕在泉水上面，如果在那里坐下，口喝着香茗，耳听着潺潺的水声，眼前注视着几个滚流不息的大水柱，这情景也是十分够味的。

吕祖庙的东面，在泉水上架着一座石梁，由石梁再向北去，便是一条狭仄的小街，那街道旁全是布店、吃食馆、玩具店和磁器店，一片叫卖的声音，异常嘈杂，那一带，可说是日货的倾销场，东洋布，东洋磁，东洋玩具，满店里尽是充斥着东洋货，因为买价便宜，所以聚的人也特多，那伙计们和买客当着街路讲价钱，买一件东西要还几次价，走开了又回来摸索四五次，因此行人都挤在一起，不能痛快地通过。

所以趵突泉，除了那几个昼夜不息翻滚着的泉水是美的以外，其余，一切都显着市俗与丑恶，但是像这样喧闹的地方，济南的一班存着低级趣味的市民是把它视同乐园似的，尤其是乡下人，他们到济南来，是非到趵突泉去游玩一趟不可的。

趵突泉非但在外观上有如此的奇象供人欣赏，就它的实际功能来说，它的价值不独是供人观赏而已，它是泰山北麓诸山水流的一个汇集所，也是小清河和泺水以及大明湖的发源地，它的一流清水绕过了济南的西城，它的脉分布及济南全城，供给了济南全城居民的饮料。如果没有趵突泉，济南全城将闹着水荒，大明湖将干涸了，小清河以及泺水，也将断绝交通，一切济南的生机，将因此而停顿。所以有人说，趵突泉的一脉清泉，实在是好比济南全城的一根动脉，一个生命的源泉，这话确实是对的。

有许多人对于趵突泉泉水的源流，和它这个奇特的翻滚状态，曾下过好多次探讨，究竟这一流泉源是从那里来的？究竟怎样会形成这个奇特的翻滚状态的？有人说这是神灵使然的，有人说是水流受到了压迫所致，可是这都不是一个确切可靠的解释。宋朝的济南太守曾子固，对于趵突泉的源流和成因，曾经加以一番推究，他有一段关于趵突泉源流和成因的解释，可以说是很合理的。

在曾子固的《齐州二堂记》中关于趵突泉的有这样一段记载说：

按图，泰山之北，与齐之东南诸谷之水，西北汇于黑水之湾，又西北汇于柏崖之湾，而至于渴马之

崖，盖水之来也众，其北折而西也，悍疾尤甚，及至
于崖下，则泊然而止；自崖以北，至于历城之西，盖
五十里，而有泉涌出，高或至数尺，齐人名曰趵突之
泉，尝有弃糠于黑水之湾者，而见之于此。盖泉自渴
马之崖，潜流地中，而至此复出也。其注而北，则谓
之泺水，达于清河，以入于海，舟之通于济者，皆于
是乎出也。齐多甘泉，冠于天下，其显名者以十数，
而色味皆同，皆泺水之旁出者也。

这一段记载，很明白地说明了趵突泉的泉源是来自泰山和
济南东南诸谷的水流，经过黑水湾，入柏崖湾流到渴马崖，在
渴马崖静止下来，从地中伏流到济南城，再到趵突泉而涌流出
来，因此便形成一种翻滚的突冒形态，这种现象，实在很合乎
喷水泉的原理，因为泉水从渴马崖下来，经过地层的伏流，而
到趵突泉的空缺里冒出来，因此便势如翻滚一样，踊出水面数
尺了。曾子固同时还说明了泺水与清河的源流，皆出于趵突，
而济南全城的许多泉，都系趵突的分脉，同为泺水的旁源。地
面上的水有时是要枯竭的，而山脉地下层内伏流的水，是永远
不会断绝的，因此，趵突泉的水，便会终年不息地翻滚着，永
不间歇。

明代的晏璧曾有《济南七十二泉诗》之作，第一首就是趵
突泉，那诗上说：

渴马崖前水满川，
江心泉迸蕊珠圆；
济南七十泉流乳，

趵突洵称第一泉。

趵突泉的确堪称济南的第一泉，它是群泉之冠，也可说是"泉中之泉"。大明湖是济南群泉的总汇，而趵突泉却是济南群泉的总源。

除了趵突泉以外，一般人称道的济南泉水，要算珍珠泉。珍珠泉本来分"南珍珠"和"北珍珠"二泉，现在大家都知道的，便是北珍珠泉。北珍珠泉在现今的山东省政府内，平常时候，普通人是不许任意出入的，遇到纪念日或庆祝日的时候，省政府特地把珍珠泉开放，任游人们进去观赏。从山东省政府大门进去，里面有一条人工开凿的玉带河，曲折如带，导引着山泉。河水很是清澈，河的两岸有朱漆的栏杆围绕着，从左门进去，便到珍珠泉，那里恰当白云楼下，泉池是一个石筑的方形，约占全院的一半大，那泉水上满泛着一串串的水泡，好像有无数的珍珠，从水底里冒出来似的，十分可爱，池里养着几十条红鲤鱼，在水里来来往往，游翔自如，把这鱼儿和泉水的泡沫相比，仿佛是黄金和珍珠，华贵而美丽。那泉池旁边有一座小亭子，亭下有块石碑，写着"珍珠泉"三字。晏璧在《济南七十二泉诗》有一首关于珍珠泉的题咏上说：

> 白云楼下水溶溶，
> 滴滴泉珠映日红；
> 渊客泣来无觅处，
> 恐随流水入龙宫。

济南名泉很多，可是现今保存着的，只有趵突和珍珠二泉。其余泉水，已渐湮没，《一统志》上所谓"济南名泉七十二，趵突为上，金线、珍珠次之，余不能与三泉埒矣。"

七 黄河与泺口

每一个大都市或大商埠的近边，一定有一条著名的河流做它运输及交通上的连络线。如同上海的有黄浦江，南京的有扬子江，杭州的有钱塘江，广州的有粤江，天津的有大沽河。因为有了如许江河的分流，各大都市的商业货物，才可以直接由海口进出。这与一个都市的繁荣，是有莫大的关系的。

济南在从前，有大清河与小清河，做它入海的要道。自大清河被黄河夺流后，一部分的商品便走小清河运输。后来有了横贯鲁省东西的胶济铁路，因此济南便可由陆路入海，比较迅捷。所以济南虽然失了大清河，但是有了胶济路，在商业的繁荣上，能够不受任何影响。

我们试翻开山东省的地图，那么可以看见被称为全国三大水流的黄河，是适巧横在济南城北，向西南与河南连接，向东北经过济阳、齐东、蒲台、利津各县，由铁门关入海，就它的表面来看，那的确是一条洋洋大观的巨流。人们一定会想起这样的大河道该与济南的商业上发生着密切的关系，但是事实上，济南自大清河夺流改为黄河后，到现在从来没有得到黄河的大恩惠，反而时常要像防贼防盗似的，贴上许多人工，花上许多金钱，昼夜不息，终年不歇地去看管着它，防它一不小心发起脾气来，万一那河里的浊浪巨流夺了堤防冲出来时，那么济南全部的生命财产都要被洪水吞噬了。所以黄河对于济南，非但无益，而且有害，好像是一条含着毒素的巨蟒，横卧在济南城北，济南城随时有被吞噬的危险。

这条巨蟒般的黄河，虽然没生脚，但是生性就好动，它不动则已，一动便使许多人的生命财产，全部丧失，几千里的膏腴沃野，全被浸没。只要是黄河水流过的地方，立刻变成灾区，人民便得在死亡线上挣扎。历史上，黄河已搬过六次家。夏禹治水的成功，在帝尧八十年（公元前二二七八年，距今四千二百余年），那时黄河自河北省的昌黎县北入海。隔了一千七百七十七年后，当周定王五年（公元前六〇二年），黄河便实行第一次搬家，自河南浚县的宿胥口决口，向东合章水至章武入海（章武在今河北沧县东北）。这次的迁徙，可说是从河北省的北部迁向南部来。河北全省，完全被洪水泛滥，变成了泽国。

第二次的搬家是在前汉王莽建国三年（公元十一年），离第一次改道的时期，中间共隔六百十二年，黄河又在魏郡决口（魏郡在今河南临漳县西南四十里），从清河、平原、济南到千乘入海（千乘在今山东高苑县北二十五里）。这一次可说是黄河从河北省搬到山东的中部来。

第三次黄河的改道是在宋仁宗庆历八年（公元一〇四八年），离第二次改道的时期，中间共隔一千〇三十七年。黄河在商胡决口，分成二流。北流合永济渠经青州入海，东流合马颊河至无棣县入海。这两流黄河水，时开时闭，几乎把山东整个省域都占了去。

自第三次决口改道以后，又经过一百四十六年，当金章宗明昌五年（即南宋光宗绍熙五年，公元一一九四年），河水又在阳武大决口，分为二流，北流由北清河（即大清行堤河）入海，南流由南清河（即泗水）入淮河。这是黄河又从山东移到江苏来了。

这样又经过了三百年，到明孝宗弘治七年（公元一四九四年），修筑太行堤，把北流的黄河支流断绝，从此，黄河便完全流入淮河，全由江苏境内入海，这是黄河第五次的改道。而江苏省，在那时候变了两大河流的入海口，北部绕着黄河，南部围着长江，分不出是黄河的流域还是长江的流域了，这样的局面又维持了三百六十二年，这不安稳的黄河又实行第六次的改道了，这次却不是从江苏北部再向南去，而是从江苏仍旧回到山东境内去。当清文宗咸丰六年（公元一八五六年，离今七十余年前）黄河又在河南兰封县决口，从兰封北面的铜瓦厢向北冲入大清河，于是大清河又回复了黄河的水道，而江苏的黄河故道，便渐渐淤塞起来。直到现在，我们还可以看见黄河故道的遗迹，在江苏北部的几个县份里，如徐州、宿迁、淮阴、涟水等地，那里有一条广阔的大沙河，自河南兰封过来，折过江苏北部，向海口流去，这大沙河的面积很广，河底尽是细沙和沙质的泥土，遇到荒旱的年头，那河底便会旱得好像出烟。但倘若一连下了十几天的大雨，河水便会满到溢出来，这种天旱即涸，天雨即溢的现象，可说完全还是黄河的老脾气。

黄河在历史上经过了这六次的大变迁，每改道一次，便得决一次口，把两岸的原野浸成泽国，而每次决口的时候，受害最烈的便是河南、河北、山东三省，有时甚至波及到江苏北部，因此，黄河便成了一个灾害的渊薮，自夏禹治河以后四千余年来，已有无数的生命，无数的财源被黄河的巨流吞没了去的，而同时也曾有无数的水利工程专家们想了无数的方法，用了无数的金钱，去和它斗争过。但是尽管你想尽方法，用尽金钱，黄河始终没有被专家们的方法和金钱制服过，有时钱用得多一点，方法想得周密一点，使黄河暂时平安了若干年，但是过后的决口改道还是免不了的，所谓"数十年一决堤防，数百年必一改道"。这已成了黄河的一个惯例，位在黄河下流的各省县，也照例是免不了这个灾害的。

济南是靠近黄河南岸的一个城市，黄河的巨浪，随时有卷进济南城区里来的可能性，而济南本身的地域便像一个盆子一般，比黄河的河床还低。因此，这黄河对于济南全城是一个极大的威胁，济南人民对于黄河的注意，正如荷兰人对于他们本国领土外的大海一般，随时随地在防着，不容一刻的疏懈。

关于防御黄河的唯一办法，便是修筑堤防，用堤岸来约束黄河的水流，使它不能外溢，因此，河水涨得高，堤防也筑得高，而黄河的河床因为上流的沙泥不断地冲积下来，使下游的河口，日渐淤塞，水位也就随着河床的增高而高起来，于是两岸的堤防也不得不随着河水加高。修筑黄河堤便成了一个十分伟大的工作，我们若从平原上远远望去，那么这黄河两岸的堤防，真如同万里长城一般，高高地雄伟的横卧在原野的尽头。

黄河堤的建筑，工程十分伟大，它的构造，完全是一种广阔的堤坝，河堤上筑有汽车道，可以通行汽车和便利行人来往。遇到河身弯曲的地方，还要筑一种"顺水坝"，因为当河道曲折的地方，水势湍急，最易决口，因此河堤的工程也要格外的坚固，普通的顺水坝有三种，一种完全以石块来建筑的叫"石坝"，一种以柳条来编作的叫"柳坝"，还有一种以高粱杆子来做的叫"埽坝"，石坝最坚固，但是成本也最贵，每一方丈的石块的运输费便得十元，还要把它修筑成坝，须加上一半的工价。至于柳坝，是用石块打底，把柳条编叠，再用泥石堆起来，其耐久力次于石坝，而工价也较廉。埽坝乃是一种用价最廉而功用也最低的堤坝，只是用高粱杆子编排，再用泥壅上，这种坝堤是经不起大水冲激的，虽然价钱是十分便宜，可是得年年修理，否则一遇水涨，便要出险。在济南北面，靠着黄河堤岸弯曲处，全是用石块筑成的石坝，因此，可以比较安全得多。

山东全省每年用于修治黄河的经费，共有四十万元，这四十万元的用途，以十六万供给治河兵和治河机关的费用，以二十四万元完全用之于修葺堤坝和防止泛滥的工料费用。在济南特设了一个河务局，专门管理黄河的修治及防守事务。在这个河务局下面，依着黄河流经各县的区域分设着河务分局，而且把在山东境内的黄河全线仿照铁路管理办法，划分成若干段，每段再分成几个分段，有段长和分段长负责，在分段下面，共有河兵八百名，这八百名的河兵，一半做工，修筑堤防，一半专任防汛的职务，做工的每月饷银十元，防汛的每月饷银八元。所有各种堤坝，全由河兵修筑。这些河兵服务的时期，全是终身职，而且世代相传，他们把家室全都安置在黄河岸边，年年月月地防守在黄河堤上，但是在这样周密的设备和防御之下，黄河堤的决口，却是常事。这是因为光是修筑堤坝，实在不是治理黄河的根本办法，而河兵们因为世代相传，工程与防守上不免因日久而生玩，所以尽管一年花了如许的人力与财力，黄河两岸还是时常要出险。

黄河虽然在过去和现在，都成为济南唯一的灾敌，就是到将来，如果没有根本治理的方法，说不定将永远变为济南和山东各县的隐忧。可是在每年的相当时期间，黄河对于济南的商品运输上也曾稍为尽过一点相当的力量。因为黄河在夏季里水势必涨，河幅也同时加宽，在平时，济南以西的河幅约广七百公尺乃至一千公尺。向东达蒲台以至河口，约广一千二百公尺，水的深度，在增水期约为二十五呎*左右，减水期约为七呎左右，平时约为十二呎至十五呎。黄河全身在山东境内的，共长千余里，由济南到河口五百余里间。水势很急，沿河又多浅滩，因此在航运上，不及上流发达。自济南以西，水势较缓，水面也广阔得多，航运很是繁盛，可以说是河南到济南商业运输上的主要路线，在济南北面，靠着黄河岸有个大镇，便是泺口镇，河南的货物自济南上流运到泺口，再从泺口起陆，运到济南，由济南再分散到山东全境，或从小清河运到外洋去。同时从泺口运到河南去的货物也很多。所以我们可以说，自泺口以西至河南之间的黄河，是比较在百害中还有一点利，这一段的黄河，是称得上有经济的价值的。

关于黄河的水增水落，也有一定的时期，大概黄河的增水期，是在每年的四月到七月之间，八月以后，水量就逐渐减少，到十一月、十二月、次年一月三个月间，水量最浅。同时自濮县以东，在十二月里完全结冰，黄河的下流全盖在坚冰下面，冰上可以通行车马。直到次年的二月里，这坚冰才融解。所以黄河自济南至开封之间，实在能航行的时间，每年不过四五个月，而且完全赖于帆船运输，汽船是不便通行的，虽然在前清时候，曾有一位山东巡抚叫杨士骧的，和德国人试验在济南以西的黄河里试验行驶汽船，可是因为泥沙太多，而且容易搁在浅滩上，结果是失败了。

---

* 呎："英尺"的旧称，英美制长度单位，一呎为十二英寸，约合中国市尺九寸一分四厘（现中国大陆地区已停用此字，写作"英尺"）。

泺口镇，可以说是黄河与济南商业交通上的咽喉，也可说是济南北部的门户。因为在地势上，它是距离得济南很近，而又适当在黄河与津浦铁路的交会点上。它是在济南城西北十五里地，适当黄河南岸，和黄河的入海口相距四百六十里。这个市镇的外表，竟和一座小城市一般，东南西三面围着城壁，北面靠着黄河堤，市区的面积，南北长一里，东西广三里，是一个长方形的市镇。全镇的住户约有二千多户，人口约一万五千余人，这些人们，差不多一半是从事于商业，一半是致力于运输事业，因为这里的地位很好，而交通又便利的缘故。

在泺口镇外，每天差不多有一二百号帆船停泊着，这些帆船，有来自河南的，那些船里运载着黄河流域上游各省的货物，像桐油、纸、茶、水烟与漆等，都由泺口卸货，然后由泺口再运赴济南或由小清河运到利津去。还有来是黄河下流的，多数是盐船，因为山东沿海各县是产盐的区域，这些盐都得由水道运到了泺口，再转发到别省去。

泺口镇上有一个最伟大的建筑工程，便是黄河铁桥，这是津浦路越过黄河的一座大铁桥，在泺口镇市街的东端。这一座大桥，完全用巨大的钢骨架成，全长四千一百八十英尺（合一三〇〇公尺），桥面的中央是铁轨，两旁是人行道，在人行道两旁有铁栏杆围着。全桥的工程是在前清宣统元年（公元一九〇九年）开始建造的，到民国元年（公元一九一二年）方才完成，共经过了四年的时光，承建这座大铁桥的是德国人，全部经费共花了一千三百万马克。

在黄河上，一共有三座铁桥，一座是在甘肃兰州，一座是在河南郑州北面，当平汉路渡过黄河的地方，一座便是济南北面的大铁桥，这三座桥比较起来，要算济南的一座铁桥最伟大了。因为黄河的水流很急，而河面又阔，所以在建造的时候，格外困难。

我们试向黄河铁桥上小立片刻，对着黄河作一度展望，那么这情景实在是很伟大的。你可以看见一座纯钢铁的大桥横跨在黄河面上，那巨大的铁梁的影子，静静地映卧在水波上，而黄河的水，却是一片苍茫地向着东面奔流，对着这历时四载，耗资千万的大桥，好像不值一顾地急流过去，刚好是形成了一个自然力与人为力的对比。如果望得远一点，那么可以看见那黄河两岸的河堤，仿佛城垣一般地谨防着黄河的水流，又好像一个樊笼里囚着一条猛兽一般。在那河岸的上面，沿岸长着深绿的林荫，有些河兵们在走动着，他们是在防着，在修筑着，而河水有时激动起来，不断地向堤岸边打过去，这又是一幅人类与天然斗争的图画。

如果是在荒旱的年头，那景象便又不同了。黄河的河床一半见了天，只有中间有一泓不甚广阔的浊水流过，沿岸边全是沙土，这些沙土被风一刮，便飞扬起来，好像烟雾一般，人们牵着牲口就在这细沙上走过，踏成一路脚印子，令人想起那沙漠的景象来。

自泺口镇东去，这中间有一条十二里长的轻便铁道，自泺口一直筑到小清河边的黄台桥，称作清泺路，这是前清光绪三十二年二月开始兴筑的，到同年的十月才竣工。建筑这一条铁路的主要目的是在运盐，所以当初的建筑动机也是由山东盐运使发起的，直到现在还是属于商办。自小清河至济南城北，中间也有一条六里长的小清河铁道，是在光绪三十年六月兴筑至同年八月完成，这是连通小清河与济南商业运输上的一条捷径。

泺口镇有黄河可作水上的运输点，又有津浦与清泺两路作陆上的交通线，因此，非但可说是济南北部的咽喉，同时也可以说是黄河下游的要镇，济南城和黄河能在商业经济上发生一点关系，全靠有泺口镇在中间作一个起运卸脱的媒介的缘故。

泺口镇

八　济南城区巡礼

济南府有个十二里周围的内城，在内城外面套着一个不定四边形的外郭，这好像穿了西装又罩上大衣一般，重重地，把整个济南的市区，围在核心。但是，近数十年来，因为城外有胶济铁路和津浦铁路的通行，所以，旧的城壁围不住新的发展，在城西又造成了一个完全近代型的新式市场，这便是和济南城区互相并列对峙着的商埠地。

济南的内城共有七个城门，这七个城门的分布是：

　　东——齐川门

　　南——历山门（本名舜田门）

　　西——泺源门　新西门

　　北——汇波门　新北门

　　西南——新南门

　　在这七门中，齐川、历山、泺源、汇波四门，是宋朝永嘉年间所筑，明朝洪武年间重修的。到前清光绪年间，又增辟了"乾健""坤顺""巽利"三个城门，这便是现今的新西门、新北门和新南门。汇波门是一个水关，因为风水的迷信，门虽设而常关，齐川门向东接着东关大街，历山门向南接着朝山街，泺源门向西接着估衣市大街，汇波门流通大明湖与城北的水道，其余的新西门、新北门和新南门，都是济南内城交通的要隘。

　　外城有十个城门，这十个城门的分布是：

　　东——永固门

　　南——岱安门　新建门　水门

　　东南——永绥门

　　西——麟趾门　普利门　永镇门

　　西北——小北门

　　东北——永靖门

　　这一个外郭绕着一个大圈子，把内城外面的热闹市街，全都围在里面，而这十个城门，却又成了内城与外界交通的一重要隘。

　　我们如果把济南城内城外的市区来划分一下，那么很自然的可以划分为六个区域：

第一——风景区 这个区域是在内城北部的三分之一地带。那里，大明湖秀美的景色，如一幅天然的图画般罗列着。在那充满着古意的小市街的后面，港泊交叉间，一片绿芦丛生着，几艘游船时常在芦丛间划过，风声水声，如同奏着一种轻快的乐调；在岸边向北望去，湖心的平面上笼着一层淡淡的烟，淡烟中，可以看到树枝上一团一团的模糊的绿色，和那一角古式的亭台，倒映在湖面上，同水光漾成一片。这一带，因为景色的美丽，便无异成了济南的城北公园，在星期假日，济南人们都以此为唯一的游息场所。

第二——政治区 这个区域是在内城大明湖以南的三分之二地带。这一带适当济南城区的核心，三面有城壁环绕着，北面靠近大明湖，虽然也有纵横的街道，但那些街道都很狭小，两旁既没有繁华的市场，也没有喧扰的工厂。因此，这一圈内便显得异常静穆，在静穆中流露着庄严与古雅的意味。

因为这一带的环境是这样的静穆庄严，因此济南所有的政治机关和金融机关，也全都分布在这一个区域里。济南在历史上便是山东全省的政治中心，有时称府，有时改郡，直到现在，还是山东的省会所在地，总绾着山东全省的行政设施。因此，凡是一个省会所必须具备的各个政治机关，也全都集中在内城，这非但是现在如此，历史上相沿下来，是早已把内城作为一个政治区域了。别的不说，我们单就内城里几条著名大街的名字来说，便有"布政司大街""高都司巷""按察司街""贡院前""副官街"等名称，可以知道这些街道的名字，也早已政治化了的。

在这政治区里，分布着管理山东全省的各个政务机关，省政府在院前街，省党部及实业厅在贡院墙根，民政厅在旧省署前，财政厅在学院门口街，建设厅和教育厅在运署街，此外还有许多机关，差不多全都散处在这一带。而总揽山东金融事业的中国银行和山东省银行，就在靠近南城根一带。

第三——文化区　济南的文化机关，除了少数几处散布在内城及商埠地以外，大多数都集中在外城南部，因此那城南一带，便可以称为济南的文化区。那里有齐鲁大学医学院，广智院，山东省立中学及山东女子师范等。此外外人传教的教堂，也大半设在南城。

破败的泺源门

第四——旧商业区　这一个区域的范围，是在济南城西一带，自内城泺源门起至外城普利门止，中间有两条最著名的大街，一条叫普利门大街，一条叫估衣市大街。普利门大街在西端，靠近普利门，估衣市大街在东端，靠近泺源门。这两条大街连接起来，约莫有一二里长，可以说是济南城内商业最繁盛的区域，堪与城外的商埠地相匹敌。这两条街上的商店，大半都是中国的旧式店面，有卖丝绸的，卖南货的，卖衣物首饰的，以及卖山东特有的名产，如草帽、玻璃器等的。从前，街道也和内城一般狭小，遇到拥挤的时候，行人们要推背而行，自从国民政府成立，便把山东省城重新建设起来，把一条本来黑暗窄狭的街道拓宽了，两旁的旧房屋，完全拆除，都改建了新式的楼房。那街道，也放得有二十公尺以上的宽广，而且全用最新的市街建筑法，铺上沥青路面，两旁建起行人道，行人道上种着洋槐树，一眼望去，竟有点像南京的太平路和中华路。汽车自商埠地一直到泺源门内，可以通行无阻。人们在普利门大街蹀到泺源门去，无异是置身在商埠地一般。不过因为这一带是旧市街改建的，所以贸易的状况，完全还保留着一种旧式的形态，有许多商店还是靠着几十年的老牌子，得到顾客们的信仰。他们依旧是真诚地抱着"某某老店""真不二价""童叟无欺"的信念，和一般老实的顾客们交易，所以可算得是一个旧式的商业区域。

第五——新商业区　这里的所谓新商业区，包括城西商埠地的全境，所以说它新，是对着城内的旧商业区而言的。商埠地全区的面积，约有三千六百亩，可以说完全是一个现代型的市场，也可以说是济南商业荟萃的一个中心点。市面的繁荣，比起南京的下关，和杭州的新市场，要远胜数倍，竟可与青岛、天津相抗衡，这完全因为商埠地的建设，是十分整饬，而商店的建筑，又都非常宏伟，兼以济南有水陆交通的便利的缘故。

商埠地的市街建筑，好像一个棋盘一般，很有规律，东西和津浦、胶济两路并行着的，都称作"经路"，南北和津浦、胶济两路垂直着的，都称为"纬路"。因此那商埠地境域以内的道路名称，便像算术题里的名数一般，十分有趣。靠近胶济路的那条东西大街就叫经一路，又称大马路，经一路南面的一条就叫经二路，又称二马路，挨着次序向南去共有六条马路，便称作经三路、经四路、经五路、经六路。或像上海英租界一般的称呼为三马路、四马路、五马路、六马路。南北和这些经路垂直交叉的街道，自最东面的一条起，称作纬一路，挨次向西去，共有十条，便称作纬二路、纬三路、纬四路、纬五路、纬六路、纬七路、纬八路、纬九路、纬十路。这六条经路和十条纬路，便把整个的商埠地很整齐地划分成几十个小区域，真和若干块方正的豆腐干一般，有规则地排列着，行人们在这些经纬大道上来来往往，如果对于路途不甚熟悉，那么穿来穿去，四面都是街道，往往会摸不清头脑，仿佛走进了一个迷津里去似的。

在这许多新式街道中，以经一路、经二路和纬三路、纬四路、纬五路的商业为最发达，尤其是大马路和二马路一带，市容也格外整饬；那大街两旁，全是崇高的大建筑，有点像上海南京路的气概。那些建筑，却别具风格，是西式的结构却又含着中国式的意味，但是决不是中西合璧的式样，一般的商店都喜欢建筑着一种不中不西的房屋，结果是把中西建筑的美点都失去了，成为一种俗不可耐的形式，而在济南商埠地上所看见的，却并非如此，它显然是集合了中国和欧西的美点，而这个所谓西式，却十足地充满着日耳曼民族的建筑美，可说是"中德合璧"的一种建筑。"简单""大方""宏伟""美观"，这八个字，唯商埠地的建筑可以当之。

商埠地内各商店的贸易要项，差不多被洋货占了重心去。在大马路和二马路上，我们可以看见极大的百货公司，极大的绸缎洋货庄，随处分布着，几乎是变成了一个外货的倾销市场。在那许多外货中，尤以德国和日本的东西为最多，这因为德国过去曾经一度掌握着山东的营业特权，而日本却在欧战后从德人手中把这些特权移转了过去，现在正把济南作他商品的倾销市场。

　　关于商埠地开辟的历史，是远在光绪三十年（公元一九〇四年，距今三十余年）。这是我国自动开辟的四大商埠之一。在清末，列强的势力侵陵中国，沿海的要隘都在外人的条约威迫之下开为商埠，最初举国上下，对于外人的通商都怀着仇恨的观念，但是这些被迫而开辟的商埠，在外人新法的经营之下，商业日见繁盛，因此，政府和人民才把怀恨的心转为羡慕，由羡慕而起竞争，遂觉醒过来，急起直追。在光绪三十年，才有自动开辟四大商埠的举动，这四大商埠便是济南、潍县、周村、长沙。在这四个中倒有三处是属于山东省境，而且都在胶济路沿线，这一个措置，清政府是颇具有独到的眼光的，因为当光绪二十三年（公元一八九七年），德国人攫取了胶州湾，把胶州湾沿海的一个渔村建设成繁华的青岛市以后，山东全省的商业势力，全都操纵在外人手中。因此济南、潍县、周村三地的自动开放，实际上是一种商业竞争的行为，当时的目的，全在对付德人经营下的青岛，想用三埠的力量，来挽救已落入德人手中的商业势力。

　　这一个计划实现之初，便是把济南城西五里沟一带荒凉的坟地开辟起来，建起广阔的街道，新式的市房，没有几年工夫，因为有胶济、津浦两路之便，这商埠地的商业便蒸蒸日上，一天繁荣一天，直到现在，三十余年来，这一片就成为济南及山东中部的贸易中心点。

　　但是看了这样繁盛的街市，谁也忘不了"五三"惨案的印像。当民国十七年革命军北伐通过济南时，日军希图阻遏革命势力，曾在此与我军发生冲突，我国交涉员蔡公时便殉难于此，到如今济南人的脑海里，都磨灭不了这个恐怖的印像。

　　第六——交通区　交通区是指商埠地以北，津浦和胶济两路车站附近一带的地域而言。津浦路是山东省自南至北的一条经线，胶济路是山东省自东至西的一条纬线。津浦通过济南城西的地方，适和胶济路在济南的终止点成为一个丁字形的衔接。胶济站在南，津浦站在北，两个车站恰好南北平行地对峙着。

当一个由津浦路来的旅客，自津浦济南站下车以后，便会看见那津浦路济南站的建筑是何等的宏大美丽，是一种富有日耳曼民族艺术意味的建筑。因为津浦路自韩庄以北，是由德国人承建的。出了津浦站向南去，那一片尽是许多平行线的铁轨，自西向东，迎在面前，越过了这许多轨道向南去，便可以看见南面对立着的一座巍峨的大建筑，这便是胶济路的济南站。这一个站屋的建筑，比津浦站更伟大，德国人好出奇制胜，全部都是用或粗或细的肥城石建筑而成的，外观非常壮丽，而内部的布置，更极尽华美，像一座大教堂一般，堪称是"富丽堂皇"。

在胶济站前是一片大广场，那广场向南去，便直连着商埠大马路。所以胶济站的地位是比津浦站要重要得多。自胶济站与津浦站间的交通，有一条沥青大道连系着，这是一条自南而北的路，因为东西有铁道并列着，所以在穿过轨道处的路工建筑是很费设计的。它从胶济站的南面，转向东，再折向北，行近铁路通过的地方，路势便渐渐低下去，从铁道的下面穿过，仿佛一座旱桥一般。

在这个交通区内，日常是不断的车轮声，列车的影子，不绝地在两站间驶过，匆匆的旅客们来来往往，兼以忙碌的货物运输，造成了一个动乱的境域，人们走到车站附近小立片刻，只看见一切都在活动着，前进着。

济南城区除了这六个区域以外，还有两个最著名的地方，可以说是济南文化的总汇，游人们是不能不去作一度观光的。

这两个地方，一个便是城北的山东省立图书馆，一个便是城南的广智院。

山东省立图书馆，地处大明湖西南岸，那里饶有庭园之胜，与其说它是一个图书馆，毋宁说它是一座大花园来得确当些。从大明湖的西南角进去，门口有一片广场，面临大明湖，有一带铁栏围着，大门是一座中国式的门楼，进得门去，便可以看见一角的亭台花木，旁边有一座虹月轩，右面是朝爽台，台后是碧云轩，踏着碎石的曲道进去，两旁竹篱间尽植着花木，小路尽处，便是一个大庭院，有一幢古旧的西式大楼。楼前是一个花圃，楼西是一带回廊，廊下是一流清泉，那便是玉带河，在河上建着一座小石桥，桥下的流水直向南去，汇成一个长方形的大池，那池上，全叠着奇石作假山，在石隙间长着几十株低矮的松柏。那池水和大明湖的泉流相通，明朗得如镜子一般。在池东的假山上，还曲折盘旋地辟着小道，构起小桥，循着小道上去，有几座古式的亭子，登亭一望，园内的花木胜景，和园外明湖的一角，尽入眼底。

从玉带河过去，又是一个院落，那是博物部，里面有许多珍奇的禽兽，两廊壁间嵌着隋唐年间的古碑和汉代的石像。走廊旁有五间宽广的厅屋，题名曰碧琳琅馆，非常清雅。

广智院俗称保古堂，在济南南围子门外，是英国的牧师怀恩氏向各界募款二十万所创建，怀恩氏在山东传教多年，当前清光绪年间，他便有志创立一个广智院，最初设在青州，后来才搬到济南。怀恩和他儿子经过了几十年苦心经营，到现在已成为山东全省最完备的一个博物院。那院内所有的一切建筑与模型设备，总价在七十万金以上。

从内城向南去，没有多路，就到广智院，那附近是一个宗教区域。广智院的房屋，外观是中式，而内部布置却是欧西式样。大门向北，进门便是一片大庭院，整齐地点缀着各种花木，再进去，便到陈列室的正厅，入口处有一架计数器，走进一个人去，便自动地会转动一个数目，每天进去参观的至少有千余人以上，这可见广智院吸引观众力量的伟大了。那正厅上陈列着一副极大的鲸鱼骨骼，高悬在空际，下面便是几十个玻璃柜，柜内放着几十座不同的模型，有关于卫生的，有关于教育的，有关于工商业的，有关于建筑及名胜古迹的，可以说是无所不包。中间有一架黄河铁桥的模型，有二丈多长，桥梁的建筑及河底积沙的样子，和真的十分相像。还有一座中山陵的模型，也是维妙维肖。四壁悬着各种动植物大挂图，两旁的橱里是各种禽兽的标本。从正厅进去，便是各种风俗模型，再进去到后厅，陈列着各国议院模型，还有世界大战的模型，希腊古庙和罗马的古战场，以及上古各民族，如埃及、巴比仑等的古建筑，完全用模型来表现。后厅旁边，有一室专门陈列着世界各国的人种模型，和各民族进化的史迹，还有一室完全陈列世界上各种交通器具，表示着人类交通的进化程序。这许多模型，每一个都经过十二分精细的设计和制作，如果你要把每一个都仔仔细细地看一遍，至少可以看六七天。若是走马看花，也得花上半天时光，这里，可说是一部智识的万有文库。去游济南的人，山水的胜景少领略一点倒不要紧，可是广智院是不能不去参观一下的。

济南城区里，还有一件足以称述的事情，便是城上汽车道，这是各省各地没有的，而独济南有之。在济南内城十二里周围的城头上，辟着一条广阔的汽车道，这车道的起点，是在靠西的泺源门口，从平地建着斜坡通到城头上，仿佛一座桥面的坡度一般，到了上面，可以绕城一周，仍旧在泺源门的另一个斜坡上下来，那城上的交通非常有趣，路的阔度可以交行过两部汽车，两旁还留有人行的余地，假使你坐了汽车到济南城头上去溜一趟，那是再开心也没有的事，你可以望见那大明湖，那内城外城的屋脊，都在车轮下面流过，你仿佛是坐了飞机一般，在济南的城上兜了一个圈子。

九　济南生活漫谈

一般人都把山东人看作是一种刻苦、诚挚和爽直的人性典型，这个观察是很对的。山东人的确是堪称得起具有"刻苦耐劳""诚挚待人"和"生性爽直"诸美德。那里的老百姓都非常仁厚，还遗留着古老的风气。

我们试把全国各地人民的习性来作一个综合的观察，那么我们可以得到一个大概的结论：江浙是山明水秀的一个富有之乡，因此人民大半很文弱的，在文弱中含有一种雅逸的气味，江浙人善于享乐，不惯耐苦，而对于学术思想的进修方面，却较胜于他省。两广地滨南海，和海外的交通最早，感染日久，人民都具有向外发展的雄心，从年幼时就习惯于航海远征的生活，为人都非常俊爽，肯进取，并且具有世界的眼光，因此便成为中国近百年来革命的策源地。两湖的人民，是兼有了江浙的文逸和两广的英勇，自古来文人出在两湖的很多，而名将也不少，竟有许多是名将而兼具文才的，可以说是文武兼全了，到现在，我们还可以见到军界里是独多湖南人，而著作界里湖南人也占着重要的地位，就是他们这种文武兼全的性格表现。河北和关内一带，在地理上占有雄秀的形势，所谓"燕赵多悲歌慷慨之士"，自古以来，这一带的人民，即所谓"北方之强"，都便具有尚武和慷慨的气格。至于山东和河南这一带的居民，都是习惯于勤苦，诚挚和爽直，可以拿"粗直"两字来包括。人们都戏称山东人为"老粗"，这并不是一种轻蔑，这的确是代表了山东人一种天真和老实的性格。

济南，自古以来是山东省的一个首城，几千年来为山东政治文物的中心，因此济南人民的性格，当然是离不了山东人粗直的本色，但是因为地理上的关系，济南却比山东各地不同的具有一个明静美丽的环境。山不高而秀，水不深而清，在这般潇洒得如同江南的境地中，人民的习性也趋向于和平俊爽，而脱去了北方的"劲悍之气"，所以杜工部的诗句上称说"济南名士多"，这是不错的。在历史上，济南代有文人，最著名的如一代的词曲大家李清照和辛弃疾辈，都是济南人氏。我们试读他们的词，便处处感到温存与清丽的意味，没有一丝山东气息，却还以为他们两人一定是诞生在江浙一带的山水名区里的呢！

因此，济南人民的生活，也在粗直中更具有一种柔性的美，他们能耐苦，但也会享乐，他们很质实，但也很俊逸，不比山东的一般人民一样，天天转辗在勤苦工作的过程中。

我们现在先说济南乡间人民的生活情形：

济南乡间的生活，可以说是十分简朴而宁静的。近年来山东全省因为政治的修明，人民的生活也渐次安定下来了。济南乡间的人民，以自耕农占多数，因此他们的日常生活，便完全忙于农事，男耕女织，没有一个吃闲饭的人，而对于生活的享受上很是简朴，他们没有什么非分的企求，不肯贪懒，尽着人力在大自然里工作着，所以他们的生活情形，竟如《击壤歌》上所写的：

"日出而作，日入而息，帝力何有与我哉？"一般的情况。

济南附近是一个丝绸的产区，乡间的农民都养蚕，蚕结了茧，便抽丝纺织，织出了有名的山东府绸，向外省求售，因此济南乡间的农民，也有出外兼做丝绸生意的。他们没有固定的店面，全靠两条腿跑来跑去，肩上捐起一叠各色的绸料，到外省各地去做买卖。这些丝绸贩子所走的地域很广，他们除了行销本部各省区以外，还肩负着货物出口到内外蒙古去，和蒙古人们去互市，他们用土绸去调换蒙古人的毛皮，再带了毛皮到平、津、济南一带出卖，每次的获利是很丰厚的。

他们虽然会织绸，但是他们自己穿的却决不是绸衣，农民们身上都是穿着一件青色或白色的短褂，在冬季里，便是一袭青布大棉袄。这种衣服的原料，大部还是由亲手种植和亲自纺织而成的，遇到什么喜庆和节日，穿上一袭洋布的花色衣料，便是十分时髦的了。因此，他们受到帝国主义商品剥蚀的影响是很少，民间大都还很殷实。

这是指着太平的年头而说的，倘若一旦遇到水旱灾或是兵凶匪祸的时候，这班勤恳的农民们的生活，便会陷入一个困苦的境地里去。在这种情形之下，农民们为着生活的压迫，便逼着去当大兵，或是到都市里去做苦工，甚而至于移民到别的省份去垦荒。在东三省没有沦入敌人铁蹄之下以前，山东省有许多人民，都在兴安岭一带从事垦植的工作，他们已经过了十余年的苦心经营，当他们去的时候，是一个空白身子，到了那里却慢慢地成家立业，置买了田地，生活倒反而优裕起来了。但是自从九一八一役以后，这群埋头苦干的垦荒先锋队，便被强迫遣回原籍，并被没收了他们全部的产业，在遭受着这意外打击的人民，他们回籍以后，生活便格外艰苦了。

济南人通常的大宗食料，便是面粉，在济南城里有好几家面粉厂，用机器来制造面粉，供应山东全省的民食，他们称这种机器面粉曰"洋面"，称农家自己磨坊里磨出来的面粉叫"本地面"。这"洋面"又可分为"头等""二等""三等"

三种，头等洋面的价钱最贵，洁白而且细匀，二等较次，价格每袋与头等相差二三角，三等则更次之。至于本地面，却是非常粗黄，普通乡间的农民，吃本地面已算上品，较苦的人家，吃一种把绿豆磨成的"绿豆面"，或是把其他豆类玉蜀黍等混合磨成的"杂粮面"，这种食料，便格外粗黑了。他们做饭的方法，和江南各省不同。把面粉做成"馒馒"或"烙饼"，馒馒是一个个没有馅子的大馒头，烙饼是把面粉做成一张张的薄饼，再放在瓦盖上用火烙熟。在吃饭的时候，把一叠大张的烙饼卷在一起，合上些咸菜和辣椒子，嚼着吃，味道却是很香的。有时，他们做成面条，或是包着馅子做饺子吃，这在他们是算最丰盛的吃法了。至于穷苦的人家，能够日常吃"烙饼"或"馒馒"已是很难，他们只是把面粉和着水调成一种水浆样的液汁，称为"面糊稀饭"，在稀饭里再放着山芋、玉蜀黍等，合在一起煮，便藉此果腹。

所以，生长在济南乡下的人民，以及在山东境内各地的人民，他们的日常生活真可说是十分简省。他们穿的是粗布，吃的是大面，出门总是靠自己的两只脚做跑腿。较殷实一点的农家，出去顶多是骑个牲口，或是坐个牛车或骡车。至于单人手推的独轮车，在济南乡间短程交通的路线上，还是很普遍的。

以上是济南乡间农民的生活梗概，至于济南城区居民，他们的生活就不同了。在城区居民的生活中，还显然有两种不同的方式。

一种是住在内城及东南城一带的居民，他们的生活可说是很悠适的，是一种含有古味的保守生活。他们的住房，是散布在内城和东南城一带很僻静的街巷里，和官署学校为邻。那些住宅，完全是中国式的旧建筑。前门是一个墙堵，上面用砖石砌成一些图案，大门上贴着大红对联，进门去，便可以看见一堵照壁，在照壁上写着一个朱红的大"福"字，这照壁把从门口到内院的视线遮断了，使街上过往的人们，看不见内院。那内院三面是住屋，中间是个大院子，讲究点的人家，便在院子里种植花木。济南一般普通人家的住屋，便都是这样一宅分为三院，中间围成一个院落。富绅人家，他们的房屋便很深邃，从大门进去，要经过几个小院落，才曲折地到达最后的内院，前面几部分是客屋书室等，后面才是堂屋和卧房。有些人家后面还有布置着花园的。

这一带的居民，他们每天的日常生活，是很安静的，早晨，当院内树头上的鸟儿吵鸣的时候，他们便起身了。从远处的深巷中，传来一声两声小贩叫卖的呼声。附近教堂里和学校里的钟，也锵然高鸣，好像暗示着一天生活的开始。在早餐以后，街巷间渐渐热闹起来，学生们都背着书包上学堂去了，管家的妇女或是僮仆们，都提着篮子上菜市买菜去，过后便又静止下来了。

下午和晚间，这是他们游乐的时期，有许多人到大明湖边去溜溜，或是到茶园里去喝碗茶，听个大鼓。再不然就是到省立图书馆或广智院去玩一玩，反正这些地方在他们是玩不厌的。

至于商埠地和西城一带的居民，他们的生活却又是一种方式，可以说是一种都市式的生活。他们迟起迟睡，终天在喧闹的环境中忙碌着。耳所闻目所见的，便是一片人来人住的嘈杂，终天不得安宁；到了夜里，附近一带游戏场内的锣鼓声和卖唱声，一片片地传出来，直要到午夜方才停息，把一群疲惫的观众从各个游戏场的大门口吐了出来。午夜以后，市街才算静寂下来，可是短短的几小时过去以后，东天发白了，苦力的工人们又开始在大街上劳动起来，一天喧闹的生活又开始了。

在济南城区一带，民间最普遍的娱乐，便是听大鼓书，因此在热闹的大街上，到处都有大鼓书场。市民在工作之暇，便去听书。那些唱书的全是年青女子，听书的一边喝着香茗，听那鼓词高吭的音调在耳边转，是很够味儿的一件乐事。济南最出名的鼓书场，有大观圆明湖居和趵突泉书场等数处，其余较小的也有十几家。

除了鼓书场以外，济南的电影院也不少，尤其以商埠地一带为最多，著名的有"济南""银花""真光""景星""光明""大华""民众"等数家，专映中外名片，营业尚称发达。

当一个外乡的旅客，到济南去住几天，在生活上一定也是很舒服的，济南的旅馆业很发达，全城的旅馆不下一百多家，就中以胶济饭店的设备最精美，可与上海的高等旅馆相比。胶济饭店共分"总号"及"东号"两部，总号与胶济路济南车站相接连，东号在车站东面，内部的布置和陈设，完全采用德国式，这大概是从前德人所设计建造的，房金每天自二元五角至六元，和上海南京比起来，的确是价廉物美。其他的各家旅馆，设备当然比不上胶济饭店，可是房价却很便宜。

济南的菜馆，以分布在商埠地和西门大街一带为最多，中菜著名的馆子，有"泰丰楼""聚丰园""百花村""悦宾楼"等十数家，菜味很好，价钱也不贵。西菜馆有胶济饭店附设的西餐部，和商埠地的式燕番馆菜梅会楼及城内青年会等数家，设备也以胶济饭店为最讲究，取价大概是早餐一元，午餐一元二角，晚餐一元五角，至于旅客住在旅馆内吃饭，另有经济的中西客饭。

这是客居济南的食宿的大概，如果你要出去游览名胜，或是参观机关学校，那么随处可以雇一辆街车去，那些车夫们大多很老实的，他们不会多讨虚价，或是向乘客额外多需索几个车钱，非常和蔼地对待客人，这是山东人仁厚的性格表现。如果你自己步行到各处去，那么也不会感到十分困难，在大街小巷间，随处有警察站着岗，你不谙路径或是迷了路，警察们会详细地把你要去的目的地的路线指引你，有些时候，他们竟会领你一阵，或是交给另一个站岗警士指引你去。济南市的警政办理得十分完善，可称为各大都市的模范，那班警察们都受过特别的训练，他们尽忠着自己的职务，对待一个路人或旅客，都是十分忠诚和客气。所以当一个外乡的旅客到济南去住几天，随处都能感触着山东人一种仁厚的性格，而好像投入故乡一般，感到亲切的滋味。

山左*十日记

芮 麟

自 序

游名山川，交好朋友，为人生两大快事！

顾衣食驱人，公私丛集，山川之游，动以事牵；而朋辈之秉血性，富热情，且以血性热情相见者，率散处四方，不可或见！

客秋麟以赴济出席中国社会教育社年会之便，登泰岱，谒孔林，泛明湖，徜徉山水间；而所遇无识不识，类能以肝胆相照，肺腑相吐，手足相推。噫！游名山川，交好朋友，向之所不能或得者，不图于山左之行而兼得之！中心之快慰，为何如耶！

即归，山川之胜，朋好之情，久久不能去诸怀，乃有《山左十日记》之作。

书成，爰付铅椠以自记，并示友好之有山水癖者。工拙固非所计也！

1934 年植树节之翌日，芮麟自序

---

* 山左，即太行山之左，近代时称山东为山左，山西为山右。

一　忍别江南到济南

期待鼓舞着我，快乐陶醉了我。

有生二十五年来，我的精神，再没有这几天的兴奋；我的胸怀，再没有这几天开朗的了！我简直是一个充满了快乐的人！我的确是一个被快乐的空气包围着，被快乐的意识激荡着，被快乐的女神拥抱着的人！

中华民国二十二年八月十八日，是我最快乐的一天。

我是应该感谢中国社会教育社的，因为它，去秋使我重游了杭州，重游了"淡妆浓抹总相宜"的西子湖；现在，又为了它，我将向我日夜所怀念的曲阜、泰山、济南作首次的旅行了。我的心里没有一刻不是沸腾着期待的快乐！

中国社会教育社，于八月二十四日至二十六日，在济南开第二届年会，我原定二十一日由锡出发，这是早已与柳方兄约定的，后因以凡校里急待开学，想游了泰山再行返校，所以决定提早于八月十八日出发。同行的还有石永。

我于十七日就整理好了全部的征装。

事情很巧，柳方兄于十七日回了无锡，也于十八日赴浦镇，便约定同搭上午十点半的快车赴京。曼君也于十八日首途，特函邀行。于是我们便结成了五个人的小团体。

十八日晨起，我揭开帐门取一件新汗衫，突现眼前的，即是"喜喜喜"三个红字，使我高兴得了不得。这件汗衫是昨天才买的，但买时并没有注意到有"喜喜喜"三字，在今朝，在将作远游的今朝，在早已沸腾期待的快乐的今朝，不期跃入我的眼帘了，该使我是怎样的欢欣哟！

果然，此行一路是"喜喜喜"的！

此时，我什么都准备好了，身心转觉空空洞洞，无着无落的。前天整理行装时，好像很忙迫，此时却转觉空闲了。同时，想起了几天后的分离，天南地北的分离，又使我心头十二分的怅惘！唉！人生的一切都是最神秘的，岂特忙和闲、快乐和怅惘呢！得七律一首：

癸酉八月十八日将至泰安临行作

云天北望路漫漫，

一念胜游暗自欢。

壮志频年酬未易，

名山自古见应难。

心从欲别先知惜，

时到临行转觉宽。

此去长途应迪吉，

朝来三字报平安。

九时三刻便会同以凡、石永出发，有留别恨厂、天谷七绝一首：

癸酉八月十八日偕以凡石永赴济出席
中国社会教育社年会留别恨厂天谷

忍别江南到济南，

骊歌声里兴初酣。

倦游预约归来日，

海阔天空细细谈。

在欢送声中，登车北去，十分钟便到了火车站。

二　京沪车中

　　到车站买好了票，曼君也带了行李赶来，送她来的，还有她的父亲。一切买票、给行李等手段，都由她的父亲包办了。我在旁看了，心头有说不出的感想！父母之于子女，不但在襁褓时，在怀抱里，在依依膝下时操尽了心，费尽了神；即在子女长大了，能够自立了，又有哪一个时辰、哪一件事情便放开了心呢？

　　汽笛一声声地叫着，平时虽不是送别，虽不是离开什么知好的朋友，听了心头总是十分凄其的，不期然地萦回着伤离怨别的情绪；但今天的汽笛声，非但打不动我的离情别绪，反而增加我的豪情壮志了！心境的转移人，是多么厉害啊！

　　等了许久，柳方还不见来，但十点三十五分的开车时间一刻近一刻了，心里焦急得什么似的。

　　火车到了。我们四个人只得先上车，恐怕柳方来时不知道我们在哪里，由他们在车里守着，我却到验票处等候。但等候的结果，还是一个"空"！

　　火车开了，我也只得上车。但火车的巨轮刚转动不满五分钟，远远地看见柳方，后面还跟着丽秋，两辆车子飞也似地赶来了，可是却赶不上了！于是五个人的团体，只剩了四个人。我们心里很懊丧，但我们知道柳方心里一定更懊丧，丽秋的心里，也决不会舒适的啊！

　　"这时柳方必然在怪丽秋了！必然在怪丽秋磨磨蹭蹭，把时间延误了！"曼君笑着说。这是很合情理的，我们都不觉笑了。后来知道，此事真的猜中了！柳方竟在车站上守到十二点半，搭特别快车赶来，饭都没有回去吃，丽秋陪着守到开车，还吃了许多"话"呢！

我们知道特别快车到南京，时间只差半小时，只要我们在站上守候半小时便可等到柳方，所以倒也不觉得什么，照常的说笑。

谈倦了，我便看《随园诗话》。我无论在轮船里、火车上，都有看书的习惯。因为有时一个人太寂寞，有时虽有熟人，但也不会自始至终谈着话，所以带本书看看是最好的。而看诗话笔记一类的书，尤觉适宜。这种书说理较少，并且一短节一短节，极易看完，又多事实记载，不会厌倦。

听许多人说，近来京沪路在积极整顿，所以我们就很留心观察。果然，车内比以前整洁了许多，我们从无锡上车，未到镇江，地已扫过两次。验票员也和气得多，不像从前横冲直撞、如虎如狼的光景。时刻也比较地准确些，不再随便脱班。可见事无大小，只要人为，谁说中国的事一定弄不好呢？要是当局果真有决心整顿的话。

午饭后，谈一回天，看一回书，望一回窗外向车后疾驰而去的绿柳、青山、碧天和白云，不觉身子已到下关了，石永诵着两句诗："世间何物催人老？半是鸡声半马蹄！"的确，鸡声和马蹄，催得世间每一个人的青春老去！这两句诗把仆仆于风尘中，为精神生活、物质生活苦斗的人们的情景，赤裸裸地移到纸上了。但是，这还十足地表现着过去农村社会的时代，如在今日，应该是火车、舱船的汽笛声，和滴答滴答的钟表声了。

下车后，便到待车室守候柳方。遇到了柳方预先派来迎接的浦镇职工学校校工，一切东西托他照管了。在车站又遇到我们的苏州同学谢巾粹女士，她也是到济南去出席中国社会教育社年会的，本约她同走，她因还要等人，仍旧分道扬镳了。

不久，特别快车便到了，于万头攒动中，寻到了柳方，彼此说了些闲话，便匆匆雇车向江边出发。五个人的小团体，到此方完全了。

三　渡江

十分钟即到了江边。很巧，刚够搭及那一班渡船，要是再迟两分钟，船便已经启碇了。这是"三喜"之一呢？我们心里都很快活。我把"三喜"的故事告诉了他们，他们也以为最巧没有。

渡船转到江边车站去接了旅客，便向浦口破浪驶去。

怒浪滔滔，直向船头打来，又向船尾逝去。怒浪的奔腾澎湃声和渡船的轮机轧轧声相应和，人立其间，已不辨是机声还是浪声，至于人语声，更是不易辨别了。

陡的胸襟一宽，精神一振。

我觉得"浊浪排空"四字，是最适宜于形容这时的情景的，尤其是一个"浊"字和"排"字。虽说江南同是山明水秀的地方，但一过常州，就山纵明而水不秀了。所有的水，都是黄的、浑的，拿一个"浊"字来形容，确很恰当。江边江心，我虽曾玩过好多次，但是使我感觉到长江的伟大，却只有今朝！这排空的浊浪，能销万古愁，能涤万古恨，能激励人的志气，能磨砺人的风骨！日夜不绝的澎湃声，是为弱者诉不平，抑为弱者心底的哀鸣？是为弱国诉不平，抑是国魂开始在怒吼？

悄对长江，可想起太湖来了。月之十一日，和以凡同游中独山，看了风雨中的太湖，作的"万顷风来波欲立"的诗，觉得已经雄壮极了，但今日方知太湖绝不能同长江比啊！太湖如十七八的妙龄女郎，长江如铜筋铁骨的山东大汉，太湖宜情侣们的依依密谈，长江宜失意者的长歌当哭；太湖能消柔骨，长江能荡块垒；太湖能使人忘怀身世，敝屣富贵，悠然有出世之想；长江能使人激起雄心，感念家国，瞿然发匹夫有责之叹；太湖是一幅画图，长江是一条天堑；太湖能孕育诗人词客，长江能容铸英雄奇士；太湖是鱼米之乡，长江是国命所系；我爱太湖，我更爱长江！长江啊，怒吼吧！尽量地怒吼吧！唤起垂死的国魂，向着光明的大道迈步前进吧！

我依栏望着滚滚而来的不尽长江。口占一绝：

渡 江

怒浪如山未肯降，万重千叠向孤舠。

频年自笑非名士，今日居然也过江！

以凡等听了大笑，渡船便在大笑声中拢了岸。

登岸后，即搭车前往浦镇。

四　宿浦镇

我们为了柳方兄的盛情，所以十八日晚暂住浦镇。浦镇是一个新兴的市集，五方杂处，各种品类都有，各种言语都听得到，居户大半是津浦路的员工。全镇教育设施有铁道部的扶轮学校和职工识字学校各一所，扶轮学校的目的在教育职工子女，识字学校的目的在教育成年职工。津浦铁路机器厂也在浦镇，规模很大。

我们到职工学校，已六时半，晤泰兴赵玉龙、东海于化琪、溧阳潘之浩。

晚饭后，移坐廊下，纳凉、谈心。据说浦镇的乞丐特别多，各种讨法都有，或用乞怜的软法，或用恐吓的硬法，或玩一二套简单的把戏以敛钱，此往彼来，日有数百起，实觉应接不暇。浦镇房租很贵，因为铁路员工极多，经济又比较宽裕些，所以虽然年年在添建房屋，还是不够住。往往房屋方才动工，早已有人租定了，因之地价也逐年飞涨。以凡对于东海的风土人情，向化琪特别问得详尽。他们说，江南人到江北，即使你不开口，本地人一望便知是江南人，因为江南人的皮色、态度很容易看出来。他们又说，到山东，最引人注意的便是碑碣，东一方，西一方，触目皆是。这个固是代表着文化的发达和古远，同时，也可见封建色彩的浓重，封建势力的巩固。我们从几位新朋友的嘴里，获得了许多新的知识。

十时就寝，中夜醒来，成七绝一首。

宿浦镇

行人喜为故人留，消息争传乐未休。

千里长途如转眼，梦魂先我到徐州。

十九日早餐后，由玉龙引导，参观津浦铁路机器厂，设备很完善，自造的蓝钢车，有数十列停在厂边，极精巧。中国事一定有办法，有希望，只要当局果真有决心整顿的话，观乎此而益信。

浦镇东侧有一小山，山顶有一很高的台，据说是孙吴的点将台，我们本拟上去一看，因时间不允许，又闻均住满乞丐而罢。

九时半赴车站，柳方、曼君因为校务很忙，须迟二日起身，所以我和以凡、石永先走了。他们送我们上车而别。恳挚的友谊是最足以兴奋人的，我何幸而到处广得好友、广结知交呢?

五　一夜秋风到泰安

五个人的团体，只剩了三个人。

到了车上，我静静地看《随园诗话》。坐在对面的一位军官，看见我带两本诗话，便向我借了一本。因为借书，彼此便开始谈话，知道他叫欧阳清，字扶谦，湖南人。因为他和翔凤兄是患难知己，所以谈话极投机。

沿路蝗虫很多，火车过处，成群地向天空飞去，密得像一片乌云，几乎亮光也透不过来。为了蝗虫，今年不知又有多少人不得生活呢? 思之怃然!

想到明晨可到泰安，可登泰山，精神非常兴奋，口占一绝:

津浦车中

行车尽日走轻雷，说到泰安心便开。

不是阿侬痴独绝，此行原为看山来。

午后大雨，雨点连珠般从窗外打进来，全车窗户尽闭，空气郁闷不堪，且一刻冷一刻。天气沉沉，我的心也随着天色而沉沉然起来。以凡更是紧锁双眉，怕明天还是大雨，不得游山。成诗一绝，聊以自慰并以慰以凡。

津浦车中遇雨作示以凡

恻恻寒生两面风，倾天急雨打车篷。

来朝不住休烦恼，雨里看山定不同。

入晚，雨更急，虽力自宽解，仍不能完全忘怀。我身旁的旅客下车后，我便将绒毯等铺好，枕着皮包而卧。因车身震动太烈，精神太兴奋，睡不熟，熟不久。午夜醒来，全车的人，不论老的、少的、胖的、瘦的、长的、短的、男的、女的，一律在打瞌睡；有的坐着，有的躺着，有的斜倚着，有的侧倾着，有的张开嘴，有的垂倒头，有的像笑，有的像哭，有的打鼾声，有的说梦话，有的嘴里还流着唾涎，一丝丝地滴下来，各式姿态都有。形形色色，这支笔自愧未能形容于万一。我简直看得不想睡了。有诗为证：

车中观人睡态戏作一绝

如啼如笑复如嗔，可厌可怜亦可亲。

色色形形形色色，一般都是梦中人！

中途上来一个穿白色学生装的青年，看见了全车旅客的睡态，笑得嘴都合不拢来，但又不便笑出声，又不肯给旁人看见他在笑，面孔时时回向窗外去，却不知道我在睡时看着他。但不久我醒来时，那个青年，自己也在打瞌睡了，并且身体像弓一样，倾侧得很厉害。我看他的头一颠一颠的，忽地身子向前一栽，全身扑到地上去了。我仍是睡着，心里说不出的好笑。的确，睡如传染病，坐在一起，谁都得传染上，何况在漫漫的长夜里？但那个青年笑人家打瞌睡，结果自己竟为打瞌睡而跌下地来，则未免太觉有趣了！

二十日早上六时许即到泰安，天已放晴，心里快乐万分。又得一绝：

车抵泰安为以凡喜号

欲去不能欲住难，人生去住果无端。

老天毕竟从人愿，一夜秋风到泰安。

以凡原拟游泰山，后因校里开学期近，拟中止，但又不忍不游，终以提早出发而得成行，其间曾欲行又止、欲止又行者数四，结果今日仍能同到泰安，我和石永都为她欣幸不止。岂命运使然呢？人事的变化太多太快了！

出站后，驱车至国民饭店进早点。买了些水果、饼干，以便登山时充饥。雇了三顶山轿，讲明今天上山，明天下山，连一个挑东西的人和小账等一切在内共大洋二十元，不得需索，不得争论。

以凡买水果回来，在门口先看见山轿，跑进来连肚子都笑疼了，催我们到门口看轿去。那种山轿确很有趣，构造活像一只大畚箕，四边是木架，中间用绳结成一口网，网上铺了被褥，人就坐在那口网里。轿夫没有被褥的，幸得我们自己带了。山轿土人呼为"爬山虎"，这个名字很有趣。

我们坐端正了，便飘飘然地由轿夫抬着向千古雄峙、万里驰名、我们近半月来日夜渴念着的中国国山——泰山前进。

六　登泰山

我们都怀了颗快乐的心。

山轿由轿夫二人左右抬着，一步一步横行着向泰山山麓走去。我们心里微微有些焦灼，因为轿夫走得太慢，而我们欲登泰山的心太切了！我们以为照这样走法，不知什么时候才能登山呢，却不知转几个弯，我们已在泰山下了。国民饭店原近登山处，所以从国民饭店出来，登山很便捷。轿夫指万山深处有一点红的地方，说是南天门，我们留心地望去，果然隐约有一点红色，嵌在两峰的缺处，我们是向着那点红色慢慢走去。时方八点钟。

泰山，初看不高不大，和我们平日心里想象的景象相去极远。

昨天在津浦车上是倾天急雨，入晚雨势仍猛，不料我们今日登岱，却放晴了。天公作美，或许是"三喜"之二吧？

登岱喜晴

破晓登高溽气清，绳轿缓缓自横行。

词人独邀山灵宠，恐误游期特放晴。

山下一路尽是石刻，当眼者百仅一二，余均记姓名年月而已。山半处处冒着浓烟，像万户千家都在山上晨炊一样，烟头袅袅上升，在天空团成一片浓雾，模糊不可辨。我在诗里时常读到"翠岚""岚光"等字，明知是山气蒸润所发生的现象，但所居无高山危峰，此种情景，迄未见过，今天却亲眼看到了。此地非但有"岚"，且处处是"岚"，山沟中、山腰里、山顶上都有"岚"在冒出来，飘动着。泰山像一座蒸笼，满笼都在冒蒸气。

入岱宗坊，祠庙很多，都破旧不堪，我们心里对于祠庙都起着反感，有些地方，连山门都不跑进去，只在门口望望，实在无一足取。我们觉得为泰山叫屈了，祠庙既傍千古第一名山，就得弄得像样一点，和千古第一名山相配，现在却糟蹋名山了！玉皇阁的两株怪松，关帝庙的一株汉柏，还觉绰有古致；至孙真人肉身，尘灰狼藉，便觉生趣索然了。

山中行人极少，空气的新鲜和芳冽，简直使我们疑心人间哪有此境，盛暑怎来此清凉地界了。

一天门上，有一坊，名"孔子登临处"，明巡抚朱衡建，状元罗洪先题。会在那里建小天下的"孔子登临处"，朱巡抚、罗状元的见识，也就可以想见了！这简直是厚诬孔子，厚诬名山，厚诬天下！

从岱宗坊到此，据轿夫说已四里，再上，便是盘道了。过天阶、元君庙，进红门，经飞云阁、万仙楼，在强烈的好奇心下，我们走进了斗母宫。

门口立一妙龄尼姑，见我们进去，即殷勤招待，顷刻再来一老尼。大殿后靠北三间很清幽，凭窗北望，真是"群峰排闼送青来"的光景。此地第一妙处，便是"静"。窗外虽有鸟声、风声、隐隐的流泉声，但那种声音，也是静悄悄的，绝不热闹。室内连自己的鼻息也听得出来。人坐其间，身心完全净化了。

壁上泰安县长姚的布告，奇文妙语的布告，依然还在，今春读易君左《泰山纪游》，知道有此奇文妙语的布告，所发今天特别注意，又重新读了一遍，且告诉了以凡、石永。旁有自署莼鸥者题一五律云："岱岳喜登临，入山此未深。厨分香积饭，泉听海潮音。磊落层岩秀，郁盘古柏阴。合凌绝顶上，抗日好开襟！"泰安县长的"雪壁粉墙，一色无暇。是谁涂抹？瘢疥横斜……再犯前愆，罚以糊壁"的煌煌布告，竟没有用，莼鸥还是题了诗。

斗母宫又名妙香院，历代最著名的是尼姑和斋菜，见于前人著述的极多，可惜我们到斗母宫，还只有九时许，早餐已罢，午膳还早，竟交臂失之。莼鸥的"厨分香积饭"，便是指此间的斋菜而说。至于女尼，也没有一个像前人记述中所描绘，我脑海中所想象的。

我们走来走去，两个女尼，一个年轻的，一个年老的寸步不离地追随着，琐琐谈山中事。我天性爱孤独，爱随便，最怕拘束，最怕琐琐攀谈的那一套，所以特别走在前面，让以凡、石永和她们敷衍去。这样的便到了听泉山房。

听泉山房是斗母宫最胜处，仰视万山，下临深壑，泉流脚底，淙淙不绝。此地第一妙处，便是"幽"。倚栏小立，非特隔绝红尘，并且疑非人间了！

"要是我也能在此间做一个尼姑，长与松风涧水为伍，青山白云为伴，应是多么好啊！"以凡忽然感慨地说。

"凡，你也愿意站在门口，送往迎来，跟来跟去，琐琐与游人敷衍吗？你有耐心干那种无聊的勾当吗？这种妄想快些收起了罢！你看尼姑们在此是不是如你想象的快乐呢？"这时老尼姑不在身后了，我便这样对以凡说。石永听了微微一笑，表示她对此语的同意。

徘徊半小时，即离开清幽独绝的斗母宫，再向上去。苍松翠柏，野花山草，都擎着亮晶晶露珠，晓风过处，有意无意地向我们点头，一若表示欢迎远客的热忱。

过斗母宫，耳边便常绕泉声。玲玲淙淙，好像紧跟着充满了喜悦的我们，又像远远地引导我们，向蕴藏着千奇百怪、无穷无尽的胜景的乱山中前进。

从一天门至南天门，山路共四十五里，石阶共六千七百多级，我们循着石级，过高老桥，到壶天阁。中间最"清"的是风声，最"奇"的是柏洞。清风把天地吹"清"了，把我们的心也吹"清"了。柏洞的深邃、幽静、清奇，是在别处所从未见过的。

出斗母宫，石永跑在最前，我们走到转向经石峪的路口时，她已从半途折回来了，她说太远，看不到什么，不高兴去了；我们因为在山下所有祠庙，可看者绝少，认为轿夫的话不可靠，一定也不会有什么的，所以没有去。

过玉皇阁，便到了回马岭，巉绝险绝的回马岭。高山壁立，石级盘旋而上，一望无际。回头时，则千寻深壑，下临无底，心里不觉惴惴然起来。轿夫依旧一步一步慢慢地横行着，嘴里发出低低的喘气声。

我们忽地觉得轿夫们的脚步太快了！

轿夫们的脚，一步踏稳一步，一步移上一步，脚上的青筋根根暴露着，很有韵律、很有次序地往上跨，不稍徐，也不稍疾。要是他们的脚稍一松动，那我们三人算完了！因为三顶山轿是完全衔接的，上面一顶倒下来，后面两顶必会随着倒下去的。我们到此方才深悔我们在初上山时，不该嫌他们走得太慢，此时方知他们的力量，方知他们的伟大了！在我们是出了二十块钱，但这二十块钱实在是不容易赚的。我们心里暗暗地希望他们走慢一点，走稳一点，实际他们的脚步是和在山下时一样的，没有加快，也没有放慢。他们是已有几十年的爬山经验了，所以不于平坦处走快，也不于危险处走慢，这正是他们的不可及处，也正是人生旅途上谁都应该采取的步调！以此意语以凡，她说我从轿夫的脚步中见"道"了。石永和我听了都大笑。回马岭是入山到此最险处。正是"萝蔓依峰石，嶙峋不可攀。人迹尚畏险，马力自应还"了。

沿路于石壁间、密树中、巉岩下，有无数乱石垒成的小屋，问之轿夫，知是乞儿的居所，现因天热，游山的人少，乞儿都到山下乞食去了，到秋天再来，春天是乞儿最多的一个季节。我们已经很奇怪泰山乞儿之多了，再多将多到何种地步呢？我们看见好好的妇女，正在家里或门前做着针线，看见轿子经过，便抛了手里的工作，到轿边来要钱了。廉耻之心，羞恶之心，在他们的脑海里是完全不存在的，这样的小孩子更多，这批没有廉耻心、羞恶心的小孩子长大起来，我真有些为社会和国家的前途担忧呢！照我们家乡的情形，一个人即穷到没有饭吃，他宁可饿死或做任何苦工，决不愿意向人家讨来吃，做乞儿。做乞儿是大家认为最可耻、最可羞的一件事，但此地的乞儿，好像成为一种职业了，好好人家的儿童，也争着向人要钱。乞儿职业化，是表现着一种怎样的社会病态啊！

因为山轿震动过甚，轿夫转身时尤其颠得厉害，石永便病了。起先还只头昏，后来竟要呕吐了，服带来的人丹也没用，面色一忽白一忽青的，一路只是恶心。我和以凡急死了，但在这种深山里，急亦有什么用呢？于是便慢慢地走，常常地歇。

我们在将近药王庙时，从苍翠欲滴的丛枝密叶中，远远地传来"当"的一声钟声，一声动人魂魄、发人深省的钟声。那钟声是在唤醒人们的灵魂吧？是在唤醒天地的灵魂吧？也是在唤醒我们国家民族的灵魂吧？那动人魂魄的钟声，那发人深省的钟声，我是永远不能忘怀的！

人愈登愈高，山愈深愈大，在山下时以为泰山不大不高的念头，完全丢到九霄云外去了！观此则天下万事万物，不特耳闻靠不住，即目见也不一定真确，非身历是往往会受到他人或自己的有意无意的欺骗的！

泉声不绝地在耳边响着，轿夫的脚也不绝地在石级上搬动着，南天门看着近在眼前了，但几个转弯，面前又是高山挡住去路了。路愈转愈险，真是"碎石随足动，危径不容步"的情景。回想在回马岭时已谓险绝，到此不觉失笑！而回顾群峰，景象没有一刻是相同的，随着我们的脚步而易其方位、大小、高低和正侧。

石永的病有加无已，我和以凡担尽了心。在提心吊胆中，慢慢地走到了中天门。到此已一半路，时间也已正午，我们实足走了半天了。轿夫们在茶棚下吃他们自己带的大饼，石永借庙里空铺休养了一回，我和以凡吃些水果饼干充饥。

此地的松花鸡蛋最著名，我们买了半打，果然十分可口。其与普通鸡蛋不同处，便是入口即觉蛋黄的细腻、柔嫩和莹滑，好像立刻变成蛋汁似的。

我们虽然和轿夫讲明小账酒钱，完全在二十元内，不准再需索，不准再争执的，但沿途喝茶要茶钱，吃饭要饭钱，我们和他们说，他们总是"你们出来玩是不在乎这些的"那一句，结果我们仍是额外花费了好多。

我们到了山上，遇到好几顶轿子是有布篷的，晒不到太阳，问轿夫，方知山轿也有公司，公司里的山轿，有篷帐、垫褥；这是他们自己所有，所以设备要简陋些。我们又从别人嘴里知道，三顶轿子两天不用二十块钱，我们知道已经上了当，石永的病，一半恐怕也是晒出来的，懊丧非常。但一想到在路上的危险和费力，心里也就释然了。

山顶有伏虎庙，破旧黝黑，不堪立足。在中天门，要看我们来时的路，已经辨别不出了。四周群峰罗列，如屏障，如案几，陡觉天地一豁，心胸一开。

我自岱宗坊至中天门，途中成诗三绝：

登岱杂咏

山高仿佛与天通，步步异形绝化工。
几次天门看已近，转弯仍在乱山中。

层云来去荡心胸，怪柏虬松半化龙。

寂寂空山人不见，药王庙下一声钟。

山腰处处乱飞烟，云影溪光雨后鲜。
登岱不劳人指点，泉声引我到山巅。

翻阅《泰山小史》，知"二天门在岳阳，一名小天门，凌云穿洞，上有玉皇阁。俯仰上下，景随步转，竟与人世两界也。而云横烟锁，山危水泻之趣，至此领略大半"了。

一时，重行出发。石永因呕吐数次，较前舒适多多，我们也安心多多。过中天门，便是快活三里，简称快活三。因登岱自回马岭以上，完全危峰壁立，盘道如削，游客心里没有一分一秒不是惴惴然的戒惧万分，到此却是坦途了。烟树丛密，道路宽阔，青山四围，下临绝涧，幽静异常。我们便下轿步行，细细地领略云影、山光、松涛、花香。真如接大宾之后，忽遇好友，坦怀笑语，乐趣风生。如此境地，安得不快活？但快活只有这三里，过此便又是壁立千仞的盘道了。

从快活三再行半小时，方到清幽独绝的云步桥。泰山风景，此为最胜。上为万松岭，满山都是平顶的怪松，枝干屈曲，横张如伞，苍然作墨色。而巨石摩天拔地，触目都是，作着各式各样的形态，以装点此千古第一名山。往日读国画，对于松和石的作法，总觉不近情理，总以为那种松和石是画家脑海里的幻想，决非人间所有，不料于此行尽见之！可知多所见，少所怪。世间一切稀奇古怪之事物，细考之，都有至理存乎其间，不能随便斥其为妄，斥其为无的。

云步桥为木制，两旁围以红栏，凡三四折，直上十八盘。青山、黑岩、苍松与朱栏相映，色调别饶佳趣。润北危崖倒悬，飞瀑如匹练缘崖下泻，着地锵锵有声。瀑经乱石，过桥后，其声便琤琤淙淙，不复如下泻时之雄壮，但另有一种清幽淡远的韵味。旁有一亭，入亭小憩，对乱山潆水，静坐默念，已不觉今日何日，今世何世了！亭旁斜崖上，刻有戴传贤氏五律一首："天上有风云，山间无岁月。壮志定燕秦，幽怀契泉石。白日丽天青，黄花看晚节。千秋万古情，留与山灵识。"诗极苍老，惜刻斜崖上，恐风雨侵蚀，字迹不易保存得长久呢。

以凡必欲走下深渊去，我和石永恐她弄湿衣履，力阻而罢。到此日已西斜，凉风恻恻，渐有寒意了，于是大家都添了衣服。

我们因为时间不早，急于上山，小坐即登舆前进。不远即五大夫松，现共三株，一株横枝数丈外，盘盘如华盖，颇有古趣，其他二株，也和山上别的松树差不多。相传秦始皇登泰山，中途避暴风雨于此，因封五大夫松。云步桥亭子上的对联云："且依石槛观飞瀑，再渡云桥访爵松。"五大夫为秦爵名，故五大夫松又称爵松，并不是指五株松，但今人都附会那二株松是成仙飞去了，轿夫们更是宣传这种附会的最努力者，喋喋不休，我们也只得一笑置之。

更上，为十八盘道，为泰山的最险处。南天门在十八盘上，高插云霄，两峰峭立，万仞中，危道百折，石级千盘，松声云气，迷离耳目。自对松亭仰望，盘道曲折如垂练，尽处高阁下临，红墙间一穴如窦。我们方过对松亭，遥见南天门边，山轿三十余顶，疾驰而下，每轿四夫相扶，势如奔马。布幡随风飞扬，转身时尤觉飘忽。因为他们下山的势头太急，我们便在路旁驻足静观他们一一过去。上山的轿夫寸步难移，下山的轿夫却快步如飞，当孙哲生氏一行人经过时，我们的轿夫竟怪声叫好了。据说抬山轿是非学七八年不会的，在回马岭上，我们年轻的挑夫，看着抬轿很容易，便自告奋勇地跑来试抬，但未走满十级，我几乎被他跌下来，从此他再不敢抬了，我也再不要他抬了。可见要学七八年的话是可信的。

一路石刻很多，也无暇细看，有些人还刻一首诗，有些人便直接痛快刻上"某年某月某某游此"字样，观乎此，小孩子喜欢用铅笔涂满"阿大阿二，到此一游"也无足深怪了。

更上，山益高，路益险，真是"登临风扶身，谈笑云入口"；真是"欲止势难留，将前意终怖"；真是"丹梯碧磴转不已，突然绝壁摩空起，其下涧壑深，其上天门启，来时径路云已封，唯忍死直上虚无中，后人头接前人踵，径寸草压千尺松，不愁不到蓬莱宫，但愁轻躯细骨不足挡天风"；真不愧"人间灵应无双境，天下巍峨第一山"了！十八盘之险，如不到此间，是谁都想不到的。我不敢仰望，更不敢俯视，只看住轿夫的脚，搬动时有没有不稳的现象，如善自为计。有时实在怕极了，便故自宽解地对自己说："要是真的跌死，此生能够死傍千古第一名山，也是可以骄傲的。"连我自己也不明白如何会有这种思想。而轿夫们依旧一步一步有规律地上去，并不因路险山巇而略显踌躇，他们的脚，竟像是铜筋铁骨制成的。描写登陟的困难艰险的，汉马第伯《封禅仪记》曰："俯视溪谷，碌碌不可见丈尺，遂至天门之下，仰视天门窔辽，如从穴中视天。直上七里，赖其羊肠逶迤，名曰环道，往往有绠索，可得而登也。两从者扶挟，前人相牵，后人见前人履底，前人见后人顶，如画重累人矣。所谓磨胸捏石，扪天之难也。"在云步桥时，望南天门已在眼前了，但走了许久，我们还是在半途中。近山顶处，两旁有铁索，我们攀登而上，至四时，方到南天门，门旁有一联云：

门辟九霄，仰步三天胜迹；

阶崇万级，俯临千嶂奇观。

俯视下界，则山伏若龟，河环如蚓，天空地阔，莫可名状！真如易君左所谓"前此望南天门如挂在天上，现在自己挂在天上而不自知，此地气魄之大，挺立之高，九华的天台不能比拟"；萧公辅诗所谓"云横鸟道松声沸，日照天门殿影摇，断铁千寻游屐滑，扪天尺五俗氛消"了。轿夫们力劝我们今晚就住在南天门，他们再三说南天门是既便宜，又清洁，玉皇顶是怎样的不好，但我们为明晨观日出的便利计，决定上住玉皇顶。三人步行上山，轿夫跟在后面，过天街，到碧霞元君祠。祠为宋真宗东封所建，累朝修葺藻丽，遂成大观。殿悉铜瓦铜砖，宏伟为岱顶诸祠庙冠。出碧霞宫，入东岳庙，庙已破旧不堪。出观摩崖碑，一拳石，五时登玉皇顶。玉皇顶又名玉皇观，是泰山最高处，到此，便是南天门，也已匍匐脚下，我们的呼吸，早已上通苍穹了。俯视山下，来时路径，已成云海雾壑，只是白漫漫的一片。悄立山顶，对苍然暮色，初觉天空地阔，目空心阔；继觉天无地无，人无我无，宇宙一切皆无了。这种心境，在我未登玉皇顶以前，是从未经历过的。得二绝：

登泰山玉皇顶
天门西指路迢迢，足底群峰尽可招。
今日已穷天下险，一呼吸入万重霄。

人着青云云着肤，万山匍匐一身孤。
苍茫独立西风里，直觉天无地也无。

千古第一名山，我国的国山，今日已遂登临之愿了。想起前天早上我们还在无锡，昨天早上我们还在浦镇，今天此时，我却已笑立岱顶了！毕竟"人"是最伟大的，自然虽伟大，遇到更伟大的"人"，便失其伟大了。

我们今晨八时，发国民饭店，下午五时，到泰山玉皇顶，实足走了一日，也实足看了一日，听了一日，想了一日，更快活了一日！如此快游，不能无诗，作《登泰山》。

登泰山

泰山高与白云齐，白云更比泰山低。

此山原是擎天柱，此山亦是量天尺，此山更是登天梯。

入山不深山不险，入山愈深山愈奇。

崖断奚塞疑难前，路转峰回望欲迷。

一峰才过又一峰，一峰幻出百万峰，峰峰都隐烟雾中。

斗母宫滴千重翠，南天门引一点红。

破晓登山不计程，破晓空山不见人，

枝头凉露沾衣湿，叶底爽气扑面生。

到此胸际俗虑销，但觉山清水清心清天地清；

到此耳边尘嚣绝，但闻泉声鸟声风吹松柏呼呼声，声声似伴山轿行。

山轿俗名"爬山虎"，半为木制半绳组，

弓腰曲背坐其间，轿夫左右轻轻举。

回马岭下已险绝，口为屏气鼻屏息，

前人脚踏后人肩，横行缓缓成三列。

前何嗔其徐，今何骇其疾！

山轿缓缓行如前，履险履夷心陡别。

曲曲复盘盘，重重复叠叠，

玉阶六千七百级，级级直须千钧力。

迈步依然向上去，筋疑是铜骨疑铁。

尽日人行万山间，已过千回又百折，

天门始终悬天边，永永可望不可即。

泰山之奇奇在松，泰山之怪怪在柏，泰山之灵灵
在石。

奇松枝枝欲化龙，怪柏密密成"柏洞"，灵石岩
岩绝化工。

云步桥头险无匹，苍崖飞瀑瀑飞雪，

流泉经石声如咽，危崖摩空势欲拔。

贾勇更上十八盘，盘头仰望气先夺！

上临万层之重霄，下临万仞之削壁，

云挡衣，雾挡膝，欲上惊魂怯，

欲下寒胆栗，欲上欲下都不得，

直觉此心空空，此身忽忽，

万千百年一呼吸，万千百里一转侧！

到此方知回马岭，险绝殊未穷万一！

过此始识仓山叟，"忍死直上"非虚说！

群峰环列似儿孩，生傍泰山尽无色！

薄暮轿入南天门，礼罢诸佛谒元君。

山顶黝黑草木稀，游屐步步着石根。

忽地四围烟雾合，遍野漫山迷不分，

迷不分，是瑞气？是敌氛？

犹是中原，犹是乾坤，

金瓯残缺不忍论！独对名山吊国魂！

为何西天烟雾空，晚霞照彻半壁红。

天蒙蒙，地蒙蒙，天地蒙蒙云雾通。

回头欲认来时路，已为云海雾壑封。

七 雷声忽送千峰雨

岱顶尽是黑黝黝的乱石，树木绝少，即青草也不多，平顶的怪松，到此已不见了，只是看不尽的云光山色。

入玉皇顶，问羽士，方知所有的房间都住满了，只有大殿还空着，进去一看，黑黝黝的三间，怎能住人呢？那时我们为难极了，这里没有住处，折回南天门，又恐为轿夫们所笑，因为轿夫曾力劝我们住在南天门而是被我们拒绝了的。商之羽士，他说只有测候所还可设法，但须我们自己和先生们商量去。于是我们便跑到测候所去，首先会见的是赵儒僧先生。赵先生是一位热情的青年，一见面，就像是老朋友一样的，谈得很投机。测候所原有三间，两间为卧室，中间为办公室，东间为器械室。承他于器械室中，设一榻，供以凡、石永休息，我则借他们的办公室度过这玉皇顶的一夜。床铺安置好了，石永倒头便睡。她自中天门起，头疼已较好，但身体却劳倦万分，所以没有精力游山了。我和以凡各换了夹袍，踏着夕阳，向迤东半里许的日观峰奔去。此时已五点半，山风瑟瑟，气候骤寒，我穿了绒线衫、羊毛背心、夹长袍，还是不暖和。据儒僧说，现在夜里已用棉被。去冬室内温度，生了火炉，常在零下六度；室外是积雪齐膝，即使穿了皮大衣，戴了皮手套，立不上十分钟，手足即将僵，血流也将停止似的，所以他们都不敢出去。到日观峰，先经过孔子登临处及孔子小天下处，瞻仰一番，凭吊一番。这里才配称孔子登临处，小天下处呢，一天门的，未免有些滑稽了！

日观峰是泰山最高处，实际和玉皇顶差仿佛，因为地位偏东，看日出最适宜，所以也就最著名。到此一望皆空，山空、海空、天空、地空，我们的心也是空空洞洞的。不登泰山，老死牖下的人，他的一生，实在有些过得冤枉呢！我们今天得偿登岱之愿，兴奋欲狂，我便高声口号二绝句：

登泰山日观峰

已过云山百万重，振衣复上最高峰。

回头却看人来处，半为山封半雾封。

不尽江山一眼空，人间暮色正朦朦。

怪来天下小如许，已入青云万丈中。

吟罢录入日记册中，以凡也认为此诗十分切贴这时的情景。

我们正坐在日观峰前，细细领略泰山的晚景，不料头上霹雳一声，吓得直跳起来，见天上浓云密布，西天更是白漫漫的一片，知是有暴风雨来了。急急走回玉皇顶，未到一半路，暴风雨已经如千军万马般压下来了，幸得我们奔得快，衣服没有全潮。吟咏杜工部"雷声忽送千峰雨"句，恍如为我而作的了。

雨里的泰山，实在是最好看没有的！满山都迷漫了烟雾，一切都笼罩着烟雾，只剩几个最高的峰头，隐隐矗立在烟雾中，峰头外一些都看不见，几个高峰，好像浮在烟雾里，好像浮在白茫茫的海里一样。实际我们自己也浮在烟雾里，也浮在海里呢，"只缘身在此山中"，我们自己反而不觉得了。

昨天在津浦车中，因为天雨，虽自宽解地说："雨里看山定不同"，但冒雨登山总是一件不便的事，所以心里暗暗地祈求着天晴，不意今朝真的天晴了，登山时高兴得了不得。现在已到山顶，下雨绝无妨碍，看见下雨，便又兴高采烈起来。谁能一日间既看到泰山的晴景，又看到泰山的雨景呢？喜号一绝：

泰山暮雨喜号

此行只为看山忙，看罢晴妆又雨妆。

多谢山灵酬远客，为添新什压诗囊。

忽地儒僧从雨里奔回来，叫我们跟他去看，一面嘴里还高喊着："我知道今天这样的狂风疾雨，必然会有的了！"我们不管雨下得怎样大，风刮得怎样厉害，跟着他冲向雨里风里去。到玉皇顶前空场上，大家不觉齐声地"啊"的叫了起来，在我们身边，不是挂着半道"虹"吗？那是真的挂在我们身边哪！

那道"虹"五彩分明，慢慢地在长起来，长起来。没有的地方，先是有一道隐隐约约的彩色，那彩色一刻显明一刻，不到一分钟，便接上原有的"虹"了，于是便在前面再隐隐约约现出彩色来。"虹"再长出来。那道"虹"是从我们的身边，就是玉皇顶东北角的山谷里出来的，这样地长着，长着，转瞬间便弯弯地环成一条彩带，下端便落在玉皇顶东南的山谷里。儒僧奔回去拿了照相机来，摄取这种奇景，近我们身边的第二道"虹"已经环成彩带，离我们更近的第三道"虹"又在开始现出彩色来了。待他摄好，雨已小，风已止，彩虹也渐渐在收敛，一忽儿全部不见了，第三道虹只造就了半截。这番奇景，好像特地为我们安排的，这种奇遇，恐怕也是"三喜"之三吧？石永也冒雨出来看了。

不久雨止，烟雾渐渐散去，西天便现出了金光万道的晚霞，夕阳却已于暴风雨中落山了。晚霞一刻一刻红起来，一片一片叠起来，一层一层高起来，一重一重厚起来，无何，西方半天通红，中间一块最红，四边渐渐地淡下来，淡下来，淡到和别处的云霞一样。云头有高，有低，有长，有短，有阔，有狭，有的像人形，有的像兽形，有的像江河形，最多的便是山峰形。千变万化，万化千变，实在是洋洋大观。晚霞是常见的，彩虹也是常见的，但是我从没见过这样的晚霞，更未见过这样的彩虹！

回顾南方，则云海雾壑，完全把泰安府淹没了，稍远的山头也看不清，薄薄的烟雾，笼罩了我们的全身。东海即是天晴也看不见，现在更不用说了。北望关山，一片如画，想起了婉转哀啼、挣扎于暴日铁蹄下的东北同胞，不禁凄然欲绝！唉！国事至此，夫复何言！为国民者，又安得不言！

徘徊既久，得七律一首：

泰山玉皇顶雨后晚眺

名山宜雨亦宜晴，雨后岚光半灭明。

万叠峰峦盘大野，无边云海压孤城。

尘寰忽沉眼前小，烟雾都从腋底生。

北望关河零落尽，何人投笔请长缨！

诵马南宝于宋亡后所作的"目击崖山天地改，寸心不与夜潮消"句，陡地全身的力量集中起来，血也沸腾起来，意志也坚强起来——我有无限的重担搁在肩头呢！

岱顶虽高入云天，但仍平坦宽阔，绝无峭削逼仄之象，可见包容之大，气概之壮！"高岭遥看到恰平"，此诗履泰山而益信。我觉得看人也无以异乎看山的！人的大小，正和山的大小一样。以此意语以凡，她也深以为当。她因为我喜欢作诗，即笑着说："诗的大小，也正和山的大小一样的。"她虽一时戏语，细玩之实具至理。

复入测候所，又会见了另一位青年，测候所的职员就是他们两位，另外还有一个工友。

晚膳是素面，鸡蛋，还有几色很可口的素菜，不知怎样，我一吃下肚，肚子便疼了，并且疼得厉害。

在我们进晚膳时，玉皇顶忽来了一个不速之客，对看庙的道士说是山东省政府韩主席托他视察泰山的，嘴里老韩长，老韩短，把几个道士吓得走投无路，连忙请游客让出房间来请他住，备晚膳给他吃，当天皇爷一样伺候他。他还高声地乱骂，说玉皇顶变成旅馆了，都是道士贪钱，他要重重地惩办，道士一个个吓呆了。儒僧听了气不过，跑去和他交涉，那人暴跳如雷，双方几乎打起来。最后，他自己拿出一张名片来，则赫然中央委员陈策也。那时我因肚子疼，跑到观外去了，那出话剧没有看见，我想陈策纵使丢了海军司令，恐也不致就疯狂到如此，也不会独自跑上泰山来，对道士作威作福，所以心里暗暗有些怀疑。但因他的名片确是刻着中央委员陈策，我又不能证明他决不是陈策，所以也就算了。后来，我在报上看到陈策和不抵抗将军一同晋见墨索里尼的新闻，方知那天决然是一个"假陈策"，"真陈策"在意大利呢！世界上招摇撞骗的事，真是无奇不有了！

晚膳后，同儒僧、以凡、石永出外散步去。没字碑上面写有"党权高于一切"六个大字，没字碑变成有字碑了！旁有一碑，刻有"我持彩笔如椽大，来补秦皇没字碑"诗句。《泰山小史》载："无字碑在岳顶登封台下，秦皇所立，绝无字痕。或曰：秦皇功德难名；或曰：焚书诎字；或曰：石表；或曰：神主；或曰：禅文在内，此碑函也；或曰：金书玉简在下，故石镇之，咸疑莫测。石色莹白，不受苔藓，非秦之产也。至今居人频见碑中发光，金霞射目，内大篆数字，恍惚不辨，即之则无，离之复有，山灵示人以异哉。"

下石级，向东经孔子登临处，再到日观峰。旧有观海亭，今久圮。循日观峰至舍身崖，三面陡削，绝无路径，中有石突起数丈，每有跃下自杀者，故名。西行为仙人桥，两崖对崎，中断丈许，涧深千尺，两崖各伸巨石一方，中复衔巨石一方，互相连接而为桥，真是天地之至奇，天下之至险了。"三石两崖断若连，空蒙似结翠微烟，猿探雁过应回步，始信危桥只渡仙"，此诗写仙人桥情景，历历如绘，非亲见者往往不信也。

山下尽成云海，一片迷迷糊糊，什么都看不见。我们的山头，竟似孤立海中的岛屿一样。许多人以为登泰山可以望见东海，实际东海是再也望不见的，只是望见云海雾海罢了。

大家再回到孔子登临处，于夜色苍茫中，坐在横卧草里的断碑上，谈山上的景物。我们始知经石峪是很好的，轿夫并没有诳我们，后悔不止。决于明日下山时前往补游一次。同时，他告诉我们明晨可到西山去，那里还有很多绝好的风景，我们自己不说，轿夫是不肯提起的。我们听了很高兴。泰山竟没有一本简明的导游录，没有一家照相馆，实在是有些美中不足的。我未来之前，特地看过几篇泰山游记，但哪能完全记得呢？

"赵先生，你是最适宜住在这里的。"我笑着对儒僧说。

"为什么呢？"

"为什么吗？你不是叫儒僧吗？这是再好没有了。你是读书人，是儒，但你却终年住在千古第一名山的山顶，你的生活，极像入定的老僧。是儒而僧，是僧而儒，亦儒亦僧，亦僧而儒，你简直是一个儒僧合一的地行仙了！"我说了，大家都鼓掌大笑。

"你说我是地行仙吗？倘使仙人桥确是只渡仙不渡人的，那么我真的是地行仙了，因为我已在桥上渡过好多次了。但是这种地行仙生活，我不要过了，我正在设法调到南京去呢！"儒僧也笑着说。

我们求之不得的地行仙生活，他却硬生生地要放弃了，人事的确是不可知的，此其一端罢了。

"以凡，你还想做尼姑吗？要是想的，必须要住在山顶，在斗母宫是太没有意思了！"我没有说完，石永便抿着嘴笑了。

因为夜寒风紧，不可久留，便于谈笑声中，回到了玉皇顶。归途中我力劝儒僧不要离开此地，这种生活，人生一世，实在是不可多得的。

到登封台，我们在那里徘徊着，儒僧却为有客，先进玉皇观去了。这时住在山顶的游客，都到观前散步，人影幢幢，在微弱的星光下，谁都看不清面貌。

气候太冷，不久我们也进去了。当我走进测候所时，儒僧正和一位新到的客人在谈话，经儒僧介绍，方知是青岛中国旅行社经理唐渭滨先生。

唐先生是特地为中国经济学会接洽山轿，及膳宿地点而来的，明天还要到曲阜去。他说经石峪好极了，尤其在半途看到的雨景，雨景中的三道彩虹。他看到彩虹落在那个山谷里。他说，他幸好带了一条毛毯，遮遮雨，否则今天一定要变成落汤鸡了。

他和儒僧商量了好久，决定明天同到曲阜去。儒僧问我曲阜去过没有，我告诉了拟于会后游曲阜的原因。他们便为我计算时间，以为我们明天下山后搭车到济南，已来不及游览，不如明晨同赴曲阜，后天早上一样也可到济南，却可以多游一处。我征得以凡、石永的同意，便决定明晨结伴同赴曲阜。于是我们的行计改变了。西山也来不及去了。

行计既定，即各自安息，以便明晨起来看日出。儒僧把他的行军床和棉被借给我，我们因为知道泰山顶上夜里很冷，特地多带衣服被单，但我幸得儒僧再借了棉被给我，否则这玉皇顶的一夜，还是难熬的。对于儒僧，真有"解衣衣我"之感了，据儒僧说，早上有了雾，便看不见日出，入夏以来，多雨多雾，他住在山顶，还没有看见一次日出呢！我们听了很担心，不要特地跑来看日出，偏偏看不见日出啊！但我深信，一路这样的顺利，出发前又有"三喜"的吉兆，我们是必定有眼福的，必定会看见日出的！

临睡时，肚子还是疼。一觉醒来，肚子胀得不得了，看表，刚十二时，即起来悄悄地一个人跑到观外去。

天风萧萧，寒风刺骨，与黄昏时更不能比了。隆冬气候之冷，即此可以想见。这时四望都是黑沉沉的，微弱的星光，透不了夜之幕。云海更深更阔了，半山以下，便是厚厚的浓雾。泰安府的电灯，从几千丈的浓雾中，透出稀薄的亮光来，和天上的疏星相应。星光，灯光，都是摇摇不定的。除了萧萧作尖响的天风外，正是万籁俱寂，黑沉沉的天，黑沉沉的地，黑沉沉的山，黑沉沉的一切，都似在黑沉沉的睡梦中，和死了的一样。在离地四千二百九十尺的千古第一名山上，在静寂得连自己的脉搏的跳动声都听得见的秋夜里，在天空地阔，一切都是黑沉沉的云雾中，却静悄悄地，孤单单地，面对睡熟了的天地，死了的天地，立着一个我！这是何等的景象啊！我的心里，无忧惧，无喜怒，无哀乐，无凡虑俗念！只觉得悠悠然，栩栩然，飘飘然，我的灵魂与天地契合，我的神明与万物参化了！

我永远忘不了泰山玉皇顶之夜！

夜，泰山玉皇顶之夜，使我发现了大地的奥秘，使我探悉了宇宙的神妙，使我深深地体验得一个人，独立在这样的黑夜里，悄立在这样的山顶上时，身心所感应的一切！

我应该感谢这玉皇顶之夜，应该感谢我的肚疼！使我午夜跑出来，使我领略得这样伟大，这样神秘，这样难以言语和笔墨形容的一切。

悄立山顶，四顷苍茫，暗诵"黄河水阔秋飞雁，银汉风疏夜坠星"之句，此地虽非黄河，但一种悲壮、豪迈之气，直觉充塞心头，充塞天地间了！

天太冷，皮肤都在起栗了，急急入内就寝。忽觉我的肚子不疼了！难道山灵真的有意要使我尽名山之胜，而故玩这一套的吗？

于快乐，温暖，舒适中入了梦乡。

八　泰山观日出

梦里也在观日出。

夜里三时，就醒来了，问儒僧，知还早，仍闭目睡着。但再也睡不熟，再也不放心再睡熟，——恐怕睡熟了把观日出的时机错过了！

四时，窗外有稀薄的亮光透进来，我再也耐不住了，唤醒了以凡、石永、渭滨和儒僧，儒僧一溜烟跑到外面去了。忽然，他急急奔回来，高声地说："你们的眼福好极了，今天没有雾，看得见日出！"我们于欢呼声中，迅速地穿上了衣服。

我昨夜的自信，总算没有"豁边"！

我把所带的衣服完全穿上了，跑到观前，晓风扑面，冷入骨髓，急急奔进去裹了棉被，我的绒单线单，借给以凡、石永了。

东方才现了几片淡淡的红霞，四边还是黑沉沉的。

我们知道为时尚早，仍入内把行装迅速地整理好了，嘱道士预备早餐，以便观日出后即行下山。但我们恐怕太阳出来了，整理行装时也不时地奔出去看一看，奔出奔进，像发了疯似的兴奋。

东方的彩霞一刻刻在多起来，在红起来，四边也一刻刻在白起来，在亮起来。

我们在奔出奔进地忙乱着，在忙乱中，我们洗完了脸，吃完了早饭。——早饭是一碗面、三个鸡蛋。菜也很可口。

这时住在山上的游客都出来了，都挤在玉皇顶前面的空场上。那个"假陈策"却没有出来，大概还熟睡着。

冬天太阳出来时偏于东南，所以非到日观峰是看不见日出的，在玉皇顶恰好给日观峰遮住。夏天太阳出来时偏于东北，玉皇顶的东北是深谷，所以在玉皇顶一样可以看见日出，不用到日观峰去。这是儒僧告诉我们的，我们今天便在玉皇顶待日出。因为立得太久了，到庙里搬了几张长凳子坐着谈笑，眼睛却注视着前面，恐怕太阳偷偷地溜出来了。

东方的云霞在继续不断地增加，在继续不断地动荡，在继续不断地变化，一刻多一刻，一刻厚一刻，一刻密一刻，一刻升高一刻，一刻扩大一刻，重重叠叠，错错落落，闪闪烁烁，渐渐地，渐渐地，东方半天都是云霞了。云霞最初是淡白里带些红色，慢慢地变成浅红色，再慢慢地变成深红色，刻刻在渲染，刻刻在调和，于是淡白中有浅红，浅红中有淡白，深红中有浅红，浅红中有深红，深红中也有淡白，淡白中也有深红，这样继续不断地渲染，继续不断地调和，但觉得通红的一片，不辨哪是深红，哪是浅红，哪是淡白了。

朝霞刻刻在幻化，有时幻化成壁立千仞的奇峰，有时幻化成深陷万丈的怪壑，有的像长江大河，有的像飞禽走兽，或如老人，或如幼孩，若奔电，若迅雷，千幻万化，没有一分一秒钟停止，也没有一分一秒钟相同。实在是极天下之大观！

五点钟了，四方渐渐在亮起来，我们所期待着的，热烈地期待着的"日"，还没有"出"来，只是云霞在浮动着，忙乱着。这时游人愈聚愈多了，连住在南天门的，也完全赶来了，但那个"假陈策"依旧没有出来。

眼前远远近近的山头显现出来了，但天边的云霞不绝地在展开，不绝地在幻化，山头外有云头，云头外有山头，山头间着云头，云头间着山头，于是云头连着山头，山头连着云头，无数的山头和云头连成一片，无数的云头和山头连成一片，于是所见尽是山头，所见也尽是云头，分不出哪是山头哪是云头了。这云头变成山头，山头变成云头的幻化，实在是宇宙的奇观！

五点半钟了，天也渐渐亮了，但太阳还是不见出来。云彩依旧在增多着，扩大着，叠厚着，堆高着，依旧在刻刻地变化。中间有一处，颜色特别红，云霞特别厚，光彩特别亮，我疑心便是日出的地方。这时在红霞的四边，慢慢地生出青的，绿的，黄的，白的彩色出来了。愈近红光便愈觉得鲜明，愈觉得艳丽，愈觉得光耀夺目！黄色和着红色，便成金黄色，金黄色叠满了红霞的四边。愈远愈淡，愈淡愈远。其他的云彩也在四边流动着，渲染着。任何画家都画不了这时的云彩，任何文学家都写不了这时的云彩。这是造物主所描绘的？抑是大自然所特意安排的？

五时四十分了，云彩更红起来，光彩更亮起来，东方照耀得成功了一片血海，鲜艳绝伦的血海！不久，在那颜色特别红，云彩特别厚，光彩特别亮的中间，果然一线的血芽出来了，一线通红的血芽出来了。大家高声欢呼着："太阳出来了！"也有鼓掌表示他心里的欢喜的。一忽儿，一弯血轮出来了，一忽儿，小半个血轮出来了，一忽儿，半个太阳显现眼前了。这时东方金光万道，云彩一刻万变，耀得我们的眼睛都几乎张不开来。大地一刻亮一刻，太阳一刻高一刻，一忽儿，一个沸滚，通红，滴圆，火热的血球，突然涌出海面了。——太阳完全出来了！于游客的惊叹声，笑语声，欢呼声中，时钟正敲着六点。总计从东方发现一线血芽起，到整个太阳露出大地止，时间前后不足五分钟。

"日出"是天地间最伟大，最奇妙，最神秘，最难以言语笔墨所形容的一件事，实是天下之奇观，宇宙之绝景！易君左《泰山观日》上写的是："将近六点钟，天色便不同了！忽然天边的东方显出一望无际的红光，齐齐整整的一道绝长的线。在红光闪闪下隐隐约约有淡白的一线又带着微微的光，那恐怕就是一碧汪洋的海景。红光上面是参着金黄色，好像美女身上套着一段轻纱，在风中荡漾飘舞着。各方的云好像一齐赶向东方来，一层层紧凑架叠，波翻浪涌，谲幻离奇。照眼的红光渐渐变成玫瑰颜色，渐渐变成深紫，正在幽默的当儿，忽然间又罩上一层极鲜明的金黄色，就从这金黄色光线中飞出无数道青光，碧绿得像翠玉，每道青光向天空交叉地射去，约莫都有无数丈的长，像绚丽的雉尾镶着各色的羽毛，刹那间，渐渐隐没于无形。只见天边越发金黄，也不辨是山，也不辨是云，竟在东方光线下乱翻乱滚——这时我们没有一个人做声，疾望着，目不转睛地在欣赏——忽然看见一丝朱弦跃出来了，这显然是'日'，都不由拍起掌来；风，这时已息了！静幽幽的乾坤，茫茫的云海，赫赫的山岩，像飞鸟一样的迅速，那一丝丝的朱弦已现出小半轮，一个热烘烘亮晶晶红殷殷圆溜溜的火球，直滚直滚地上来了！"

太阳出来了，云彩渐渐褪淡了，寒气也渐渐减退了，天地间充满着光明，充满着希望，充满着力量！愉快蕴蓄在每一个人的心头，朝气把每一个人激励起来了！

太阳愈高了，云彩愈淡了，寒气愈减了，大地愈光明了！我们便上轿与这会晤了一夜的玉皇顶告别。

当我们告别玉皇顶时，那个"假陈策"还是没有起身呢。

九　别了泰山

我们又成了一个新的五个人的团体。

我和以凡、石永外，便是渭滨和儒僧。这是在不意中遇到的两位新朋友，更是在不意中结成的一个新团体。我们同到曲阜去，同到曲阜去谒孔庙孔林。听说从姚村车站进曲阜城还有十八里路，地方很荒僻，时间迟了，常易出乱子，我们有五个人，大家都觉胆壮些。我们预定是要赶上十点多钟的快车，到姚村约在下午一点多钟，即刻雇车进城，傍晚仍回车站，搭早上三点多钟车赴济南。

在晓风习习，凉露盈盈的六点半钟，五个人先后登舆离开了玉皇顶，虽只住了一夜，心里着实有些依依不舍，成了《泰山玉皇顶晓发》一绝：

> 天风细细动征衣，雾未全消露未晞。
> 昨日入山今日去，白云与我两依依。

从玉皇顶东侧走捷径下山，路很险仄，但比原路近得多，一忽儿便到南天门了。心里一方面想着下午即可到曲阜，游孔庙孔林，非常兴奋；一方面因为西山不及去，到了泰山，连最著名的黑龙潭都不到，又觉得十分惋惜。那时因为时尚早，南天门还没有人开过，我们便第一个跨出天门了。昨晚上山时，凡山势，云态，水声，及各种景物，都极留意，但今朝从玉皇顶下山，又觉一切都是新奇的了。千古第一名山，的确是百看不厌的，正如千古第一名著的百读不厌一样。为了留恋，只有自己强自宽解着，待下次再来多住几天，多游几处。这真是强自宽解罢了。离南天门，得诗一绝：

别泰山南天门

归心步步印苍苔，为我天门拂晓开。

莫惜西山游未得，且留好景待重来。

南天门下，便是最险最巉的十八盘。上山时轿夫寸步难移，下山时却举步如飞，快得不得了，轿和人只是向山下直冲下去。我因为要补游经石峪，所以走在最前，也走得最快。凭轿俯视，怪壑万丈，深不可测，不觉心胆俱落；回头仰望，绝壁千仞，摇摇若坠，更觉战栗万分。上不敢仰望，下不敢俯视，眼睛只看着前面，或看着轿夫脚下，以减少心上的惊惧。泉声紧绕耳边，琤琤淙淙，正如伴送下山一样。山轿从南天门飞也似地向山下冲去，身子好像在半天空里飞行，一路飘飘然地。口占一绝：

下山经十八盘口占

天阶隐隐向孤城，无限峰头入眼惊。

一路泉声山下去，人悬悬似半天行。

在那种举步如飞地冲下山去时，只要轿夫的脚一软，一滑，一蹩，我们必将从山轿里栽出来，栽出来必无生还的希望。我们的生命，真是介乎生与死的边缘上，一转瞬间，可以生，亦可以死，"下山直共死生争"，这是那时盘旋在我脑海里的一句诗。到云步桥，山轿歇下，我们的性命算保住了。喜号一绝：

下山至云步桥喜号

盘头壁立万千仞，云欲牵衣岭欲崩。

一路心随天地转，死生到此始分明！

儒僧没有山轿，但他步行之速，竟和山轿相等，有时且跑在山轿前面，其双足之健，也可以想见了。

在云步桥，五个人合摄一影，以留纪念。休息片刻，仍登舆下山。

在路上，我的轿夫说他们力气最大，跑路最快；抬以凡她们的都是老头子，都跑不快，要我另外赏他们四块钱；并且说，这个钱，是赏给他们二人的，不能让另两个轿夫知道，知道了是不答应的。我只是唯唯否否。晋吉告诉我，轿夫抬到半山绝险处，往往停下来敲竹杠，所以我们昨天很防他们这一着，讲价钱时便言明不得再有任何需索，昨天果然没有中途硬敲竹杠的事。今天他们却用软法来骗了。

后来我告诉以凡、石永，在路上，她们也同样地遇到这一套的。我们知道，那六个轿夫是一家兄弟呢，他们在背后，却各人说着他人的不好，各人说着不能给其他的人知道，装得不像一家人似的，把我们的肚子都笑疼了！

到斗母宫，方七时四十分，轿子停下，我便独自步行到昨天没有到过的经石峪去。他们还在后头呢。

我跨涧东趋约里许，即到著名的经石峪。经石峪，据《泰山小史》名石经峪，想系土人传说，把"经""石"二字颠倒了，叫成习惯，现在大家都叫经石峪而反不知石经峪了。石经峪有石如顷，上勒《金刚经》隶书，字大如斗，势遒古，相传是王右军所书，但史册无可考。旧传金石记载，都云有二百余字，实际有一千多字，尚完整可读。瀑流千派，飞喷字面，历代为流水风日蠹蚀的字一定不少。山构一石亭，宽容七八人，危壁在后，雪浪在前，每风鸣雨响，万籁俱怒。石壁断处，离下一层石壁约丈许，上层的水冲向下层，悬成一带白练，好像挂的帘子一样。水声淙淙，沁人心脾。崖上刻字很多。我正徘徊间，以凡、石永、渭滨、儒僧四人，完全赶来了。以凡、石永高兴得了不得，都脱了鞋袜在清流中濯足，石上青苔很滑，以凡跌了两跤，把衣服都弄湿了。

八时半，再登舆下山。我们的身子一刻刻离开泰山，我们的心却一刻刻依恋着泰山，我们昨晨入山，今晨出山，来去未免太匆促了！成《别泰山》二绝：

> 贪游曲阜去难留，万叠云山看未休。
> 我自向前山自后，教人一步一回头。

> 漫天薄雾抹初匀，路曲花深好避秦。
> 应是尘缘犹未了，入山竟学武陵人！

九时五十分，到了泰山府车站，因为急于上车，岱庙也未及一游。轿夫虽然昨天讲明酒资小账，一应在内，不得争执，今天却仍旧给他们要了好多酒钱去。

这样，我们又和我们多少天来刻刻怀念着的泰山分别了！又和仅仅会晤了一天一夜的泰山分别了！心头只觉惘惘然，说不出什么来！

十　到曲阜去

泰安车站，墙上贴满了标语，一看是关于教育方面的，随手抄下两条：

> 根本拒绝寡廉鲜耻的周定一任第一科长。
> 周定一以任性妄为在萧芜县被欧（殴）。
>
> 　　　　　　　泰安教育界

可见各地教育界极度的纷扰，为之一叹！而泰安教育界贴出写有别字的标语来，反对教育行政当局，更为之惋惜不止！

十时半上车，至十一时始开，开得特别慢，到南驿，索性停下不开了，直到特别快车过了许久才开。我们原想早到姚村，所以西山都没有去，一早赶下山来搭这班车，否则我们游了西山，也可搭及特别快车呢！

在车里因为口渴，买了一个西瓜剖食，不料当我们把吃剩的瓜皮丢向窗外时，有一群小孩子拼命地抢来吃，使我们看了，心上有说不出的感慨！于是我们送了几个鸡蛋饼和几片西瓜给他们，他们快活得手舞足蹈。唉！人，同样是人，但人的生活却相去太远了！观乎此，我们纵使再苦些，还能说不满足吗？

下午二时五十分才到姚村，渭滨和儒僧办妥了中国经济学会的事，即雇了两辆马车，向曲阜城前进。

那种简陋的马车，在我未到曲阜以前是从未看见过的，木轮子，半圆顶，人即盘膝坐在板上。道路十分不平，木轮子一忽儿陷下，一忽儿掀起，于是车身随着忽高忽低，我们坐在车里，好像跳舞一样，一忽儿头撞疼，一忽儿臂碰伤，颠得要命。石永、以凡坐在里面，震动更厉害，我坐在车门口，两手用力拉着车子两旁的木柱，撞疼的机会比较要少些。每撞疼一次，便是大颠一次，我们便大笑一次，一路几乎把肚子都笑疼了。

沿路都是沙土，马蹄过处，尘沙四起，我坐在车门口，尘沙便直向面上扑来，不一刻，我的鼻腔里，嘴唇上，都硬硬地作怪起来了。以凡只是嚷着："孔子的家乡，为何是这样的呢？"实在这种情形都是出乎我们意料之外的，我的心里也在嚷着这句话。此行使我细细地领略了诗词里的"风尘"二字的意味，使我领略了旅行的苦况，使我知道"世间何物催人老，半是鸡声半马蹄"在现代还是适用的，不一定要像我在京沪车中所说的改为汽笛声和钟表声。人类生活是由于环境的限制，有着各式各样的不同的，这种不同的生活，在没有亲自经验过的人，是连想都想不到的。

当车夫指给我们看，那是孔林的围墙，那是曲阜的城墙时，我们高兴得欢呼起来。五时，方到孔庙，十八里路，实足走了两小时。我的拉着木柱的手掌，已经捻得通红，隐隐作疼了。

入门，即有人前来招待，我们便跟着他瞻仰了整个的孔庙。庙里到处是参天的老树，古柏尤多，一到里面，便觉阴沉沉地清凉异常。大成殿建筑得很伟丽，人立其下，正小得像蚂蚁一样。殿前有十根龙柱，殿内也有十根龙柱，工程的浩大，雕刻的细致，是在别的大成殿所从未见过的。中央为至圣先师像，四周为先贤像，都是文质彬彬，满面和气的，令人看了生出敬仰的心来。殿内有一股特别的香味，大约是木头里散发出来的。"先师手植桧"，只剩了石头般的一段，已用玻璃橱罩着。经过了杏坛，到寝殿，内设孔子夫人的牌位。更后为圣迹殿，里面满是石碑，并有一百十二幅的"圣迹图"，列着孔子一生的事迹。出来到家庙，五代祠，旁有旧壁一堵，古井一口，壁即鲁壁，井即孔宅古井，我们在古井前合摄一影。出来看了著名的唐槐和宋杏，到奎文阁等处走了一转，仍回到大成殿门口休息。顺便买了一本《圣迹图》，几种字帖。本拟访衍圣公，因时间已不早，我们还要去游孔林，并且要在天未暗前赶回姚村车站，所以没有实行。后来柳方来信说："二十七日上午去曲阜，便见孔子后裔衍圣公孔德成，在其住宅小坐，且曾索得一联。据称孔府上仍用家奴二百余人，未脱封建遗型也。"

告别了孔庙，即登车向孔林疾驰而去。因为时间关系，复圣庙竟过门而未能入。不久即到孔林神道，经文津桥、万古长春坊，至圣林坊，而抵孔林大门。入内，左折到洙水桥，洙水坊即建于洙水桥上。再向北走，到了孔林的墓门，走过享殿，看了"子贡手植楷"，而到驻跸亭。这时天色已渐渐暗下来，加以孔林老树参天，即在中午，也不易看见太阳，所以这时格外觉得昏黑，到孔子墓我们又合摄一影。因为都假手于不会摄影的人，今天所有在泰山云步桥、孔庙古井和孔林孔墓前所合摄的影，后来一张都未能洗清，实在是很惋惜的。墓西有"子贡庐墓处"，想到今日学生驱逐先生的风气，真是有天壤之别，令人感叹不止了！但是师道也不能和从前比：从前教师对于学生，真像父母对于子女一样，以精诚动人，注重人格感化；今日却师生间往往认识都不认识，当然谈不到什么感情，更谈不到人格感化，只是贩卖知识，甚至东抄西袭，欺骗学生。师生在路上遇见了，招呼都不打，谁还去庐墓呢！这是我国古今教育在精神上根本不同的地方。但师生间除了知识传授外，人格感化是无论如何不能不注意的，否则流弊将到不知何种程度呢！

出孔林大门上车，已经七点多钟，暮色苍茫了。因为我和以凡、石永坐的车，那匹马拉不快，回去时我便和儒僧、渭滨同车，我们的车子在前，她们的车子在后。

天愈走愈黑，只有近处的路看得出来，稍远的地方，只黑沉沉地，一些也辨不清楚。她们的车子虽然少坐了一人，仍是落在后面，我时常令我们的车子慢走，我自己也不管天气一刻冷一刻，坐在车子门口，时常探首车门外，看着后面的车子。耳朵也很留神地听着后面有没有马蹄声和木轮声跟上来。

我知道此路是很荒僻的，夜里常会发生意外，所以心里特别不安。深悔自己不和以凡、石永坐在一车，或者叫她们的车子走在前面，我可以照应她们！来时道路的高低不平，坐在车子里的震动颠簸，马蹄扫起来的灰尘泥沙，一切都忘记了，我的心只是惦记着后面的车子。

到姚村车站，已九时半了。空着肚子的我，却"吃"了以凡许多"话"！她们告诉我：在半路，我们的车子已经离开很远了，路旁有几个人，把一块很大的石头横在当路，车子不得过去。那时天已黑了，什么都看不见，我们的马蹄声也几乎听不见了，她们也知道有些不妙，忙不及把石头翻到路旁，那几个人看着他，车夫翻掉石头，便加鞭追上我们。那时真危险极了，只要那几个人的心一横，便得发生意外了。我知道是我的疏忽，使她们受了这场虚惊，所以只好默默地吃她们的闲话！

在离车站最近的中西旅馆，开好了两个房间，便到菜馆里去吃了一餐虽不中吃，而价钱却是很高的晚饭。十一时回旅馆就寝。我和渭滨占了一张大铺。儒僧独占了一人小铺。以凡和石永的房间，隔开一个穿堂。

中国文化的发源地，大圣人孔子的故乡，陵墓和祠庙，我们今天都瞻仰过了，心里觉得很爽朗，不久即酣然入睡。

三时，茶房来敲门，知搭车时间已到，即急急整理行装，盥洗毕，茶房送我们到车站，搭三点半的火车。

于汽笛声中，我们跨上了津浦车，向我们的征途前进。

十一　大明湖畔

这是意想不到的，在南京车站遇到的谢巾粹女士，原要等了同乡到济南去出席中国社会教育社年会的，今天也在车里，并且同乡没有等到，仍是孤零零的一个人。见了面，大家都很高兴，以凡的话尤其多，爽性坐到一块去了。

在曲阜颠了一个来回，我的骨节骨架都颠疼了，精疲力竭，竟像生了一场大病似的，眼睛再也张不开来。赴泰山时悠闲地看人家睡态的兴致没有了，始终打着瞌睡，但又没有地方睡。

从巾粹嘴里，知道践四*师也是搭的这班车，天亮后，我到各节车去寻，竟没有寻到。

到泰安，便与儒僧握别，我们五个人的新团体，从此又分散了。

九时半，到了我们的目的地济南，到了曾经受过暴日强烈地蹂躏的济南。下车即遇到践四师并郁瘦梅先生，还有好多位在车站招待中国社会教育社社员的社教同志。见面后一种亲诚热烈的精神，把许多原来不认识，从未见过面的社教同志的心灵沟通起来了，结合起来了，我们都是十二分的兴奋！

---

* 　践四：即商阳（1892—1943），字践四，江苏无锡人，著名教育家。

同车来的男女社员，共有十多位，由招待员雇定人力车，便鱼贯地向着大明湖边前进。

到山东省立民众教育馆，行李统由勤务搬到以凡和石永住的女社员宿舍去了，我便去办理报到的手续。

因为今天才八月二十二日，开幕还有两天，所以到的社员还不多，我才第十五号。同车来，同时报到的陕西省代表刘以平先生，和我住在同一宿舍。在宿舍里，我们会晤了山东省立民众教育馆的屈凌汉、吴级辰和馆长董渭川先生。

收拾好了床铺，想跑出去找以凡和石永，中途遇到了正来找我的步霞先生。他告诉我：凤歧*师要我在这次大会里担任记录的职务。

午饭后，和刘以平先生同到外面去洗了一次澡。我自昨天在曲阜颠了一次，身体便有些不舒服，洗澡后精力稍微恢复些，但又伤了风，鼻管里塞得紧紧的。

归来后，因天气太热，与以凡和石永约定各自休息，四时回去参观山东省立图书馆。济南已是大陆性气候，中午比江南热，夜里却比江南冷，我在热得昏沉沉的空气里，睡了一个畅快的午觉。

四时，以凡来唤醒了我，便同石永缓步踱向大明湖去。省立图书馆便在大明湖边，花木的幽深，泉石的曲折，典藏的丰富，使我钦佩得了不得，也使我惭愧得了不得！江苏一向算是教育发达的地方，图书馆也不少，但我觉得没有一处可以同这里比较的。该馆光绪三十四年筹备，宣统元年成立，已有二十余年的历史，也经过了好多次的变迁，才成了现在的规

---

* 凤歧：即俞庆棠（1897—1949），字凤歧，江苏无锡人，中国社会教育事业的开拓者之一。

模。地故试院，门颜表曰退园。入门为叠山，山北遮以竹篱。穿门迤逦入内，竹树交荫，西行至读书堂，堂北起宏雅阁，楼阁前后，各凿池沼，曲水回绕，别饶情趣。西为总理纪念室，上建飞桥，遥接海岳楼。由此东行，穿藤花架，入虹月轩，而至提要钩玄之室。室南别起高台，曰朝爽台，拾级凭望，大明湖历历在目，城南千佛山，湖北鹊华山也争来眼底了。台东有葡萄架，间以马樱绿竹，青翠沁人，有小室，曰绿云居。叠山上有浩然亭，亭里隐约有几个青年男女在坐着谈笑，服饰不像是山东姑娘，细细看去，王璋女士也在里边，知道同是来开会的社员。西行入游廊，北为碑龛，陈列汉、魏、六朝、唐、宋石刻，西为碧琳琅馆。廊中西辟圆门，入门为博物馆，西有寒翠亭，北有博艺堂，为古物美术展览室，陈列金石书画，磁物古器，及善本书籍。东为汉画堂，嵌置汉画石刻。楼上为罗泉楼，陈列古泉及钱币参考书。此楼原称湖天一角楼。出博物馆东行，廊尽有明漪舫，为儿童图书阅览室。清流回环，引人入胜。舫南叠山高处，有苍碧亭，我们因为闭馆时间已到，未及登临。

该馆组织分编藏、阅览、事务三部。另设图书设计委员会。中西文书籍共计十六万五千六百三十八册。杂志公报四百五十种，日报七百零七册。所藏金石古物尤富，可大别为曲阜、滕县的铜器，汉魏的石刻，玉函山房的藏泉，及古代砖瓦陶器等，都是外间不易得者。计铜器一百四十三件，石刻三百五十五石，钱币三千九百十二品，砖瓦七百二十三件，陶器三百四十七件，泉范二百三十五件，陶文一千六百四十九片，玉器五十件，磁器八十九件，甲骨六十八片，祭器乐器一千四百二十七件，书画六百零一件，金石拓本七千零二十二幅，帖三百零四册，共计一万七千三百九十四事。现全年经费二万九千六百十六元。职员二十人。图书分类法依照杜威十进法，酌量变通。检字法中文书籍用笔划制，西文用卡特尔制。阅览室凡四：参考图书阅览室用闭架式，普通图书阅览室、总理纪念室、儿童图书阅览室，都采用开架式。另有古物美术展览室、汉画堂、罗泉楼等陈列室。每日阅书人数平均四百人，游览而不阅书者也有三四百人。

这里的图书馆不但是一个知识的宝库，并且是一个精神的疗养院，置身其中，正像别有洞天一样。去秋在杭州，参观新建的浙江省立图书馆，馆舍也很宏敞，但十足地表现了欧美风味；此地却纯粹是中国式的，另有一种幽深曲折的静趣。大概因为我是一个中国式的中国人吧，我总觉得这样的图书馆，更配我胃口，更令我爱好些。

五时闭馆，出门，买了三只梨，一枝葡萄，拣湖边的大石上坐下，三个人静静地吃梨吃葡萄。时晚风徐来，凉生肘腋，湖水被夕阳照得一道白，一道黄，一道绿的，射出无数道交织着的金光来。柳荫下散步的青年男女很多，都是中等学校的学生，的确，即使不开口，我们一望便知那是山东人，他们也一望便知我们是江南人的，彼此的目光，告诉了我这个奇怪的发现。

以凡只是担心学校里的功课，我们劝慰着，决定明日上午游千佛山、趵突泉、金线泉，下午游大明湖，晚上以凡搭车赴校，我和石永待会毕同赴北平，出席中华图书馆协会的年会，并游览平津名胜。

五时半返馆，会见了凤歧师、王璋女士，和从前提倡庙产兴学、现在提倡土产救国的邰爽秋先生。朗秋见也到了。凤歧师嘱我担任大会记录。

晚饭后，陪以凡、石永去买了好些东西，山东商人的谦和，招待的周到，在江南是从来见不到的！民情厚薄，即此可见一斑。

九时回到宿舍，刘以平先生和我们约定，明天同游千佛山和大明湖。

我没有带蚊帐，临睡点了两圈蚊烟香，于香烟缭绕中，甜蜜蜜地进了梦乡。

十二　济南秋色似江南

二十三日，我们整整地玩了一天，看了一天，谈笑了一天。

上午九时，问明了路由，馆工为我们雇定了四辆人力车，说明先到千佛山，回来经趵突泉和金线泉，再回到馆前，每辆大洋五毛。我们是四人，除我和以凡、石永外，便是刘以平先生。

千佛山在济南城东南五里，一名历山，又名舜耕山，就是从前大舜种田的地方。山不很高，山上寺宇，出城即已历历在望。至山麓易山轿登山。轿和泰山的完全一样，沿路乞丐之多，儿童的缺乏羞耻心，也完全和泰山一样。

上山有石级，景色也清幽，但在刚登过千古第一名山泰山的我们看来也只平常了。入山处有"齐烟九点"坊一座，山半又有"佛峪胜景"坊一座。山上到处是佛，不愧名千佛山！但没有一个佛像是值得我们留恋的，各处的对联也很少做得动人的。

千佛山的好处，在靠北一排的居高临下的楼房，凭窗外眺，济南全城，尽收眼底。锦屏山独峙东北，遥遥与千佛山相对。城北有一片深青色，我们猜是大明湖，问诸山僧，果然。

我们泡了一壶茶，买了几枝葡萄，鲜梨，静静地领略槛外的山光水色。以平谈了许多西北的民情风俗。他说陕西太白山，还要比泰山险得多，山的一面，非但是笔直的削壁，并且上面的岩石反而盖出在外面，人是无论如何攀援不上的，只有一面爬得上。他小时候曾经爬上山顶一次，到了山顶，觉得岩石都摇摇欲动的，几乎不能下来。我们听了很高兴，将来有机会，一定要到西北去一次。

十时下山，路过残废院，进去参观一周。该院为济南红十字会所办，建筑很宏丽，现收容一百一十余人，残废者一样在做工。十时五十分到趵突泉。

趵突泉是济南七十二名泉中的第一泉，四周已成了一个市集，如无锡的崇安寺、苏州的玄妙观、上海的城隍庙、南京的夫子庙一样，到处都是商场，到处都是游人，五光十色，目不暇给，肩摩踵击，挤得动都不能动。但秩序还好，地方也极整洁。

池有三四亩宽阔，七八个泉源，同时在继续不断地向上冒，有斗样大小。两个喷得最高，翻出水面约有二尺多，其余一尺多，不满一尺的也有。池的四周都是茶社，一面喝茶，一面看喷泉，确是人生难得的清福！

池水清澈见底，喷出来的水，白的像雪花堆一样，流到通着溪河的水沟去，水流把河底的水草拖倒了，水面上浮出粼粼的旋纹来。水草在水底栩栩漂动，益觉碧绿可爱。据说从前的泉水还要喷得高，后来因为修池，不知怎么弄坏了。我和以平约定有空再来喝茶。

池北为吕祖殿，我们沿池子绕了一转，即出门登车到金线泉去。

金线泉在趵突泉东邻医学专门学校内，我们一路问着进去，走到最后一片空场上才寻到了。

金线泉是四大名泉的第二泉，池方约二丈。据说要日中时去最好看，我们去时，恰巧正午十二时，只见池底有千万个绝细的水泡翻起来，每个水泡自池底翻到水面，约有三四秒钟，被阳光照着，便成一道金线，阳光一耀，只觉金线满池，眩眼欲迷，方知古人命名之妙！

从金线泉出来，已十二时四十分，本想在外进午膳，因以凡已约亲戚于午后到馆会晤，恐时间不及，仍返馆。

下午休息片刻，至三时，我和以平招呼了以凡、石永同到大明湖边，雇了一只大画舫，慢慢地向湖心荡去。先至小沧浪，内有铁公祠和张公祠，山光水色，顿觉眼前一清。

过江以后，所见的水都是黄的，大明湖的水，却是绿油油碧澄澄的，单是水，已经不可多得的了。加以杨柳、荷花的点缀，分外觉得风光如画。小沧浪跨湖面山，东南西三面是一泓清波，稍远处有一丛丛的芦苇，一层层的荷花，一排排的杨柳，重重叠叠地遮着。千佛山恰当面前，僧寮佛宇，隐约可辨，暑气郁在山顶，袅袅飞上天去。傍湖建亭，建阁，朱栏四环，游廊曲折，人行其上，倒影印入湖中，随波浮动，真是清幽欲绝！亭阁边挂着两副对联，构思之巧，对仗之工，情韵的自然，是我此行所未见过的。一副是：

四面荷花三面柳，一城山色半城湖。

另一副是：

花里楼台花外舫，隔林钟磬隔湖山。

没有到过小沧浪的人，看了上面二联，似乎也是很平常的，但一到小沧浪，便知道造句之切贴了。

我游过整个的大明湖后，觉得小沧浪是应该首屈一指的。《老残游记》载：

到了铁公祠前，朝南一望，只见对面千佛山上，梵宫僧寮，与那苍松翠柏，高下相间，红的火红，白的雪白，青的靛青，绿的碧绿，更有那一株半株的丹枫，夹在里面，仿佛是宋人赵千里的一幅瑶池图。正是数千里山水屏藩，叹赏不绝，忽听一声渔唱，低头望去，谁知那明湖水已澄清同镜子一般。那千佛山的倒影，映在湖里，显得明明白白；那楼台树木倒影，也分外光彩；觉得比上头那个千佛山更加好看，更加清楚。这湖的南岸上去，便是街市，却有一丛芦苇，密密遮住；现在正是看花的时候，一色白花映着斜阳，好似粉绒毡，做了上下两个山的垫子，实在奇怪。

老残写的是深秋，我们去时是初秋，景色虽然不同，但大体还是仿佛的。

铁公祠祀的是明初的铁铉，据说张宗昌督鲁时，要把该祠改为自己的生祠，后以自己下台而罢。军阀举动，随在都要遗人笑柄的，此其一例而已！

湖里荷花大半已谢，但还有少数的荷花正盛开着，倩影亭亭，摇曳于西风中，特别显出她的娇艳和妩媚。凭栏小立，但见湖水绿，荷叶绿，芦苇绿，杨柳绿，这山亦绿，云天亦绿，眼前一片绿色，几疑身在江南了！的确，大明湖完全是江南景象，在大明湖，可以不想起江南，可以忘掉江南！徘徊良久，成七绝二首：

癸酉八月二十三日偕以平石永以凡泛舟大明湖

湖上秋来半是花，

芰荷香里好生涯。

阿侬不是江南住，

合向此间老岁华。

荷风习习柳毵毵，

千佛当前滴翠岚。

今夜故乡休入梦，

济南秋色似江南！

从小沧浪出来，经曾南丰祠、历下亭、汇泉寺等处，房屋均极破旧，胜迹大半毁损，不禁为之一叹！湖中芦苇太多，画舫只在芦苇中穿来穿去，胸襟也觉狭隘起来。这是我对大明湖最不满的一点。此后负整顿地方之责者，应将芦苇翻去一部分，使大明湖能够自由地露出她的面目，现在几乎变成一个芦塘了！

在曾南丰祠下船时，我发现了我们的船上也有两副好对，不可不记。

其一是：

一带绿杨沽酒路，满声香雨采菱人。

其二是：

粉白藕边风定后，淡黄柳上月痕初。

这两副对句是现成的抑是特地做出来的，我不得而知，但用在大明湖里的画舫上，实在是最贴切没有的。

今天采菱的人，遇到不少，可惜没有一个是动人的！柳荫下常有停泊了画舫低低地密谈的情侣，在水天如画的大明湖里，度着那种人生最甜蜜最愉快的生活，真是神仙眷属了！我觉得，情侣们舣船密谈在多芦苇、多荷花、多杨柳的花重水复的大明湖，是比少曲折、少遮蔽、少回旋的一望无际的西子湖更适宜的，那么，我的翻去一部分芦苇的建议，一定不会获得同情于少男少女们了！

在船里，石永决定今晚和以凡同走了，因为同走了彼此可以热闹些。石永不是社员，我开会时担任了记录，工作必然很忙，没有时间出去玩，她一定是十分寂寞的，所以石永决定送以凡到徐州，然后以凡转车赴东海，石永则仍搭原车赴浦口，过江返锡。这样决定时，我们的行计又已改变了。本来我和石永约定同赴北平的。

到北极阁，已六时许，天已渐渐暗下来了。以平一定要为以凡、石永二人饯行，所以便在北极阁晚餐。北极阁的晚餐，那是再也不会使我忘掉的，它给了我们一个很深刻的印象！

我们那天吃的是水晶藕，奶汤蒲菜，汤南北，炸雏鸡和活鱼。活鱼说明半尾醋烧，半尾汤烧。忽然厨子手里捉了一尾尺多长的活江鲤，走到我们面前，问我们这尾喜欢不喜欢，我们说好的，不料他就在我们面前，提起来把活鱼向地下用力一掼，"着"的一声，把我们吓了一大跳。我们恐怕他再掼，急急挥手叫他到外面去，大家笑得嘴都合不拢来。以平到的地方很多，各处的人情风俗，他知道的也很详细。他说：这种举动，到北路里是很容易碰到的，在厨子是一番诚意，表示他把活鱼当面掼死了，决不再在背后做什么手脚，这是他们要取信于顾客的一种方法，也是他们的一种规矩。他又说：这种风俗，出门是必须知道的，否则必到处吃亏。有一次，几个广东人到西北去，在旅馆里住了一夜，除房金外，另外给了些小账。茶房很恭敬地退还了，他们不知道西北的旅馆，住一天二天是不要小账的，便问茶房是不是嫌少，不意那个茶房双眼一瞪，双手在胸前用力一拍，高声地说了一句"王八蛋嫌少！"他们以为茶房在骂人，扭着要送到公安局去，后来经人解释，方知那个茶房完全是一片血心，拍胸脯表明的确不要小账，并不是嫌少，若嫌少，他便是王八蛋！这个故事，又使我们笑了好久。

六个菜中，水晶藕是最鲜洁最香嫩的一样，好像一放到嘴，便变成水的，和我在西湖吃的藕，实有霄壤之别。汤南北、炸雏鸡也做得不差。吃饭时，以平叫厨子把吃剩的醋烧活鱼和汤烧活鱼，加些豆腐，重制一锅，那种滋味反比原来的可口得多，这样可口的鱼，我在别处从未吃到过。这是此行最舒畅的一次晚膳。

八时，仍登船。这时太阳早已没有了，月亮也没有，疏星点点，照不亮大地，船在黑沉沉的天幕下，黑沉沉的柳阴中，黑沉沉的湖面上缓缓浮去。凉风习习，沁人心脾。远处的灯火，时明时灭，隐约可见。大家默坐着，细细地回忆今天尽日之游，领略当前大明湖的夜景。不觉于埠头鼓乐声里，我们的画舫已经傍岸了。

回馆后，急急整理行装，八时四十分，我即送以凡、石永赴车站。以凡的行李自十九日在浦镇起运到济南后，始终没有来领，我为她办妥了转到徐州去的手续，九时半津浦车到，送她们上了车。那班车到十时多才开，我等火车去远了才走。临行以凡再三叮嘱我此后应该少痴，少作诗，否则她说我要变成一个诗痴了！在车站痴立半小时的当儿，成《送行》六绝。

"千万少痴少作诗"，是一句永远在我耳边响着的有力量的话！

临时坐在车上，心里迷迷糊糊，车夫拉错了路都没有知道，天却下起毛毛雨来了！

五个人的团体只剩下我一个人了！

半个月来的期望呢？

一整天的欢乐呢？

一切的一切，忽焉过去了！

十三　关于年会及其他

八月二十四日是中国社会教育社第二届年会的第一天，上午七时半，举行开幕典礼。想起去年今日在杭州出席首届年会的情景，想起同行的四人中，回锡不久就去世的好友绍平，不禁感从中来。人事真是不可知的！感成一绝：

癸酉八月二十四日中国社会教育社二届年会
开幕于济南回忆首届年会感赋

过江一雨便成秋，点点齐烟入望收。

岁事频随人事改，去年今日在杭州。

此次年会，共到个人社员一百十六人，团体社员十四处，各省市机关代表十四位。来宾到的也很多。首由主席团俞庆棠致开幕词，略谓："社会教育，已从理想而形成实际事业，且有长足的进展。例如第一届年会时，有注重农村民众教育的提倡，近一年来，农村改进的呼声，日高一日；而农村民众教育实验区，各省亦复增加了许多。社会教育即民族自决教育，亦即国民自救教育，故社教之产生及本社之成立，都是想为民族谋出路。我国过去教育不能推进整个民族，目下世界经济恐慌，更趋尖锐化，各国的货物都大量倾销到中国市场，去年入超达五万万六千万元。在第一届年会时，热河尚属中华，今则四省尽失。这都是全国问题，非少数人的事，故应联合全体国民的力量，从大处着眼，小处着手，联合政治经济的力量，推进社会教育，由乡村建设以复兴民族。往者丹麦败于德，失斯拉维格，世界大战后该地人民投票结果，复归于丹麦，未尝非昔年民众教育之力。现在吾国虽处于丧地辱国的地步，只要用坚忍不拔的精神，觉悟清醒的头脑，亲爱精诚，一致努力，则收复东北，民族自救，决不在远。"继由理事会事务所总干事赵冕、筹备主任孔静庵报告，山东省教育厅何厅长致欢迎词，中央党部、教育部、山东省政府、山东省党部代表致词。次由来宾、各省市代表及社员演说，先后有十六人之多，连报告训词的共计二十四人。我们虽然分成二组轮流记录，但每组记的均在十五人以上，把我们忙得不亦乐乎。

许多人的演说中，最激昂慷慨、最打动全场听众灵魂的，便是提倡土货运动最努力的邰爽秋先生。邰先生于演说时，竟悲伤得泣不可仰，咽不成声。他的大意是："我听了杨效春先生的话，引起我要说的话来，就是杨先生说今日列席的邹平参观团三十余人，平日在乡村者是穿的粗布短衣，今天为要到济南来，都换上了白的长衫的那句话。唉！邹平参观团，为何不穿了粗布的乡村衣服来，而定要改穿白的城市士大夫阶级的衣服来呢？我真是痛心极了！我此次到济南来，痛心事已非一件，但总没有过于今天的！要是再这样痛心下去，我真要忍受不住了！我们最痛心的，便是现在社教工作人员天天在走上士大夫阶级的路。过去学校教育已经走上死路，现在社会教育也在走上死路，但还走得不远，如长此走下去，我认为本会今天的会是最后一次了！我们自己已经走上死路，为何还拉了民众同走上死路呢？现在已是二十世纪资本主义的时代了！我们愿在今日本会的会议席上，大家心理上发一个誓：把民众拉回一世纪，再走一条新路；把我们自己拉回一世纪，再走一条新路，尤其在山东，在日本帝国主义的侵略十分迫切的山东，更宜特别留意！我们都是干民族复兴工作的人，我们应有宗教家迷信的决心，以必死的精神去干，切不要跟着学校教育走上死路！我们应该向生路走！我们的大路怎样走法？我们怎样找出我们的生路来？这是我们当前最值得研究的问题。"郜先生的话，虽然偏于感情一点，但还是比较有意义的，有许多人都说来说去，总是那么几句，听的人既听厌了，记的人也记厌了。我真奇怪他们这样爱说话！

十时半，柳方和曼君才到。下午二时起开审查会，我为整理记录，未出席。

下午五时，冒雨赴"进德会"参加山东省政府的宴会。进德会是山东省政府办的，内有动物园、茶座、游艺场多处，规格很大。宴会的地点在京剧场。场内布幔上绣有"嫖赌必戒"等字样。席间看了神乎其技的走单轮车，听了著名的王殿玉的三弦拉戏。

王殿玉三弦拉戏的功夫，确是名不虚传。他的一只手，三条弦，大凡名伶喉咙里所发得出的声音，他的弦上都发得出来；而高到极处，低到极处，大到极处，细到极处，名伶喉咙里所发不出的声音，他的弦上仍能应付裕如。歌声，鼓声，乐声，人马声，干戈声，都从他的指上弦上发出来。他的手能引人入胜，他的弦能令人神往。真是"初听还看他指法调头，既而便耳中有音，目中无指；久之，耳目俱无，觉得自己的身体，飘飘荡荡，如随长风浮沉于云霞之间；久之又久，身心俱忘,如醉如梦"了。

宴罢已八时,返馆整理演说稿,十时半始毕。

二十五日,上午八时,梁漱溟先生演讲"由乡村建设以复兴民族",庄谐杂陈,巧譬曲喻,精警异常。十时起,讨论本届大会中心问题"由乡村建设以复兴民族案",至下午四时半始散。各人的言论,完全由记录写下来,不取逐条表决形式。

下午五时,和柳方、曼君,详细地参观了山东省立民众教育馆。该馆成立于民国十八年,组织分秘书处、实验部、推广部、训练部四部分。全年经常费一万二千六百六十五元,临时费三千四百三十元。薪工占百分之四十五,事业费占百分之四十四,办公费占百分之十。固定的设备有革命纪念馆、国耻纪念馆、动物标本陈列馆、植物矿物标本陈列馆、国货广告样品陈列馆、卫生陈列馆、中国经济地位统计馆、艺术陈列馆、儿童玩具陈列馆、本省产品陈列馆等陈列馆十;图书馆、阅报所、府东大街阅报所、儿童读书所等阅览所四;民众影戏院、民众茶园、民众俱乐部、儿童俱乐部等娱乐场四;馆内演讲所、府东街演讲所、趵突泉讲演所等讲演所三;民众体育场、儿童游戏场等体育场二;及动物园一。该馆设备很完善,事业也有生气。

下午七时,山东省立民众教育馆于民众影戏院举行欢迎会,欢迎出席年会社员。会中有无锡陈博明试验《博明音符》,并有幻术、鼓词、化装讲演等,气氛极热烈。听了鼓词,使我想起《老残游记》中"明湖湖畔,美人绝调"那一节来。唱鼓词的,便是该馆鼓词训练班的毕业生,其工夫也不减"字字清脆,声声婉转,如新莺出谷,如乳燕归巢"的黑妞呢!

今晚本是山东省党部及教育厅的欢迎宴,因山东近方大水,人民流离失所,大会便婉言辞谢了。

二十六日上午讨论各组提案。下午我因为空着，独自去参观了广智院。内容的充实，布置的经济，又使我受了一个重大的刺激！外国人办事的精神，的确是值得我们取法的。这样的博物馆，我们本国办的，不知有没有？即使有，也决不会多吧？

从广智院出来，再到山东省立图书馆细细参观一周。返馆时，大会正将闭幕了。

我在未到济南前，誉满全国的邹平山东省立乡村建设研究院，预定是必要前往参观的，到济后，且已约定与朗秋、巾粹等同行。今天下午方决定不去，拟于明晨搭车径到北平。因为该院现放暑假，师生大部离院，事业亦多在停顿中；去一次来回至少须二日，赴平出席中华图书馆协会，时间上又已来不及。

柳方和曼君，今晚即到曲阜去。以平也于今晚赴京，房间里只剩我一个人了！

五时半，忽然出我意外地接到一个海州来的电报，使我急得了不得，不知是以凡病了，还是为别的什么。

这样，北平便去不成了！我的计划只好又改变了！急急整理征装，把早上才拿去洗的潮衣服要了回来，决定今晚搭九点半的一班车，同柳方、曼君、以平等同走。

晚饭后，与柳方、曼君同到外面买了些东西，即搭车赴车站。

在焦灼、纷乱、怀疑的心绪下，离开了济南，离开了受过暴日强烈地蹂躏的济南！

想和以平到趵突泉一面喝茶，一面看喷泉的清福，始终没有享到。

十四　东海道上

到东海去，真是做梦也没有想到的。

此行使我发生了许多可解不可解的信念：觉得人生的一切，无形中都是有一种力量控制着的，就是看看山水，也必须有眼福才能看到，我们强不过它。这种无形的力量，或者就是所谓命运。明天一早，本来我要向平津出发，参加中华图书馆协会年会，并顺道考察平津社会教育设施，游览平津名胜古迹了，却忽地里来了这么一个电报，催我到东海去，使我北行的计划全盘推翻，而于八月二十六日晚，已经在向徐州前进的津浦车中了。以凡最初是决定要到济南来的，后来为了校里开学日期的急迫，几乎来不成，提早出发了，也只想登泰山，却不料给行李票时的疏忽，把行李运到济南去了，结果仍到了大明湖畔、千佛山顶。石永原定与以凡同行的，为以凡开学期近，而告中止；以凡提早出发，遂又同行，也想登泰山后即返锡，中途忽又决定和我同赴平津；到了以凡临行时，不知怎的，又和以凡同行了，平津之议又罢。我原要参观邹平的乡村建设的，却不料邹平没有去成，连平津都去不成，而要到意想不到的东海去。这不是冥冥之中有一种力量在支配着吗？连我们自己都把握不住，捉摸不定！

山东省立民众教育馆馆工的有训练，是很可称道的。他们除了谦和、有礼貌、做事谨慎外，还有些好的地方是言语形容不出的。这点非但我感到，其他社员闲谈时也都公认！

此行使我发现了人类的精诚，心灵与心灵的沟通；使我深信除了虚伪和欺诈的社会外，的确还有亲爱和互助的社会的存在。

我和柳方、曼君同到车站，在待车室里遇见了刘以平、赵光涛、张千里、刘之常诸先生，之常再三约我为《民众教育通讯》写一篇年会的稿子。

许多熟人在同一节车里，旅途绝不寂寞。但我的心只是挂念着电报的事，焦灼不堪。心愈急，觉得夜愈长，路愈远。精神也倦极，眼睛都张不开来，只想畅快地睡一觉。我占一绝：

徐州道中倦极而眠戏占

夜长如岁漏偏迟，双眼垂垂绕梦思。

梦里依稀还看笑，看山也有倦来时。

车过姚村，柳方和曼君便下车，他们是去游孔庙孔林的。

光涛告诉我，这班车到徐州，已搭不及到东海去的车，必须在徐州住一夜，到明天去。他约我住到他馆里去。

二十七日上午九时十五分到徐州，正拟同光涛到他馆里去，忽见到东海去的火车正将开动，急急告别了以平等奔向车上去，叫茶房补了票，火车的巨轮便转动了。

陇海铁路是我国办得很早的一条铁路，也是我国办得很坏的一条铁路。陇海路的坏，我是早已知道的，却想不到竟坏到这样！路身的高低，车身的破旧，使火车特别走得慢，特别震动得厉害。坐在里面，好像跳舞一般。

窗外射进太阳光来，热不可挡，闷不可挡，心里更是烦躁。我把潮衣服拿出来，晒在窗口。

坐在我旁边的是一个在盐务机关服务的青年，他是到新浦去的，告诉了我许多东海的民情风俗。他说这里的民风是很强悍的，动不动就要相打；土匪很多，在高粱熟时尤多，因为高粱田是最好的藏身之处。居户都有枪，有一次，一个人身边有两块钱，另一个人要去抢，大家开枪打起来了，结果身边有两块钱的被打死了，那个人子弹也费去了一块半钱。为了半块钱，竟打死了一个人。

路旁除车站外，绝少瓦房。每个村庄，总有二三个甚至五六个的堡垒，砖砌的也有，泥筑的也有，这是守卫用的。据说这里各村互助的精神很好，一村有警，各村者会同来抵抗匪徒。我沿路看见许多腰里佩了盒子炮、胸前挂着子弹的便衣兵，问那个青年，方知都是农民，并不是兵。

我总以为中国要有办法，第一件事，必须全国民众，普遍地受军事训练，家家有枪械，人人能使用枪械。这样，对内铲除军阀，对外打倒帝国主义，方有实现的可能。否则空口说白话，再过一千年，中国还是不会富强，人民还是要受军阀和帝国主义者的宰割的，民众还是抬不起头来的！此后民众教育，应该对于军事训练，特加注重，慢慢地养成民众的武力！

要是中国的乡村，都像徐海一样，民间普遍地备有枪械，造成广大的民众武力，则无论如何，中国的前途是可以乐观的！

那个青年告诉我：东海车站下车后，进城还有六里路，有人力车，我可以住在大安旅馆，那里离东海师范很近，东海师范是海州的最高学府，一问便知的。要是到海州时间过迟，他劝我到新浦下车，那里比较热闹，晚上进城要放心些。

徐州到海州的时间，我始终像听神话一样的，有人告诉我须十一点钟，有人说只要六七点钟，也有说四五点钟就能到的，我弄不清楚究竟要多少时间。我们在徐州是九点半钟开车的，起先那个青年说下午二时可以到海州了，后来说四时一定可以到了，但结果，我在火车里实足坐了九小时，到下午六时半才到了海州。我的潮衣服也晒干了。这是旅客不知道所需的时间呢，还是火车不遵照规定的时间？

车上查票的勤谨，和验票员态度的蛮横，是任何车上所没有见过的。从徐州到海州，共查过二十多次，横冲直撞，声势汹汹，旅客花钱买了票，再要受这种不必受的气，真是莫名其妙！不知在同一铁道部管辖下的铁路，为何京沪、津浦在积极整顿，而陇海路却任其腐败？

那个查票员，我的车票查过五六次后，便认得我了，走到我身边，看看我就过去了，不要再拿出来，省却我十多次的麻烦。

下车后，即雇人力车进城。沿路驻军翻箱倒箧地检查了三次。到大安旅馆，已经暮色苍茫了。满院子坐着兵。

安顿了行李，洗了面，问明了到学校去的路由，便独自去找以凡。

进校门，刚要交名片给门房，已听见以凡说着话在走出来了，我心头一宽，知道她并没有生病。

我们在只点一盏煤油灯的会客室里见面了，方知这几天校室里还未正式上课，她为闲着无聊，才拍电报叫我来玩的。我怪她太会恶作剧了，使我北平去不成不算，还实足担了两天心事！

她说晚饭后本有女同事约她出去散步，她猜定今明天我会到了，所以在校里守着我。

因为我还没有吃晚饭，她陪我到大安。在路上，她说在这里什么都不惯，明天要跟我一同回家去，好容易劝止了。

她说，到徐州，她的行李失去了，幸和石永同走，立即唤下石永来，否则真要手足无措了。她和站长去交涉，行李虽寻到，但均已散开，箱子上的锁也没有了，在站长室里一件一件地检点，总算没有少掉什么。她和石永在徐州住了一夜，一早她到东海，石永赴浦口。这是当初意想不到的。

谈了些闲话，因为满院子的兵，看了实在可怕，急急雇车送以凡回校。临行约定明晨我回徐州，我不必去辞行了，她也不到站送我。

她走后，我写了一封留给她的信，因身体疲极，就模模糊糊地睡了。

二十八日早晨一觉醒来，已经六时，心里急得不得了。匆匆盥洗毕，即把给以凡的信交茶房送去，自己带了行李，雇车赶向车站。因为东海每天只有七点一刻的那班车到徐州，脱过了便得再住一天。到站时间还早，吃了些点心，买好了票，坐在皮箱上看四野的景色。

站上走来走去的都是兵，旅客只有三四人。轨道南边堆着高高的煤屑，几个女人和小孩子，在煤屑堆上翻来翻去拣取烧剩的煤块。

车站很简陋，从徐州起没有见过一个好一点的站，有些若不是火车停，简直想不到是一个站。海州的已算大站了，还没有京沪路最小的站好。

离开车时间据说还有一小时，我深悔没有自己到以凡处去一次。悄然独坐，成诗一绝：

海州晓发

天涯聚散怅无由，来是担心去是愁。

屈指行程愈十日，劳人车马几时休？

车自新浦开来，新浦是陇海路这一端的终点了，海州过去，还有一站。七点半车才到。

同样是破旧的车，同样是不平的路，同样是震动得像跳舞，但我心里的烦躁没有了，觉得全身悠悠然的，除了连日连夜的奔波，精神极端疲劳外，绝无苦闷，一路看窗外风景，读《随园诗话》以遣寂寞。

坐在我对面的一位旅客和我谈话了，他是在新浦开店的商人，此次到徐州去进货。当他知道了我是无锡人时，连声地赞叹着说："无锡是出米的好地方啊！"我听了引起无穷的感慨！在他们看来，出米，只是出米，已是怪可羡慕的了！江北物质生活的远不及江南，从这句话里，真是表现到十分！

他告诉我，徐州旅馆的茶房是最狡猾的，房间不标定价，你住了，他便写上一个很大的数目；有些虽标明价目，但提得很高，熟人去可以打一个对折或六折，外路人去连一个折扣都不肯打，所以非得预先讲明房金数目，然后住下不可，否则是包要吃亏的。我为了明晨上车的便利，决定住在离车站最近的一家旅馆。他说大金台很近，并且比较清洁些，还有津陇也不差。

将到徐州，适大金台有招待来兜揽，便决定住大金台，言明照价对折。

下午四时半到徐州，径赴旅馆休息。

我是八月十八日由锡出发的，在外面，今天已是第十一天了！

十五　徐州的一夜

"千里长途如转眼，梦魂先我到徐州"，这是我赴泰安时在浦镇作的诗，去时车过徐州已天黑，没有看清什么；昨日急急换车，未暇细看什么，今天却终于要在徐州住夜了！

看定了房间，洗了面，即雇车赴霸子街江苏省立民众教育馆访光涛先生。入门，适践四师也在，他是来出席民众草堂落成典礼的，正由光涛陪着参观馆内的一切设施。

在办公室，会见了萧县张长信、东海刘韶成、宿迁项凤楼、铜山郭华章，四位都是先后同学，一见面就像老朋友一样。刘韶成也住在大金台，是到铜山师范教书去的，其余三位均任职省立民众教育馆。他们要我搬到馆内住，我因已开定房间，一一婉谢了。

下午五时，该馆全体职员，赴民众草堂开欢迎会，欢迎践四师。我也被邀去坐了一会儿。席间讨论民众教育的路向问题。在草堂会见了毓生兄及宜兴储子润先生。

八时赴车站送践四师上车，我的旅馆原近车站，也同去了。在车站，会见了铜山县教育局刘局长。

九时，毓生、华章、凤楼、子润同到大金台聚谈。韶成的房间，恰在我隔壁。九时四十分始别去。

十时，赵馆长和刘局长来访。因时晏，小坐即去。十时半就寝。

二十九日，晨起，写了一封信给以凡，作了一首诗，早餐后，出外买了些徐州的名产。

八时四十分赴车站。九时，毓生兄也赶来了。

在汽笛鸣鸣声中，别了毓生兄，别了令人怀念的徐州。

十六　归途中

离故乡一刻近一刻了。

在车上，今天是特别的热，特别的闷，我身上的汗简直没有干过！煤屑从窗外飞入，隔三分钟，已厚厚的一层。衣服被汗沾湿了，着了煤屑，弄得黑一块，白一块。关了窗便没有风，开了窗却有煤屑。最后煤屑实在太厉害了，只得把窗子关了。

下午八时过浦镇，我因为急欲返锡休息，未下车。在望着窗外昏黑的天空，闪闪的灯光时，默祝柳方、曼君等的健康。

八时半到浦口，即过江，搭十一时特别快车返锡。

夜里的长江，和白天又绝然不同：它被笼罩在无边的黑暗里，在无边的黑暗里挣扎，怒吼！两岸的灯光，忽明忽暗，忽明忽灭，隐隐可见楼台，水里印着模糊的楼台和灯火的倒影。空阔的江面，寂寞的大地，只听得汹涌澎湃的浪涛声和轧轧作响的轮机声。我默诵了一遍"大江东去浪淘尽，千古风流人物"，觉得"惊涛拍岸，卷起千堆雪"，这种情景，这种字句，真不知古人怎样写得出，想得到的。

京沪车里，煤屑更多。我们去时毫未觉得，今天大约是风向和坐得靠近车头的关系。

吃了三个梨，铺好毯子倒头便睡。疲劳使我忘记了煤灰，忘记了一切。

车到常州方醒来，摸摸满处都是煤灰。新上车的常州人，放纵地谈笑着，听了他们的笑语声，好像听到乡音般的兴奋。

三十日早晨四时半到无锡，五时抵馆。洗了一个浴，换了一身衣服，睡了一个上午。

饭后把带回来的梨、桃子、楂糕，分送一份与丽秋和石永。丽秋来，说我们去的那天，柳方没有赶上车，她吃了柳方许多话呢！那天果然给我们猜中了。石永来，谈了许多她和以凡在徐州向站长追行李的事，原来有些话，以凡瞒住我了。

过了两天，头发里还有煤屑掉下来。

这次我自八月十八日离锡，到三十日返锡，整足在外过了十二天。带回来的是三十八篇古近体诗，一个疲倦的身体，和一个宽畅的胸怀！

1933 年 10 月 28 日记，山左归来，已二月了

选自芮麟著《山左十日记》生活书店，1934年5月版

附：诗歌咏济南

济南杂咏十首

韦绣孟

毛家坟畔累累土，转瞬团成锦绣堆。
巧夺天工攘地利，济南今又创新街。

一湾春水自东流，柳绿桃红气已秋。
南海销沉城北隐，少陵添筑浣花楼。

漱玉曾传柳絮泉，易安才调古今怜。
酴醾架老荷香散，谁谱新词对菊天？

锦绣山明画入屏，珍珠泉好胜中泠。
日来趵突尤繁盛，茗碗闲评陆羽经。

宝马香车岳庙回，新年佳气郁楼台。
随枝折得李桃杏，未到花时花已开。

小艇瓜皮破镜过，铁池雨后赏新荷。
榴红照眼谁开社？香泛碧筒发浩歌。

几曲芳洲灿百花，延秋亭上兴无涯。

渔洋题罢明湖柳，终古夕阳噪暮鸦。

汇波楼外雨萧疏，一幅吴兴画不如。
四壁垂杨两岸苇，莺喉呖呖媚娘书。

东南龙洞极幽深，暑后西人竞入林。
闻说禹登留旧迹，日骑长耳遍山寻。

华不注间一散仙，奇探佛峪意流连。
草堂不见王黄叶，落得诗名万口传。

选自《茹芝山房吟草》，广西人民出版社1993年版

纪济南名泉四首

韦绣孟

锦绣江山地，珍珠泉内人。前生尔许福，消受济南春。（珍珠）

清华水是金，错落泉如线。蝉噪晚风凉，合住神仙眷。（金线）

此泉名趵突，涌自历山麓。伏流数千里，汩汩来王屋。（趵突）

泉自山麓来，人从虎口汲。倚槛日初斜，荷香四面挹。（黑虎）

选自《茹芝山房吟草》，广西人民出版社1993年版

大明湖杂咏

一九〇五年十月上旬

宋　恕

柳岸荷塘画不如，我来欣识大明湖。
济南何减江南好？但恨遗山不可呼！

山色城南满，城中半是湖。
风光如此美，苦忆管夷吾！

吸尽诸峰秀，双亭敌胜场。
湖心登历下，更坐小沧浪。

选自《宋恕集》，中华书局1993年版

趵突泉
一九〇五年十月上旬
宋　恕

怪绝阴阳炭，煎成百沸泉。

伏流能怒发，人事竟难然！

选自《宋恕集》，中华书局1993年版

重阳游千佛山

一九〇五年十月七日

宋　恕

齐心同愿祈千佛，车马倾城向彼冈。
归路争门人海沸，淡云疏雨作重阳。

选自《宋恕集》，中华书局1993年版

华不注峰
一九〇五年十月
宋 恕

华不注峰犹插天，陇西登后几经年。
青龙白鹿今安在？不忍寻踪问古仙。

选自《宋恕集》，中华书局1993年版

散步明湖畔，见堤柳绿遍
一九〇八年三月二十八日

宋 恕

朝朝日暖复风和，随意轻舟泛绿波。
游兴江南频雨阻，春光不及济南多！

选自《宋恕集》，中华书局1993年版

谒舜祠

一九〇八年三月二十九日

宋　恕

天下为公彼一时，三千载后但荒祠。

世人不惜重华井，如此名泉涸四围！

选自《宋恕集》，中华书局1993年版

游长春观

一九〇八年四月十八日

宋 恕

入门无黄冠，幽洞知浅深。
春风惠然来，独立老柏阴。

选自《宋恕集》，中华书局1993年版

出济安门一览

一九〇八年四月十八日

宋　恕

缓步观清泺，循流出北城。

沿沂哀乐意，自觉印曾生。

选自《宋恕集》，中华书局1993年版

谒三皇庙

一九〇八年四月十九日

宋 恕

三皇犹庙祀，病起独来过。

散石通浮沚，平桥界碧波。

岸容际春盛，山意向城多。

登岭将瞻拜，泉声作乐歌。

选自《宋恕集》，中华书局1993年版

出历山门循城散步

一九〇八年四月十九日

宋 恕

一

槐柳争春色，逍遥爱景光。

浅深环郭涧，高下附城冈。

云鸟乱涵影，野花纷吐香。

此间随处好，信步到斜阳。

二

乐天每日三观渭，我亦频来玩泺流。

我与乐天同一癖，论诗更愿作朋俦！

选自《宋恕集》，中华书局1993年版

历下杂事诗

一九〇八年四月上旬、中旬

宋　恕

一

七十二泉味皆惠，不平曾此感渔洋！

升沉万事何非命，刘陆评存李记亡。

二

齐何独伪宋何真？一样黄袍被故臣！

不许李璮作刘豫，大元非复大金仁！

三

人间尚有《名园记》，宋后无人惜洛阳！

一卷独存岂天意？六丁久取锡山藏！

四

一代词宗李易安，晚悲文物保存难。

过江十五车都尽，更忆青州泪不干。

五

老作词人意岂甘？青春跃马战曾酣！

天心未悔中原祸，幸有朝廷在我南。

六

鲁有颂兮齐有风，此邦韵语更先工。

激昂慷慨陈民瘼，三百篇中列《大东》。

七

村氓俯首事耕耘，汉武秦皇总未闻。

若使上书能贵显，自然今亦出终军。

八

正始风流不可寻，北城何处使君林？

碧筒杯制人间绝，莲叶年年满济阴。

九

季伦金谷难逾此，昔日房园世共闻！

十字清言谁继得？风沦月倚阮参军！

十

当时历下亭中宴，颇感相形贵贱悬！

岂料严霜埋北海，少陵犹得保天年！

十一

二堂已就余清兴，更筑数椽名士轩。

闻道天兵来己卯，宋时花竹始无存。

十二

壮哉楼观甲天下，犹见金源全盛时。

一自朔方尘大起，重来唯有草离离！

十三

南丰去后有南阳，北渚亭经二十霜。
文思有余挥一赋，岂教《赤壁》擅铿锵！

十四

飘然去郑竟归唐，壮士何妨择主降。
天下共诛独夫广，尧君素死行非芳！

十五

恸哭襄阳桑仲死，无因策马向京师。
公评自右吕元直，理学翻推秦会之！

十六

一编《野语》存公是，三世居吴尚恋齐。
肠断武林书《旧事》，故乡遥望更悽悽。

十七

岂真华夏乏英雄？天道茫茫竟孰通！
五十万人作降质，命中合作济南公！

十八

铁骑压城城欲赤，当时幸有一张宏！
天之所授难相抗，稍拯生灵便是功！

十九

中原烈火照风沙，志士慈悲托道家。
试取遗闻较功德，活人孰与世儒多？

二十

王孙妙笔世难攀，寄食幽燕惨玉颜。

故国湖山伤不尽，又来此地吊湖山！

二一

北地信阳复古年，此间曾亦出华泉。

即今学子犹如蚁，不记先民有一边！

二二

自是江河万古流，南王北李作朋俦！

鲍山多少行人过，谁问当年白雪楼！

二三

借兵原欲清君侧，岂料朱三乐祸来！

力弱身亡唐亦灭，缁郎志事最堪哀！

二四

《启母铭》酬著作郎，金轮尚解妙文章。

弄臣非有殃民罪，何必吹毛诟附张！

二五

名世非夸五百年，莫将文苑抑前贤！

品题若使贫民定，道统端应属半千！

选自《宋恕集》，中华书局1993年版

游历山

一九〇八年四月三十日

宋　恕

绿阴芳草久徘徊，首夏佳晴此独来！
留宿吾衰难梦舜，鹊华扑面下山回！

选自《宋恕集》，中华书局1993年版

东流水巷观荷

一九〇八年七月六日

宋　恕

于家桥北泺流西，密叶疏花夹曲堤。

行到此间忘盛夏，柳阴立听午时鸡。

选自《宋恕集》，中华书局1993年版

观孝感泉

一九〇八年七月六日

宋 恕

何代何人感此泉？但闻故事在唐前。

一竿修竹今无有，空忆千竿共惘然！

选自《宋恕集》，中华书局1993年版

观黑虎泉

一九〇八年七月十三日

宋　恕

活泼泼池天所开，怒泉吐不受纤埃。

浴沂冠者遗风绝，但见朝朝海客来。

选自《宋恕集》，中华书局1993年版

观南珍珠泉

一九〇八年七月十四日

宋　恕

池中小石乃可数，四分画三集浣女。
人间显晦莫非因，北珠泉入德王府。

选自《宋恕集》，中华书局1993年版

泛舟登历下亭楼茗坐

一九〇八年七月二十五日

宋 恕

湖山画卷望中开，不见千龄李杜杯。

最爱芙蓉遥独秀，华峰东北入窗来！

选自《宋恕集》，中华书局1993年版

晓至北绮园庄观荷

一九〇八年七月二十六日

宋　恕

望中青白尽荷田，夏木阴阴夹小川。

出郭入村霞甫散，华峰初见日高悬。

选自《宋恕集》，中华书局1993年版

游汇泉寺

一九〇八年七月二十八日

宋　恕

一

花香虽少叶香多，未恨今年旱损荷。

东侧若无堤一线，应呼此寺作环波。

二

听蝉对柳忘炎暑，况有风芦动远音。

历下亭边船益集，汇波楼外日将沉。

选自《宋恕集》，中华书局1993年版

升阳观观荷

一九〇八年八月十一日

宋　恕

观荷更过李祠西，放鹤亭前目又迷。

绝似莫愁湖一曲，胜棋楼忆旧留题。

选自《宋恕集》，中华书局1993年版

大明湖纳凉

一九〇八年八月十二日

宋　恕

疏篱活水对开轩，几处茶亭笑语喧。

夜半纳凉人始散，明湖居与近湖园。

选自《宋恕集》，中华书局1993年版

访杜康泉

一九〇八年八月十三日

宋　恕

近市嚣尘甚，称甘尚莫先。

平生无酒力，敢试杜康泉！

选自《宋恕集》，中华书局1993年版

访晏祠、曾祠
一九〇八年八月三十日
宋　恕

平仲祠连子固祠，纸窗蛛网晚风吹。

湖山犹在荒台外，赵宋姜齐彼一时。

选自《宋恕集》，中华书局1993年版

游标山

一九〇八年九月三日

宋　恕

平易最近人，两标对东西。

众高尽送青，何恨所处低。

河济流日夜，扬帆先晨鸡。

谁能结草庐？十载共幽栖！

选自《宋恕集》，中华书局1993年版

大明湖

金天羽

十载明湖梦里经，竭来人海着浮萍。
南风波浪生鳞甲，北地山川见性灵。
隔舫酒襟花底碧，满城佛髻眼中青。
临流一洗红尘脚，愿向沧浪鼓钓舲。

选自《天放楼诗文集》，上海古籍出版社2007年版

历下亭

金天羽

红亭白舫酒生香，海右琴樽此胜场。

唐宋百年多过客，江山终古易斜阳。

荷风十顷天如醉，菰雨三秋梦亦凉。

恨我适来当暑令，万蝉吟处绿阴张。

选自《天放楼诗文集》，上海古籍出版社2007年版

泺源门外访趵突泉

金天羽

条支大卵春酒瓮，烂醉青泥压头重。宛虹细度针芒隙，须臾活活神泉送。铜瓶汲井贮碧澜，鹅羽纤孔黄封穿。以口吸水水箸立，有似龙挂霄汉间。般输巧制喷水器，水力升降相循环。循环激水高屋角，倒卷晴澜散珠玉。江南五月买陂塘，酒醒人在栏干曲。岱宗北来邱壑奔，玉函龙洞青氤氲。佛山千丈跌平地，旧时泺源今有门。楼台压山山不胜，地肺坼裂沙泉喷。澄潭倒流三瀑布，不与七十二泉相吐吞。济南名泉七十二，今巡按署濋泉在其外。我思泺源著已久，此泉不挂当时口。诗圣诗仙有李杜，坛坫站齐盟推祭酒。南丰循吏曾子固，北渚寓公晁无咎。坐对名泉无一语，如入宝山空两手。岂知汉阴丈人识抱瓮，奇制乃在唐宋后。《春秋》桓公十八年："公会齐侯于泺水。"经注："泉源上奋，水涌若轮。"与今所见如三喷泉者亦异。鱼龙曼衍多夸词，地下定有工倕师。喷泉妙理矜创获，游戏三昧无人知。我家江南烟水窟，高花大柳芙蓉池。网师名园许借宿，黄尘走马今何之？渴羌箕踞作牛饮，有舌不辨渑与淄。且看游鱼吹细浪，葛衣一解临风吹。

选自《天放楼诗文集》，上海古籍出版社2007年版

与李也三内侄至济南，
汪生钦墉约观趵突泉

顾怡生

齐州七十二泉多，此泉第一称奇特。
天行人事奚斵斵，同一空与同一色。

趵突泉在昔纯乎天然，数年前势渐平弱，乃以科学方法营
成今泉云。

选自《教育家顾怡生诗文选集》，江苏古籍出版
社1991年版

观澜亭大鼓

顾怡生

观澜亭上茶清渌，梨花历落声繁缛。
一鼓再鼓兴已阑，何日相逢王小玉。

选自《教育家顾怡生诗文选集》，江苏古籍出版社1991年版

游千佛山，同也三、钦墉

顾怡生

跨驴出南郭，山秀若可吞。
道阻心俱坦，峰寒意转温。
沉沉千佛梦，落落一龛尊。
笑指舜耕处，迷茫宁足论。

选自《教育家顾怡生诗文选集》，江苏古籍出版
社1991年版

俊民约游大明湖

顾怡生

柳已先零浪亦枯，更无人迹到兹湖。

不妨我辈来飘泊，共寄沧浪伴钓徒。

山影横空滋幻象，橹声摇梦怯飞凫。

如何一水今成罥，倘为官私几贯租。

选自《教育家顾怡生诗文选集》，江苏古籍出版社1991年版

游大明湖后，
题俊民所藏胡序《老残游记》

顾怡生

影影南山倒入湖，天然写出不成诬。
蔡家父女空腾笑，崇实还虚博士胡。

选自《教育家顾怡生诗文选集》，江苏古籍出版
社1991年版

观黑虎泉

顾怡生

齐鲁青青山插天，原泉混混水贯地。

黑虎昔一今得三，俯首池边象可悸。

群山为腹壑为喉，有口喷泼泽大被。

每秒流量公尺均，碑文镌处标新义。

记载若此稽考便，先师于我尝垂示。

选自《教育家顾怡生诗文选集》，江苏古籍出版社1991年版

鲁游杂诗

柳亚子

一树棠梨红正酣，紫丁香发趁春暄。明窗净几堪容我，暂解行縢石泰岩。

住石泰岩饭店

仙袚山更千佛山，杂流道释共庄严。还教附会来虞帝，巍坐英皇共执圭。

重华庙

指点齐州九点烟，凭栏俯瞰豁心颜。下方城郭真如蚁，衣带黄流曲折环。

千佛山

水下由来性沛然，奔湍激荡一回旋。苍生霖雨终虚愿，惭愧来观趵突泉。

趵突泉

宵分又愿聚宾园，草草朋尊小合欢。越酿忽然愁味变，只应珍重劝加餐。
驱车来访五龙潭，精舍潭西水蓄涵。闻道秦琼留故宅，风云无分见奇男。

访五龙潭，旁有潭西精舍，墙上刻"秦叔宝故宅"数字

黑虎泉边抚虎头，有人留影在中洲。建瓴便有千寻势，泻尽清波无限愁。

黑虎泉水门下即为护城河

城头驰道莽纵横，城下明湖万顷萦。输与胡酋夸眼福，会波楼上闭门羹。

城墙有马路可通汽车，其上有楼曰"会波"，
门扃不得入，见觉罗弘历所建诗碑而已

济南风物似江南，烟水迷离景绝酣。买得明湖青雀舫，中流容与恣清谈。

乘游舫泛大明湖

吊古来登历下亭，呼俦啸侣兴飞腾。百年风雅谁为主？我亦苍茫杜少陵。

历下亭题壁

铁公祠畔又停舟，尚有庄严貌像留。一死自关南北运，金陵王气黯然收。

铁公祠吊铁铉作

黄流能奠侈神功，张曜祠堂气郁葱。咫尺独怜成寂寞，瓣香谁与奉南丰？

曾子固祠在张祠旁，颇有盛衰之感

羊裘惜未钓渔矶，浣女如花望欲迷。凄绝辽阳成异国，为谁辛苦捣征衣？

湖畔捣衣女郎甚伙

明湖游罢兴阑珊，便赋归欤石泰岩。却羡篷窗酣睡足，有人趵突去寻泉。

峭壁危崖千仞奇，粗砂大石见丰仪。三春可惜无红叶，剩有青青柳几枝。

龙洞寻幽景绝奇，洞深无际烛光微。殷勤多谢梁家嫂，老母扶将感未涯。

豁然霁朗洞天开，俯瞰山凹仰碧崖。龙井龙涎虚语耳，几曾霖雨出山来？

寿圣庭前启广筵，野餐味美欲流涎，黄牛白鸽甘肥甚，一笑真成大嚼仙。

饭于寿圣院中庭

举幡太学重东京，五四潮流近渐湮。自奋澜翻广长舌，漫从狂狷惜中行。

齐鲁大学邀演讲，略张《公羊》"三世"、
《礼运》"大同"之义，未能尽言也

海滨风物信佳哉！缭曲登临往复回。可惜不逢炎夏节，冰肌玉骨照人来。

晨起海滨公园，遂至海水浴场

颇闻见辈旧谈瀛，黄石周游万里程。今见小巫亦

良足，公园千亩汽车行。

驱车游中山公园

渔洋俊赏崔黄叶，江左清门陆土龙；各有才名惊海国，骚坛旗鼓合争雄。

题崔景山、陆渭渔诗稿

海上神仙事渺茫，劳山金碧尽辉煌。燕齐遇怪君休诮，谡谡松风夹道凉。

游崂山

争春杂卉睹华严，郁李辛夷取次看。开到酴醿花未尽，珠梅蓓蕾耐冬残。

华严庵中百卉争放，前所未见

选自《柳亚子诗词选》，人民文学出版社1959年版

济南忆旧游

柳亚子

六时许抵济南，政委书记刘顺元、市长姚仲明、教育局长李澄之来迓，旋至石泰岩饭店小憩，十五年前旧游地也。

十五年前旧游地，海山陵谷更沧桑。

紫藤花暖丁香发，犹记当时旧草堂。

选自《柳亚子诗词选》，人民文学出版社1959年版

铁公祠二首

王统照

铁公不可作，怀古怅临风。

雕甍俯寒碧，丰碑纪烈功。

危时明大节，喋血见孤忠。

凭吊悲哀感，萧条异代同。

一代兴亡事，岿然此祠存。

当年埋碧血，何处吊忠魂。

天地留灏气，死生报国恩。

登堂肃遗象，怅望暮云昏。

选自《王统照文集》，山东人民出版社1984年版

晚登鹊华桥口号

王统照

淡霭横空暮鸦回，西风萧飒雁鸣哀。
晚来偶向桥头望，夕照河山眼底来。

选自《王统照文集》，山东人民出版社1984年版

旧历清明日旅行千佛山并赴公园感怀纪事共得九首

王统照

一年佳节逼清明，客里风光暗自惊。
欲写百无聊赖意，洗心也自效山行。

烟霏深处翠屏开，小展双蛾带笑来。
桃始花成柳已绿，美人睡起懒妆才。

登临万感郁茫茫，九点浮烟是故乡。
十万人家烟火地，河山虽好总苍凉。

更叩禅关上复楼，凭栏小立意悠悠。
黄河映带鹊华外，剩水残山眼底收。

晓光如水净尘埃，今日登临亦快哉。
四载春风若电谢，山灵应笑我重来。

泠泠天风淡霭开，几回搔首几徘徊。
人间绝少埋忧地，坐对青山洗郁怀。

梨云睡起养花天，携手园林景物妍。
忽忆清明是今日，怪他裙屐自连翩。

如茵碧草落花红，燕子争啣逐晚风。
问汝为谁辛苦甚，有人痴望绣帘中。

踠地柔条欲化丝，东风无力舞腰肢。
美人莫作临歧折，亦是娇柔婀娜时。

选自《王统照文集》，山东人民出版社1984年版

同日泛舟游大明湖

王统照

桂棹兰桨往复还，明湖此日水潺湲。
飞丝细雨沾罗袄，对镜清波隐雾鬟。

选自《王统照文集》，山东人民出版社1984年版

湖滨远眺

王统照

淡月寒烟接混茫，败荷碧柳映波光。

晚来偶过湖前路，最奈引人菰叶香。

选自《王统照文集》，山东人民出版社1984年版

雨后明湖远眺

王统照

一片菱芦打浆声，明湖十里晚来行。
荷花欲折不堪折，水底翻惊鸂鶒鸣。

隐隐云鬟对练光，红衣初整凌波妆。
行人不道归来晚，偏摘莲心著意尝。

乱云藏柳隐城坳，著雨垂荷渐解苞。
箫鼓画船歌缓缓，翠栏凭看玉钗敲。

水如泼黛柳含烟，湖上阴云咽暮蝉。
我亦清狂听不得，愁将韵语赋田田。

洗净楼台著眼清，连朝雨遍湿花城。
小桥独立听流玉，绿漪平添一尺平。

选自《王统照文集》，山东人民出版社1984年版

明湖新柳

王统照

一湖烟雨雪初晴，夹岸柔条别恨萦。
拂水未知攀手苦，嫩寒先骋舞腰轻。
绕舒媚眼临清镜，欲敞春愁遍锦城。
迎送春风无气力，佳期漂荡问流莺。

清阴不减路尘昏，望尽轻黄半未匀。
万缕湖光牵客限，一丝波影漾春痕。
东风初舞黄金曲，南浦已销碧玉魂。
莫教他时随逝水，妆成先谢玉皇恩。

碧烟几曲泛轻桡，湖上轻寒惹嫩条。
如此年华逝绿水，不襟风雨舞红桥。
伤春绕识腰肢瘦，对镜难描眉样娇。
江北江南春汛早，年年先到莫愁潮。

新妆三五影婆娑，摇曳东风未肯和。
学舞长堤莺语涩，送人轻棹酒痕多。
燕穿弱线寒犹重，尘逐清流绿未波。
好待花朝打桨过，如丝如线奈愁何。

选自《王统照文集》，山东人民出版社1984年版